Paul Lüdicke

# Sarg niemals nie

PAUL LÜDICKE

# SARG NIEMALS NIE

Betty Pabst ermittelt

Ullstein

Besuchen Sie uns im Internet:
www.ullstein.de

**Wir verpflichten uns zu Nachhaltigkeit**

- Klimaneutrales Produkt
- Papiere aus nachhaltiger Waldwirtschaft und anderen kontrollierten Quellen
- ullstein.de/nachhaltigkeit

FSC
www.fsc.org
MIX
Papier aus verantwortungsvollen Quellen
FSC® C083411

ISBN 978-3-864-93191-8

Originalausgabe im Ullstein Paperback

Satz: Pinkuin Satz und Datentechnik, Berlin
Gesetzt aus der Granjon
Druck und Bindearbeiten: CPI books GmbH, Leck

# Prolog

Inka lag ausgestreckt auf dem moosigen Gras, das gebräunte Gesicht im letzten warmen Sonnenstrahl des Tages. Es war das Ende des Sommers. Um Inka herum lagen ein paar Birnen, die vom Baum gefallen waren, gelbe Tupfen auf dem noch satten Grün. Ein Vogel landete auf dem Gras und pickte nach der blau-schwarzen Frucht der Mahonie, die neben Inkas linkem Arm lag. Inka regte sich nicht. Die Idylle war beeindruckend. Der Garten sah aus wie ein verwunschenes Paradies, in seiner überquellenden Pracht, mit seinen bunten Farben, seinem explodierenden Wildwuchs.

Aber bald würde all seine Pracht schwinden. Wenn der Herbst und dann der Winter kam. Gestern hatte Inka ihren Workshop-Teilnehmern noch ein ähnliches Bild vor Augen geführt. Sie hatte sie darauf aufmerksam gemacht, dass alles schwindet, alles vergeht, alles seinen Lauf nimmt. Und doch machen wir den Fehler, dass wir uns an die Illusion klammern, es würde bleiben, wie es ist. *Bitte bleib, ändere dich nicht*. Es sei denn, wir waren in einer Krisensituation, dann wünschen wir uns, es möge sich alles so schnell wie möglich ändern. Jetzt. Sofort!

Aber man kann die Zeit nicht schneller drehen, sosehr man sich das auch wünscht. Man kann nur warten. Man kann das Bestehende akzeptieren oder nicht, man kann damit ringen, sich dem Unvermeidlichen zu stellen, aber das Einzige, was hilft, das Einzige, was uns wirklich weiterbringt im Leben, das Einzige, was uns Halt, Struktur und dadurch auch die nötige Gelassenheit gibt, ist, einen Atemzug nach dem nächsten zu nehmen. Ein. Aus. Ein. Aus.

Das Leben bejahen. Es annehmen. Solange es da ist.

Denn auch das blühende, übersprudelnde Leben in Inkas Garten wusste nicht, dass es bald weder blühen noch leben würde. Die Bienen wussten nicht, dass sie bald sterben würden, während sie jetzt noch eifrig um die Blütenstauden schwirrten und Pollen sammelten, als gäbe es kein Morgen, als gäbe es keinen drohenden Herbst und dann den Winter und seine Kälte, die ihnen bald das Leben nehmen würde. Und die Äpfel, die jetzt noch am Baum hingen, wussten nicht, dass sie bald herunterfallen, braune matschige Stellen bekommen und alsbald von irgendwelchen Insekten und Vögeln aufgefressen werden würden, um dann, als Kot, irgendwann zum Dünger zu werden. Der ewige Kreislauf des Lebens. Und sie befanden sich in diesem ewigen Kreislauf des Lebens, ihre Seminarteilnehmer und auch Inka selbst.

In Inkas Kleid aus hellem marokkanischen Stoff fuhr jetzt ein Windhauch, hob es leicht hoch, ein luftiger, poetischer Schleier über dem Boden. Eine letzte Sommerbrise. Alles war Idylle.

Als hinten im Seminarhaus die Tür aufging und Samuel heraustrat, hielt er für einen Moment inne. Er sog die warme, feuchte Luft des Tages ein, registrierte den leicht dumpfen Geruch, ohne zu werten, und reckte seinen schlanken, sehnigen Körper in den Sonnenstrahl, der von den Fenstern des alten Hauses hinter ihm gespiegelt wurde. Einen kurzen Moment stand er da, mit beiden Beinen fest auf dem Boden, den Rücken gestrafft und gerade, die Schultern heruntergezogen, die Hände auf Höhe der Hüften etwas abgespreizt. *Tadasana*. Die Bergstellung. Für einen kurzen Moment war Samuel eins mit sich, mit der Natur, mit der Welt, mit dem Moment. Dann löste er sich, nahm den Korb von der Brüstung der Terrasse und ging damit hinunter in den Garten. Samuel brauchte Fenchelgrün, Bohnenkraut und Lauch für die Quinoapfanne heute Abend. Er ging um das weiße Christophskraut herum, an der Lampionblume neben dem Zen-Steingarten entlang, hinten durch zu den Gemüsebeeten bei den Obstbäumen. Er pfiff vergnügt ein leises Mantra, als er seine nackten Füße auf das ungemähte Gras setzte, völlig im Moment versunken. Als er um den großen Feuerdorn bog, sah er Inka auf dem Boden liegen.

Samuel ließ den Korb fallen. Er stürzte zu Inka, sah ihr völlig deformiertes Gesicht.

Und schrie.

# 1

Betty Pabst saß in einem überfüllten ICE aus Berlin. Und egal, wie sehr sie sich anstrengte, auf Höhe Hannover-Garbsen kamen ihr die Tränen. Dumme, überflüssige, widerspenstige Scheißtränen, die sich Betty schnell von den Wangen wischte, bevor der nervige Sechsjährige ihr gegenüber am Tisch darauf aufmerksam wurde. Er hatte die ganze Zeit über ein Rechenspiel machen müssen, weil ihm seine Mutter erst danach das Handy geben würde, da hatten auch sein Tobsuchtsanfall in Wolfsburg, der Schreikrampf in Gardelegen und die Krokodilstränen in Stendal nichts geholfen. Betty hatte sich bislang wenig Gedanken über Konsequenz und Erziehungsmethoden von Kindern gemacht, sie hatte schließlich keine. Und wenn sie den Sechsjährigen ihr gegenüber noch länger aushalten müsste, würde sie auch nie welche bekommen, so viel war mal sicher. Betty wünschte sich nur zweierlei. Erstens, dass diese bescheuerte, völlig verkrampfte Mutter dieses grenzdebilen Bengels etwas weniger konsequent wäre. Und dass der Idiot endlich dahinterkommen würde, wie viel elf minus acht war! Dann hätte er die Aufgaben fertig, würde das Handy bekommen, und es würde endlich Ruhe geben. Und er würde auch aufhören, Betty anzustarren. Und dabei – unfassbar – popelte er.

Betty war froh, dass sich die Kinderfrage noch nicht gestellt hatte, erstens war sie erst siebenundzwanzig und viel, viel zu jung. Und zweitens zweifelte sie daran, dass Sean der Richtige dafür war. Vor zwei Monaten waren ihre Tage ausgeblieben, und sie hatte es Sean nach der Vorspeise in diesem kleinen französischen Restaurant am Zionskirchplatz gesagt, ganz belanglos, nebenbei. Im gleichen Moment hatte sie sehen können, wie er innerhalb von Sekunden alle Fenster und Türen des Restaurants abcheckte. Fluchtreflexe eines in die Enge getriebenen Tieres. Betty hatte bemerkt, wie Sean sich versteifte, wie ihm der Schweiß ausbrach, er angespannt ihrem Blick auswich, und sie konnte förmlich hinter seiner Stirn den Gedanken hämmern sehen: Wie komme ich hier nur raus?

Die Vorstellung, dass Sean aufgesprungen wäre und sich kopfüber einfach durch die Fensterscheibe des Restaurants gestürzt hätte, amüsierte Betty kurz, als der Zug in Garbsen wieder losfuhr. Es lag weniger an seinem überraschenden Stunt als an der Vorstellung, dass Seans Gesicht von Glas und Scherben zerschnitten und er draußen auf dem Gehsteig blutig zusammenbrechen und elendig verrecken würde.

Aber damals war Sean leider nicht gesprungen, sondern sitzen geblieben. Irgendwann hatte sich die Stimmung gebessert, als sie über Sean gesprochen hatten, seine abgesagte Ausstellung, seinen unfähigen Alkoholiker-Galeristen und dann über dieses Projekt, das er mit dieser Portugiesin machen wollte, you know, it's real. *Deep*. A deep connection.

A deep connection für den Arsch, dachte Betty jetzt wütend. Warum verhielt sie sich bei Sean immer so bescheuert? Da war sie immer das kleine, neunjährige Mädchen, das rot wurde und verschämt auf den Boden starrte. Betty hasste sich dafür.

Auch dafür, dass sie ihre Probleme wieder mal ausgespart hatten. Betty ging nämlich nach drei Monaten im neuen Job schon auf dem Zahnfleisch. Diese fürchterlichen Zwölfstundentage in der Nephrologie machten sie einfach fertig. Sean fand ohnehin, dass sie es ruhiger angehen müsste, keiner verlangte, dass sie perfekt sei, das wäre eh eine überholte Vorstellung. Und überhaupt: Status- und Konkurrenzdenken, das seien Konzepte, die er ablehnte. Aber Sean konnte einfach nicht nachvollziehen, wie groß Bettys Angst war, einen Fehler zu machen. Sie war schließlich keine Gärtnerin oder ein kanadischer Exilkünstler wie er. Ein Fehler von ihr könnte Menschenleben kosten! Und deswegen recherchierte Betty alles doppelt und dreifach nach, sprach sich oft mit dem Oberarzt ab und war die Erste morgens in dem zugigen, trostlosen Arztzimmer mit dem widerlichen Kapselkaffee, und abends die Letzte. Betty brauchte einfach diese Extrazeit, um ihre Arztbriefe zu schreiben, weil sie sich ja den ganzen Tag mit Patienten beschäftigen musste.

Sean war wenig amüsiert gewesen, als er feststellte, wie Bettys erste Assistenzärztinnenstelle auch sein Leben beeinflusste. Sean führte ein Leben ohne feste Struktur, er war manchmal nachts wach und schlief von mittags bis abends, gerade so wie es passte. Sean war es gewohnt, dass Betty verfügbar war. Er hatte oft schlechte Laune gehabt.

Und genau deswegen waren sie an dem Abend auch essen gegangen. Um was gemeinsam zu unternehmen. Endlich wieder. Und natürlich hatten sie später in der Nacht Sex gehabt. Es war, wie immer, markerschütternd gut gewesen, lang ausdauernd und toll. Vor allem für Sean.

Eigentlich ging es immer nur um Sean, wie Betty jetzt bitter feststellte. In allem.

Aber das Fiese war, Betty vermisste ihn trotzdem, als sie jetzt aus dem Zugfenster starrte und die Landschaft an sich vorbeiziehen sah. Trotz aller Probleme, die sie miteinander hatten. Trotz des Ungleichgewichts zwischen ihnen, was Betty immer bewusster wurde.

Aber vielleicht war die Pause, die sie und Sean gerade machten, der richtige Schritt? Etwas Ruhe reinbringen, ein bisschen Abstand. *Cooldown*, wie Sean sagte. Seit einer Woche gab es den Cooldown. Eine Woche, in der Betty nicht viel geschlafen hatte. Sondern sich den Kopf wundgewälzt hatte, also innerlich. Eine Woche, in der sie sich zermürbt hatte mit den Gedanken, wie es mit ihr und Sean weitergehen würde, welche Ziele sie hatten, wie viel Gemeinsamkeit, kurz: Was es war, das mit ihnen.

Betty hatte noch nie gehört, dass Paare, die eine Beziehungspause machten, wieder zusammenkamen. Selbst wenn man der Pause einen fancy Titel wie *Cooldown* gab.

»Mama, die Frau weint.«

Betty zuckte erschrocken zusammen, wischte sich schnell übers Gesicht und schüttelte empört den Kopf. Die Mutter gegenüber fixierte sie ausdruckslos. Der Sechsjährige starrte Betty an und bekräftigte noch mal. »Die heult.«

»*Die* sitzt dir gegenüber und hört, was du sagst. Und außerdem stimmt das nicht«, zischte Betty etwas patzig zurück.

»Stimmt wohl.«

»Ja und wenn? Ich weine. Und weißt du, warum?« Betty funkelte den Idioten wütend an. »Weil du das nicht hinkriegst: elf minus acht! Das ist DREI! DREI! Das kann doch nicht so schwer sein, echt.«

»Ich muss ja wohl sehr bitten …«, sagte die Mutter.

»Nee, ICH muss mal sehr bitten. Und zwar, dass Sie Ihrem Kind endlich mal das Handy geben! Seit zwei Stunden terrorisiert der uns alle hier.«

In Bielefeld stieg Betty aus dem Zug und wuchtete den schweren Rucksack mühsam auf ihren Rücken. Es war noch eine sehr lange Fahrt von Garbsen nach Bielefeld gewesen, fünfzig Minuten, die sich hinzogen wie Monate, weil am Ende der gesamte Waggon sich gegen Betty verschworen hatte. Irgendwie hatte sich die Diskussion hochgeschaukelt. Und dass Betty »Waldorfschulschlampe« zu der Mutter gesagt hatte, war wirklich nicht nötig gewesen. Sie hatte gar nichts gegen Waldorfschüler. Überhaupt nichts. Sie konnten so lange ihren Namen tanzen, wie sie wollten, Hauptsache, Betty musste nicht mitmachen. Sie war einfach müde. Erschöpft. Völlig durch den Wind. Und deswegen leicht reizbar. Und noch mal, sie hatte wirklich nichts gegen Waldorfschüler.

Betty sah sich auf dem Bahnsteig in Bielefeld um, ihre Mutter war nirgends zu sehen. Sie seufzte und schaute auf ihr Handy. Vielleicht hatte ihre Mutter eine Nachricht geschrieben? Doch eigentlich wollte Betty nur schauen, ob Sean sich gemeldet hatte. Aber er hatte nicht angerufen, hatte keine Nachricht geschickt. Funkstille hin und her, aber als Betty vorgestern diese Leiche in der Pathologie gesehen hatte und für einen schlimmen, schrecklichen, verzweifelten Moment dachte, es wäre Sean, so ähnlich war der Tote ihm in Statur, Gesichtsform und Haarfarbe gewesen, da hatte Betty ihn einfach anrufen müssen. Der Schock war zu groß gewesen.

Doch Sean rief nicht mal zurück! Klar, sie hatten »Pause«. Aber Betty vermutete, dass er die Zeit nicht dafür nutzte, sich mit seinen Wünschen, Vorstellungen und der Frage, was Betty ihm bedeutete, zu beschäftigen, sondern mit dieser Portugiesin. Fuck!

Betty schleppte ihren Rucksack die kleine Bahnhofstreppe hoch, denn wie immer streikte die Rolltreppe. Die kleine Bahnhofshalle hatte Betty nach ein paar Sekunden durchquert, unfassbar, wie stark dieses Gefühl von Heimat sie plötzlich erfasste, wie altbekannt hier alles war, wie schön und einengend gleichermaßen. Betty war hin- und hergerissen, als sie endlich auf den halbrunden Vorplatz trat, sich umsah und tief einatmete. Bielefeld. Könnte schlechter sein.

Könnte aber auch sehr, sehr viel besser sein.

Es hupte. Betty drehte den Kopf und sah, wie der lange schwarze Bestatterwagen ihrer Eltern die Einfahrt zu den Parkspuren blockierte und sich dahinter eine wütende Schlange gebildet hatte. Betty erkannte ihre Mutter hinter dem Steuer, die trotz des Hupkonzerts keine Anstalten machte, weiterzufahren, sondern ihr freudig zuwinkte.

Betty schenkte den wütenden Autofahrern ein beruhigendes Lächeln und öffnete schnell die hintere Klappe der verlängerten Mercedes-Limousine. Sie warf ihren Rucksack auf die Ladefläche, wo normalerweise die Särge standen. Dann ließ sie sich auf den Beifahrersitz fallen. Ihre Mutter Ella gab ihr einen liebevollen Kuss auf die Wange.

»Kindchen.«

»Du hast eine neue Frisur«, stellte Betty erstaunt fest. Ella trug die Haare noch ein wenig kürzer als sonst. Und wenn sie sich nicht täuschte, war da eine leicht lila Färbung im Pony, oder war das das einfallende Licht?

»Schick, oder? Jetzt sag nichts Falsches.«

Bevor Betty sich eine Lüge überlegen konnte, hämmerte es laut an die Scheibe auf der Fahrerseite. Ella wandte sich dem Taxifahrer zu, der sich wütend und entnervt neben der Fahrertür aufgebaut hatte, und warf ihm einen kühlen Blick zu.

»Verschwinden Sie endlich, Sie versperren …«

»Nur mit der Ruhe, da landen Sie schnell genug«, sagte Ella und deutete nach hinten.

Dann gab Ella Gas. Die schwarze Mercedes-Limousine bretterte über das Kopfsteinpflaster. Sie ernteten überraschte Blicke der Passanten. Ein Bestatterwagen mit der Geschwindigkeit? Während sie einem weiteren Taxi die Vorfahrt nahm, drehte Ella den Kopf zu ihrer Tochter.

»Und, wie ist es?«

»Super«, log Betty. »Besser wär's noch, wenn du auf die Straße sehen würdest.«

»Wie lange kannst du denn bleiben?«

»Ein paar Tage.« Betty hatte sich krankschreiben lassen. Urlaub hätte sie in ihrer Anfangszeit noch nicht bekommen. Aber sie musste einfach raus!

Ella wandte den prüfenden Blick nicht von ihr ab.

»Dünn biste geworden.«

Betty seufzte. Anscheinend war sie mit ihrer Lüge nicht durchgekommen. Ihre Mutter war eine Detektivin. Ein Spürhund. Ein Trüffelschwein. Sie hatte einen Röntgenblick. Es war entsetzlich.

»Ich habe Wurstebrei geholt«, erklärte Ella und schaute endlich wieder nach vorne. Rechtzeitig vor der großen Kreuzung, wo die Ampel jetzt auf Rot sprang. Ella fuhr trotzdem drüber. »Upps«, sagte sie.

Wurstebrei war eine westfälische Spezialität, die genauso appetitlich aussah, wie der Name klang. Aber auch wenn man den offizielleren Namen Stippgrütze verwendete, es blieb immer noch eine graue unansehnliche Masse aus Gerstengrütze und Fleisch, zum Großteil Innereien, die auf dem Teller mit Kartoffeln und eingelegten Gurken wirklich nicht appetitlich aussah. Man musste schon damit aufgewachsen sein, um das zu mögen. Und Betty hatte es früher geliebt. Aber das war früher gewesen. Sie war lange davon weg. Sie hatte sich verändert. Ihr Vater Jochen würde es anders formulieren: Berlin versaut den Charakter. Er war nie damit einverstanden gewesen, dass sie zum Studieren weggegangen war.

»Hm, das ist nett, aber ich wollte eigentlich nicht mehr so viel Fleisch essen .«

»Jetzt hör schon auf, Bettina. Es gibt Wurstebrei. Und Opa freut sich auch schon.«

»Wie geht's ihm?«

»Ach, lass uns doch erst mal ankommen.«

# 2

Betty betrat hinter ihrer Mutter das Bestattungsinstitut. Als sie ihre Füße auf den dicken hellen Teppich setzte, war sofort der Geruch ihrer Kindheit wieder da: der nach warmem, weichem Holz, luftig leicht und dennoch erdig. Der Holzgeruch kam von den Kiefern und Eichen, von den schweren, großen Särgen, die hier links und rechts aufgereiht waren. Die meisten waren glatt poliert, das Holz versiegelt unter einem Klarlack, aber doch setzte sich der Holzduft deutlich durch. Genau wie der Geruch der Leichen später, aber dann hatten die Toten und die Särge längst das Institut verlassen.

Als Betty ihrer Mutter durch das Ladengeschäft folgte, stellte sie wieder mal fest, wie hell und wohlig die ganze Atmosphäre hier war. Die Kunden sollten sich beruhigen, wenn sie hereinkamen, trotz des Schicksalsschlags, den sie gerade erlitten hatten. Sie wurden durch die dezente Klarheit des aufgeräumten, wirklich warm wirkenden Geschäfts sofort an die Hand genommen, ihnen wurde sozusagen die Schulter getätschelt, ein freundliches Lächeln geschenkt, und schon bald versiegten die Tränen, ging ihr Puls herunter. Das funktionierte auch bei Betty. Immer noch. Und gerade jetzt konnte sie Ruhe gut gebrauchen. Sie wollte sich nicht mehr anstrengen. Ihr Kopf war wund gedacht.

Ella war völlig immun gegen die beruhigende Wirkung des Instituts. Sie schimpfte über den Nachbarn, Herrn Stute, der seinen Wagen wieder mal völlig falsch vor dem Haus geparkt hatte. Herr Stute war ein miesepetriger ehemaliger Miele-Ingenieur.

»Der säuft wie ein Loch. Es klirrt jedes Mal hinten im Kofferraum, wenn der seinen Audi aus der Garagenausfahrt setzt. Altglas, weißt du? Kein Wunder, dass der nicht mehr einparken kann. Und manchmal kommt der gar nicht mehr rein in die Garage. Da kriegt der den Bogen nicht.«

»Deine Kurventechnik ist auch nicht so viel besser, Mama.«

»Aber ich bin wenigstens keine Gefährdung für andere Verkehrsteilnehmer.«

»Bist du dir da sicher?«

Ella warf ihr einen Blick zu. »Und wann machst du noch mal den Führerschein?«

Betty zuckte die Schultern. Es gab nichts auf der Welt, was sie so wenig interessierte wie der Führerschein. Makramee vielleicht. Oder irgendwelche Tonfunde in irgendwelchen Wüsten von irgendwelchen toten Azteken.

»In Berlin braucht man keinen Führerschein. Glaub mir, die Stadt ist die Hölle für Autofahrer. Es gibt keine

Parkplätze und nur Stau, und dafür kommst du mit den öffentlichen Verkehrsmitteln …«

»Aber das hier ist Bielefeld-Jöllenbeck, und das einzige öffentliche Verkehrsmittel kommt einmal die Stunde, falls du dich erinnerst.«

»Stimmt. Aber ich hatte gedacht, der gesellschaftliche Wandel macht auch vor Jöllenbeck nicht halt. Wollten die das nicht längst umstrukturieren, Klimawende, nachhaltig und so …«

Ein schräger Blick ihrer Mutter. »Das einzig Nachhaltige hier ist das.« Sie deutete auf das Holz der Särge.

Hier, zwischen den Särgen, umgeben von dem Holzduft, hier hatte Betty sich immer am wohlsten gefühlt. Hier war zu Hause, hier war ihre Heimat, hier hatte sie eine glückliche Kindheit verlebt. Hier hatte sie gespielt, zwischen, unter und in den Särgen. Hatte ihre Puppen und Stofftiere auf die edle Seide in den Särgen gesetzt und war mit ihnen nach Übersee gerudert. Hier waren Särge Indianerzelte, Rennautos, Geheimverstecke und Schatzkisten gewesen. Ihre Eltern hatten das immer geduldet. Nur wenn Betty ihre Puppen danach nicht weggeräumt hatte und Jochen irgendwelchen Angehörigen einen Sarg vorführen wollte, war es problematisch geworden. Wenn ihr Vater Jochen vor den rot geweinten Augen der Angehörigen erst mal eine Stoffpuppe aus dem Sarg fischte, konnte das durchaus ein Schmunzeln hervorrufen. Ein dringend benötigtes Schmunzeln mitunter, was die Situation auflockerte und zeigte, wie nah Sterben und Tod beieinanderlagen.

Aber was, wenn der Tote ein Kind gewesen war? Wenn Jochen den erschütterten Eltern, die gar nicht wussten, wohin mit sich und ihrer Trauer und ihrem Schmerz, für den es gar keine Worte gab, wenn er ihnen einen Sarg präsentierte, in dem unter dem geöffneten Deckel plötzlich eine Puppe zum Vorschein kam?

Betty hatte sich früh daran gewöhnen müssen, ohne Taschengeld auszukommen.

»Wo ist Papa?«

»Unten im Keller, denke ich. Geh runter. Er freut sich. Ich setz schon mal die Kartoffeln auf.«

Betty ließ ihren Rucksack im Treppenhaus fallen. Sie würde ihn später hochtragen, in ihr altes Kinderzimmer. Würde später ihrem Bruder Maxi Hallo sagen. Und Opa Richard. Aber jetzt stieg Betty die Treppe hinunter zum Keller, in dem sich die Kühlfächer befanden und daneben der gekachelte Raum, in dem die Leichen gewaschen wurden.

Als Betty den Kopf durch die Tür streckte, sah sie ihren Vater über einer Leiche stehen. Jochen war gerade dabei, die Tote wieder herzurichten. Betty schenkte der Leiche keinen Blick, sie war es von Kindheit an gewöhnt gewesen, dass hier tote Menschen lagen. Sie hatte genug weiße und blasse und zusammenfallende Menschen gesehen, hatte genug Haut gesehen, die ehemals braun und jetzt nur noch grau wirkte, hatte sich nie darüber gewundert, wie *klein* Menschen plötzlich wirkten, wenn sie tot waren. Es war einfach normal gewesen für Betty. Die Toten waren einfach da. Unten im Keller. Einige Klassenkameradinnen hatten eine Schweinemast im Hof, andere eine Backstube im Erdgeschoss. Bei Betty waren es eben Leichen. Es hatte sie nie gestört.

Bis zur Pubertät natürlich. Da war es die Hölle gewesen. Da war einem alles peinlich gewesen. Ein verunglücktes Lächeln. Eine unmodische Klamotte. Ein dummer Witz, den die anderen nicht verstanden hatten. Welches Mädchen hatte nicht dieses unwohle, unsichere Gefühl gehabt, dass die eigenen Brüste zu klein waren, dass sie niemals wachsen würden, und dass gleichzeitig jeder Blick der Jungs, der Mitschüler nur auf diesen einen Körperteil fixiert war, sodass man am liebsten eine Ganzkörperverhüllung getragen hätte. Eine Burka oder so was.

Und dann hatte man auch noch Leichen im Keller?

Betty hatte sich damals so gewünscht, dass ihre Eltern etwas Normales machten. Warum nicht Bäcker? Warum nicht Steuerberater? Warum nicht Miele-Ingenieur? Notfalls? Alles war besser als Bestatter. Dieses entsetzliche Gefühl der Peinlichkeit hatte Betty ein paar Jahre lang begleitet, aber mittlerweile hatte sie es überwunden.

Betty freute sich, ihren Vater zu sehen, als sie jetzt zu ihm trat.

Jochen hatte sie bemerkt, sah von der Toten auf, und als er Betty erkannte, strahlte er. Ein breites, warmes Lächeln erschien auf dem runden Bestattergesicht mit den warmen braunen Augen. Er hatte einen Schweißfilm auf der Stirn, wie immer, und hob jetzt die Hände in den Plastikhandschuhen und spreizte sie zur Seite, damit er Betty nicht damit berührte, während er ihr einen Kuss auf die Stirn gab.

»Bettina, wie schön.«

Betty mochte es eigentlich nicht, dass ihre Eltern Bettina zu ihr sagten. Sie hatte die Bettina in sich abgelegt. War groß, war erwachsen, war eine Großstädterin geworden. Aber im Moment war ein »Bettina« eigentlich ganz schön, es war so unspektakulär, so geerdet. Normal. Genau das, was Betty gerade brauchte.

»Schön, dass du da bist.«

»Find ich auch.«

»Wie kommen wir denn eigentlich zu der Ehre? Es ist doch ganz außer der Reihe?«, fragte Jochen, während er sich der Leiche wieder zuwandte.

»Ach, ich musste mal raus. Ausschlafen, weißt du. Der Job in der Klinik … puh. Es ist echt hart.«

Jochen lächelte. »Du hättest Bestatterin werden können.«

»Ach, Papa.« Ein ewiges Thema zwischen den beiden. Jochen sagte es nur noch aus Scherz, aber er konnte einfach nicht begreifen, dass Betty nicht in seine Fußstapfen treten wollte. Dabei musste er doch eigentlich wissen, wie schwierig und enervierend das sein konnte. Schließlich war da ja auch noch Opa Richard, von dem Jochen das Institut übernommen hatte.

»Wer ist das?«, fragte Betty, um abzulenken, und nickte zu der Toten hinüber, von der sie nur schräg den Kopfansatz hinter Jochen sehen konnte.

»Inka Binder-Manke. Du kennst sie, erinnerst du dich?«

Betty warf einen erstaunten Blick zu der vierzigjährigen Frau hinüber, die da auf der Liege lag. Betty trat heran. Natürlich kannte sie Inka, obwohl sie mit ihrem grotesk geschwollenen Gesicht und der blauen Hautverfärbung auf den ersten Blick kaum zu erkennen war.

»Sie hat mir Flötenunterricht gegeben, als ich acht oder so war.«

»Richtig.«

»Nee, falsch. Das war ein Fehler. Flöte ist ein Scheißinstrument.«

»Wie gut, dass du dann Klavier gelernt hast.«

»Wie fies, dass ihr mich dazu gezwungen habt.«

»Klavierspielen schult das mathematische Denken.«

»Nachhilfe auch.«

Blicke zwischen Jochen und Betty. Wie oft hatten sie diese Diskussion schon geführt? Es lief immer auf eins hinaus:

»Nicht jeder hat ein musikalisches Talent, Papa. Schon gar kein so großes wie du.« Und das stimmte. Jochen hatte eine beachtliche Stimme und hätte eine große, womöglich eine *Welt*karriere machen können, wenn nicht, tja, wenn er sich nicht dem väterlichen Diktat gebeugt hätte und Bestatter geworden wäre.

»Das stimmt. Leider.« Jochen lächelte milde geschmeichelt in sich hinein.

»Wie schlägt sich Maxi?« Auch Bettys jüngerer Bruder war zum Klavierunterricht gezwungen worden. Und auch er musste sein Taschengeld dadurch verdienen, dass er bei den Trauergottesdiensten und manchmal auch in der Trauerhalle die Orgel spielte.

»Besser als du.«

»Das kann ja jeder. Schlechter sein als ich, *das* wäre schwer.«

Jochen grinste wieder und stupste Betty ein bisschen mit seiner Schulter an. Fast ein Gefühlsausbruch für den sonst so trockenen Westfalen.

Betty sah auf die Tote herunter. Inka Binder-Manke hatte früher noch keinen Doppelnamen getragen, sie war, als sie Betty Flötenunterricht gegeben hatte, eine Anfang zwanzigjährige, leicht versponnene und, wie sich Betty jetzt erinnerte, stark gläubige Frau gewesen. Inka hatte etwas ätherisch gewirkt mit ihren langen blonden, leicht gelockten Haaren, eine schmale Frau, die schüchtern und in sich gekehrt gewesen war. Und die es definitiv nicht verstanden hatte, eine renitente Achtjährige, die eigentlich Rodeoreiterin oder Sternenkriegerin werden wollte, für das Flötenspiel zu begeistern. Sofern man das überhaupt konnte.

Die tote Inka auf der Liege wirkte nicht mehr ätherisch, ihr Körper war zwar immer noch schmal und schlank, aber ihr Gesicht war prall und aufgedunsen wie das eines osteuropäischen Arbeiters nach einer Zwölfstundenschicht in einem Fleischzerlegebetrieb, nach der dritten Flasche Wodka. Inkas Augen waren völlig zugeschwollen, ihre gesamte linke Gesichtshälfte aufgebläht. Und völlig deformiert.

»Was ist denn mit der passiert?«, wunderte sich Betty. Obwohl sie schon begann, die klinischen Zeichen für sich zusammenzusetzen.

»Ein anaphylaktischer Schock, sagt Dr. Wittmann.«

Genau darauf war Betty jetzt auch gekommen. Die Symptome passten. Ein anaphylaktischer Schock entsteht durch eine starke allergische Reaktion. Betty erinnerte sich an den dazugehörigen Eintrag im *Amboss*, dem medizinischen Nachschlagewerk, mit dem sie kürzlich, wie jeder andere Medizinstudent auch, sich bis zum Erbrechen und zur Erschöpfung durch all den Prüfungsstoff gelernt hatte. Durch die allergische Reaktion kommt es zu einer Kaskade von kumulativen pathophysiologischen Effekten, unter anderem eine *Vasodilatation*, eine erhöhte Gefäßpermeabilität und ein *Bronchospasmus*, aus der sich eine arterielle *Hypotonie* ergibt. Daraus entsteht dann eine *Tachykardie*, also ein erhöhter Herzschlag von über hundert Schlägen pro Minute, der durch das Histamin, das ohnehin einen herzfrequenzsteigernden Effekt hat, noch verstärkt wird. Die Folge ist ein massiver Blutdruckabfall und eine verminderte Durchblutung lebenswichtiger Organe. Durch Ödeme im Bereich des *Pharynx*, also des Rachens, oder des Kehlkopfes, des *Larynx*, kommt es zu einer Verengung der oberen Atemwege, und das führt innerhalb kürzester Zeit zu einer lebensbedrohlichen *Hypoxie*. Die kürzlich auswendig gelernten Stellen aus dem Medizinbuch konnte Betty fast schwarz auf weiß vor ihren Augen sehen. Aber man hätte es auch verkürzt sagen können: Inka hatte einen Kreislauf- und anschließend, gepaart mit einem Bewusstseinsverlust, einen Atemstillstand erlitten.

»O Scheiße!«

Betty blickte auf die Tote hinunter. Sie tat ihr leid.

»Na ja«, sagte Jochen. Er war nicht so der Gefühlsmensch. Außer, wenn er seine Tochter nach langer Zeit begrüßte.

»Ein allergischer Schock, worauf denn?«

»Bienenstich. Sagt Wittmann.«

»Tragisch.«

»Ein bisschen ironisch auch. Die Inka war ja so eine Naturfixierte. Und dann ist sie auch dadurch gestorben.« Er zuckte die Schultern.

»Naturfixiert? Was meinst du damit?«

»Ach, die hat da so 'n Institut. Hinten am Ellersiek. So ein Esoterikquatsch. Im Garten hat sie dann gelegen.«

Betty betrachtete die Leiche nachdenklich.

»Wo ist denn der Bienenstich?«

»Na da, am Hals.«

Jochen deutete auf einen kleinen roten Punkt an Inkas linker Halsseite. Betty runzelte die Stirn. Klar, angesichts der starken Schwellung, besonders der linken Gesichtshälfte, war es nur natürlich, dass das Bienengift auf dieser Seite in Inkas Körper getreten war.

Aber.

»Das ist komisch.«

»Was meinst du?«

Betty versuchte, sich die medizinischen Details ins Gedächtnis zu rufen. Bienengift, medizinisch auch Apitoxin genannt, besteht aus einer Mischung verschiedener Peptide, Histamin sowie den Neurotransmittern Dopamin und Noradrenalin und kleinen Molekülen, deren Hauptvertreter Melittin ist. Dieses ist in erster Linie für die allergische Wirkung des Giftes verantwortlich. Die Inhaltsstoffe greifen die Zellwände an und sorgen für die Erweiterung der Blutgefäße, sie lassen das Gewebe anschwellen, was für ein starkes Schmerzempfinden sorgt. Die Gefäßwände in der Umgebung eines Bienenstichs werden durchlässig, was dazu führt, dass sich das Gift in Sekundenschnelle noch weiter ausbreitet. Und: Die Eintrittswunde ist besonders stark gerötet und angeschwollen. Nicht jedoch bei Inka.

»Die Schwellung hier am Einstich ist viel zu klein.«

Jochen warf seiner Tochter einen fragenden Blick zu.

»Na ja, sie liegt ja auch schon. Das ist abgeschwol-len.«

»Im Gegensatz zu ihrem Gesicht?« Das war prall wie ein Fußball.

»Was willst du damit sagen?«

»Nichts. Nur dass die Haut hier rund um den Stich viel stärker gerötet sein müsste, dass es eine viel deutlichere Schwellung geben müsste.«

Betty beugte sich ganz nah zu der Leiche herunter und zog das Gewebe rund um die Einstichstelle auseinander.

»Handschuhe!« Jochen rief streng dazwischen. Irritiert sah er zu, wie Betty seufzte und sich jetzt Einweghandschuhe aus der Box neben der Liege nahm. »Was machst du?«

»Wo ist der Bienenstachel?«

»Keine Ahnung. Ich habe nichts gefunden. Aber was soll das? Was machst du?«

»Es kommt mir komisch vor.«

»Bettina, der Stachel ist vielleicht rausgefallen. Oder Wittmann hat ihn entfernt.«

»Vielleicht.« Betty suchte weiter. Sie schob jetzt den Kragen von Inkas weißem Kleid zur Seite, suchte nach einem weiteren Einstich. Betty schob die Ärmel des Kleides hoch und inspizierte die Leiche weiter und weiter.

»Was soll das?« Jochen war ungehalten.

»Ich suche die anderen Stiche.«

»Welche anderen Stiche? Ich habe nichts gesehen.«

»Es kann nicht sein, dass ein einziger Bienenstich genügt hat. Wo hat man sie gefunden, sagst du?«

»Im Garten ihres Instituts.«

»Genau. Wenn dich eine Biene sticht, und selbst wenn du sehr allergisch auf das Gift bist, dann dauert es, bis sich das Ganze zum anaphylaktischen Schock aufschaukelt, verstehst du? Du hast mindestens zwanzig Minuten, bis es zum Kreislaufversagen und Herzstillstand kommt. Sie hätte längst ins Haus laufen und Hilfe holen können.«

»Vielleicht war sie hochallergisch?«

»Kann sein. Oder es hätte mehr Stiche geben müssen. Die Giftmenge einer Biene reicht nicht aus für so eine schnelle Reaktion.«

»Es gibt keine anderen Stiche. Ich habe keine gefunden. Nur den da oben.« Jochen war störrisch, ihm passte sichtlich nicht, dass seine Tochter nicht lockerließ.

»Das da oben am Hals sieht nicht aus wie ein Bienenstich. Und wie gesagt: Er allein hätte nicht genügt.«

»Du spinnst. Das ist der Stich. Und das ist nicht die erste Leiche mit *nur einem* Bienenstich, die ich hier auf dem Tisch habe. Und der Wittmann … mein Gott. Dr. Wittmann, Bettina!«

Das stimmte. Dr. Horst Wittmann war der Hausarzt der gesamten Familie Pabst. Betty erinnerte sich noch gut an den immer etwas müde aussehenden, aber stets väterlich-freundlichen Hausarzt mit den gütigen Augen. Ein Arzt wie aus dem Bilderbuch. Menschen vertrauten ihm blind. Auch Betty und ihre Eltern. Er hatte die Familie durch all ihre Krankheiten begleitet, durch Mumps, Fieber, Gürtelrose, den Bluthochdruck ihrer Mutter und Jochens steifen Rücken.

»Ich will nur …«, begann Betty.

»Schluss jetzt«, unterbrach Jochen sie streng. »Gleich

gibt es Abendessen.« Er zog sich die Handschuhe aus und verließ unwirsch den Keller.

Betty sah ihm verwundert nach.

# 3

Wenig später saßen sie oben am gedeckten Tisch und aßen.

»Wie geht es dir, Häschen?«, fragte Opa Richard. Er hatte die Tendenz, alle weiblichen Wesen Hase oder Häschen zu nennen, was in genderbewegten Zeiten natürlich nicht gut ankam. Doch irritierenderweise war ihm kaum jemand böse, und Betty hatte schon die härtesten LGBTQ-Vertreterinnen vor seinem gewitzten Lächeln einknicken sehen. Schließlich wusste man nie, woran man bei ihm war, wie sehr er sich selbst auf die Schippe nahm.

»Gut geht's mir«, log Betty und fügte schnell hinzu: »Ich habe euch vermisst.«

»Richtig so.« Opa Richard lächelte zufrieden.

Ella und Jochen warfen sich über den Tisch Blicke zu.

Bettys Schultern schmerzten noch, so fest hatte Opa Richard sie eben zur Begrüßung in den Arm genommen und gedrückt. Trotz seines Alters war er immer noch groß und kräftig und, ja, immer noch gut aussehend mit seiner markanten Nase, den vor Witz sprühenden Augen und dem mittlerweile weißen, aber immer noch dichten

Haar, das er wie eine Löwenmähne trug. Und wirklich: Opa Richard war ein Löwe. Was es nicht einfach machte für Jochen. Denn: Es gibt keinen Pabst neben dem Pabst. Betty hatte sich oft gefragt, warum ihr Vater das Bestattungsinstitut von seinem Vater übernommen hatte. Und wie er es all die Jahre ausgehalten hatte, dass alles, was er tat, falsch war. Zumindest in Richards Augen.

»Wie ist dein Job an der Charité?«, fragte Opa Richard.

»Anstrengend. Aber toll!«, setzte Betty schnell hinzu.

»Und? Hast du nette Kolleginnen?«

Diese Frage war zu erwarten gewesen. Eigentlich die nach »hübschen Kolleginnen«. Nichts interessierte Richard so wie Frauen. In den letzten Jahren hatte er sich aus dem normalen Betrieb zurückgezogen, hielt aber immer noch die Trauerreden. Richard war ein großartiger, einfühlsamer Redner, charismatisch mit seinem unwiderstehlichen Witz. Plock. Plock. Plock. Man hörte Frauenherzen reihenweise leise brechen, wenn Richard vorne neben dem offenen Sarg stand und etwas über den Tod und die Vergänglichkeit sagte und dann die unbändige Kraft des Lebens betonte und dass wir nie zurückschauen, nie bedauern, sondern uns nehmen müssen, was uns guttut, was wir brauchen, vor allem angesichts dessen, dass es irgendwann vorbei sein werde und wir dann nicht betroffen zurückschauen werden wollen, denn zurückschauen wollen wir ohnehin nicht, nein.

Ja. Richard war ein Löwe. Und seine Beute waren die Frauen.

Jochen wirkte angespannt, als er unmotiviert im Wurstebrei rumstocherte. Denn Richard war nicht einverstanden mit dem, was Jochen von der Beerdigung heute Morgen erzählte.

»Was sollte ich denn machen mit dem Sarg?«

»Die armen Dieckmeyers«, warf Ella schnell ein, bevor Richard ansetzen konnte.

»Was war denn?«, fragte Betty.

»Na die Dieckmeyers aus der Heidestraße. Du kennst die bestimmt noch.« Nein, Betty kannte sie nicht. Aber Ella konnte nicht begreifen, dass ihre Tochter nicht mehr jeden Namen aus der näheren Umgebung kannte, geschweige denn, dass sie kein Interesse hatte, jeden Tratsch durchzudiskutieren. »So große Blonde, die ganze Sippe. Sehr evangelisch. Eifrige Kirchgänger. Und dann ist der Uwe, der Sohn, muslimisch geworden. Ist sogar konvertiert.«

»Ja und? Kann doch jeder selbst entscheiden, ob ...«, sagte Betty. Sie musste insgeheim schmunzeln. Ein Muslim, der mit Vornamen Uwe hieß? Gut, in Berlin war das gang und gäbe. Warum auch nicht. Da konnte jeder machen, was er wollte. Aber nicht in Bielefeld.

»Ja sicher, das kann jeder selbst entscheiden«, erklärte Richard. »Sofern Glaube an sich überhaupt was nützen würde.«

»Ach, Richard, jetzt fang nicht schon wieder an.«

»Bist du jetzt plötzlich Atheist, Opa?«

Bevor Richard etwas dazu sagen konnte, erklärte Jochen seiner Tochter schnell: »Ach, der Opa hat so eine

Phase gerade. Aber Uwe Dieckmeyer hatte sich eine muslimische Beerdigung gewünscht. Das heißt …«

»Ohne Sarg. In einem Leichentuch.« Betty war nun mal die Tochter eines Bestatters, sie kannte sich aus.

»Genau. Aber seine Familie … Die Dieckmeyers gehen jeden Sonntag in die Kirche. Die waren echt überfordert. Die konnten damit nichts anfangen. Der Imam wollte ihnen entgegenkommen und die Leiche von Uwe Dieckmeyer erst im Grab aus dem Sarg holen, aber …«

»Das ist Grabschändung.«

»… und damit strafbar. Richtig. Es war ein Hin und Her, endlos musste ich mit denen diskutieren. Am Ende haben wir gewartet, bis die Dieckmeyers weg waren, und haben die Leiche aus dem Sarg geholt, und dann erst im Tuch bestattet.«

»Ja, ja, ja«, sagte Richard genervt. »Aber was machst du denn jetzt mit dem übrig gebliebenen Sarg?«

»Tja, Eberesche. Die teure Glanzversion. Verkaufen kann ich den nicht mehr.«

»Das merkt doch keiner.«

»Vater!«

Richard schnaubte abfällig.

»Außerdem ist er ja bezahlt«, sagte Jochen.

»Das wär ja noch was! Und jetzt? Willst du ihn wegschmeißen?«

»Ich weiß es nicht. Aber ich kann ihn doch nicht noch mal verwenden. Du hast mir doch immer gepredigt, dass …«

»Was interessiert mich mein Geschwätz von gestern? Außerdem: Das war das Modell *Milano hell*! Das ist gute, alte Handarbeit! Der Sarg kommt vom Meyerzurheyde. Wenn ich dem erzähle, dass du seinen Sarg wegwirfst.«

»Der alte Meyerzurheyde ist tot, Papa.«

»Ja und? Dann dreht der sich im Grabe um. Außerdem schwafelt eure Generation doch immer von nachhaltig und umweltblablabla?«

»Nö. Das ist deren Generation«, erwiderte Jochen trocken und deutete mit der Gabel auf Betty.

Sofort setzte Richard ein Lächeln auf und strich seiner Enkelin liebevoll über den Unterarm. »Und das ist auch richtig so, Hase.«

»Wo ist eigentlich Maxi?« Betty hatte ihren Bruder noch nicht gesehen.

»Der hat Bandprobe«, antwortete Ella. »Kommt später. Morgen gibt's Rosenkohl, in Ordnung?«

Richard und Jochen verdrehten die Augen. Wenigstens darin waren sie sich einig. Und einen kurzen Moment war Stille am Tisch.

»Wer ist denn das unten? Die neue Leiche«, wollte Richard wissen.

»Inka Binder-Manke, die vom …«

»Was???« Ella war heftig zusammengezuckt. Die Nachricht traf sie sichtlich. Sie schluckte schwer.

»Kennst du sie?«, wollte Betty wissen, die ihre Mutter beobachtet hatte.

»Na, wer kennt die hier nicht?«, gab Ella schnell zurück.

»Was soll das denn heißen?«, fragte Betty.

»Na, die Inka hat hier dieses Zentrum gegründet. *Lebensstrahl.*«

»Dieser Esoterikscheiß, sagte ich doch«, meinte Jochen abfällig.

»Ach, *die* ist das«, sagte Richard mürrisch, der jetzt auch erst begriff. Ella warf den beiden grantelnden Männern einen strafenden Blick zu und erklärte Betty dann: »Das *Lebensstrahl* bietet so Seminare und Workshops an. Also, die machen Yoga und Ayurveda-Massage, aber in den Seminaren geht es auch um Persönlichkeitsentfaltung, Resilienz, Reinigungsmeditation ...«

»*Geistheilung* machen die«, schimpfte Jochen. »Was auch immer das sein soll.«

»Eso-Quatsch«, sagte Richard abfällig. »Hat sie auch nicht davon abgehalten zu sterben.«

Ella seufzte. »Ihr seid beides solche Stiesel.«

»Ja und? Ich würde schwören, dass die Inka bestimmt eine Almwiesenbestattung will. Oder sich plastinieren lassen«, schnaubte Richard. »Oder?«

»Ich weiß es nicht, ich habe noch nicht mit den Angehörigen sprechen können«, sagte Jochen.

»Das wird aber Zeit«, befand Richard schnell. »Oder vielleicht will die auch einen Erinnerungsdiamanten. All diesen neumodischen Scheiß, den du da so anbietest.«

»Was soll ich denn machen, Vater? Man muss mit der

Zeit gehen. Und wenn wir das nicht machen, schnappt uns *Asgaard* noch den letzten Kunden weg.«

»Wer ist denn *Asgaard*?«, fragte Betty neugierig.

»Das ist so ein Bestattungsdiscounter. Die haben hier in Jöllenbeck eine Filiale aufgemacht.«

Jochen schwieg. Es machte ihm offensichtlich zu schaffen.

Richard schob seinen Teller zur Seite und stand auf. Er beharrte auf seinem Standpunkt: »Das ist alles Mist! Neumodischer Kack.« Damit ging er hinaus. Ella sah ihm seufzend nach. Jochen schwieg immer noch mürrisch. Betty sah zwischen ihnen hin und her. Ella fing ihren Blick auf.

»Der Opa lässt nach«, sagte sie erklärend.

»Nur will er das nicht einsehen«, fügte Jochen hinzu.

»Letzte Woche gab es einen … Zwischenfall. Auf der Lottmann-Beerdigung. Richard hatte ein Lied angestimmt, allein, vorn am Sarg. Du weißt, wie sehr er das liebt, sich zu inszenieren.«

»Ja klar«, sagte Betty. Ihr Opa war im Selbstdarstellen immer gut gewesen. Vor allem, wenn Frauen anwesend waren.

»Nur hat er eben *Von guten Mädchen treu und still umgeben* gesungen. *Mädchen*… und nicht *Mächten*. Die Trauergäste waren sehr pikiert.«

»Ach, ist doch lustig, oder?«

»Der Tote war ein Pfarrer.«

»Oh …« Betty musste grinsen. »Na dann erst recht lustig. Opa ist halt ein Schwerenöter.«

»Nur hat er danach nichts von seinem Versprecher wissen wollen. Er hat das geradeheraus abgestritten, verstehst du?«

»Er ist wirklich seltsam in letzter Zeit. Und wir …«, Ella sah zu Jochen, der seinen Blick abwandte und auf eine Küchenkachel rechts an der Wand starrte. Ella seufzte und fuhr fort: »… wir fragen uns, ob das vielleicht erste Anzeichen von Demenz sind.«

# 4

Als Betty am nächsten Morgen in ihrem alten Kinderzimmer wach wurde, hatte sie eine lange, traumlose Nacht hinter sich. Völlig erschöpft war sie am Abend zuvor ins Bett gefallen, noch vor ihren Eltern, noch bevor Maxi nach Hause gekommen war und noch bevor sie länger über die seltsame Spannung zwischen ihren Eltern nachdenken konnte. Die beiden hatten unter der nach außen getragenen harmlosen Freundlichkeit sehr angestrengt gewirkt. Es war, als ob sie sich permanent argwöhnisch beobachteten und auf irgendwas warteten. Aber was? Aber bevor Betty dieses diffuse Gefühl überhaupt orten konnte, und nicht einmal jetzt konnte sie es benennen, war sie weggekippt. In ein schwarzes Loch gefallen. Und heute Morgen fühlte sie sich noch erschöpfter als am Abend zuvor. Wie konnte das sein? Betty öffnete mit Mühe ihre müden Augen, dann schob sie die Decke zur Seite und stieg aus dem Bett. Es kostete sie entsetzlich viel Kraft.

Unten in der Küche war niemand, der Geruch des Filterkaffees hing noch in der Luft. Betty schüttete sich die lauwarme Brühe in eine der hässlichen Tassen, die sie aus dem Schrank über der Spüle holte. Sie nahm ein paar große Schlucke, während sie nach vorn in das Ladengeschäft ging, das nicht besetzt war. Wenn ein Kunde hereinkam, würde die Klingel unten im Keller läuten, und ihr Vater würde hochkommen. Betty sparte sich den Gang hinunter, sie wollte sich nicht auf ein Gespräch mit ihrem Vater einlassen, denn sie wusste, was er zu dem sagen würde, was sie vorhatte.

Das Klingelschild von Dr. Wittmanns Praxis wies deutliche Gebrauchsspuren auf. Es war, wie die geräumige Praxis auch, seit Jahrzehnten nicht überholt worden. Die weiß gestrichenen Tapeten hätten einen neuen Anstrich gebrauchen können, die schweren Lederstühle im Wartezimmer Wittmanns waren in den Siebzigern modern gewesen. Die billigen Kunstdrucke an den Wänden noch nie. Die Räume waren hell und luftig. In Berlin hätte man aus dieser einen Praxis ein Ärztehaus gemacht. Hier in Bielefeld spielte Platz keine Rolle. In Berlin hätte man ein hippes Raumparfüm benutzt. Bei Wittmann roch es muffig.

Auch Wittmann selbst roch ein wenig muffig, als Betty ihm gegenübersaß. Der Arzt lächelte Betty über seine Lesebrille hinweg freundlich an.

»Bettina Pabst. Welche Freude. Lange ist es her.«

»Das stimmt.« Betty lächelte freundlich zurück.

»Das letzte Mal, dass wir uns gesehen haben, war … eine Gastroenteritis?«

Betty erinnerte sich. Ein peinlicher Magen-Darm-Infekt, der sie völlig ausgeknockt hatte und in dessen Folge sie im Wartezimmer von Wittmann gekotzt hatte. Peinlich. Sie lief rot an.

»Zum Glück ist das lange her. Weswegen ich hier bin …«

»Du bist in Berlin, richtig? Und du studierst Medizin, sagt deine Mutter.«

»Ich bin fertig mittlerweile. Ich habe jetzt eine Assistenzarztstelle an der Charité.« Betty verschwieg, dass der Job die Hölle war und sie permanent eigentlich nur erschöpft und unglücklich war.

Wittmann sah sie anerkennend über seine Brille hinweg an. Er nickte beeindruckt.

»Respekt. Große Karriere vor dir, was?«

»Ach …«, Betty wiegelte ab, »Karriere … ich verdiene zum ersten Mal etwas Geld, das ist ganz schön.«

»Wie kann ich dir helfen? Du siehst nicht krank aus.« Er musterte Betty intensiv. Sie war ein bisschen blass. »Abgesehen von deinem Eisenmangel. Aber den hast du ja chronisch.«

»Stimmt.« Betty lächelte. »Aber mir geht's gut. Ich habe nur eine andere Frage …« Sie machte eine kleine Pause. »Inka Binder-Manke.«

Wittmann setzte sich aufrecht hin.

»Sie liegt bei uns im Institut. Ich hatte gestern mit Papa

geredet, und da habe ich sie gesehen. Unten auf dem Tisch.«

»Ja?« Wittmanns Lächeln wirkte jetzt ein wenig schmal. Seine Augen blickten misstrauisch.

»Es war ein anaphylaktischer Schock, ohne Zweifel. Alle letalen Anzeichen deuten darauf hin ...«, setzte Betty an.

»Der Diagnose würde ich auch folgen«, sagte Wittmann.

»Durch einen Bienenstich, wie Sie sagen.«

»Richtig.« Noch weiter konnte sich Wittmann nicht zurücklehnen. Und noch weniger lächeln auch nicht. Er musterte Betty durchdringend.

»Ich wollte nur ... also, verstehen Sie ... als ich die Tote gestern da sah, ich hab mich nur gewundert. Sie lag im Garten, richtig? Aber wenn sie da gestochen worden ist – die Zeit hätte bei einem einzigen Bienenstich auf jeden Fall ausgereicht, um ins Haus zu laufen und Hilfe zu holen.«

»Inka war hochallergisch.«

»Aber dennoch – würde ein einziger Stich ausreichen? Hätte es da nicht mehr Stiche geben müssen? Hätte da nicht mehr Gift ...«

»Es gab nur diesen einen Stich.« Wittmanns Stimme war eiskalt. »Und noch mal: Sie war hochallergisch. Da reicht auch eine geringe Menge an Gift.«

»Nun ja.« Betty zögerte kurz, dann fuhr sie langsam fort: »Dieser Einstich am Hals links ... das sieht nicht wirklich aus wie ein Bienenstich.«

»Tut es das nicht?«

Stille.

»Wie viele Bienenstiche hast du schon gesehen?« Wittmanns Stimme war ätzend.

»Na, eine Menge? Wir wohnen am Waldrand, und als Kinder …«

»Wie viele, die auf eine allergische Überreaktion mit Todesfolge hinausgelaufen sind?«

»Nun, äh … keinen.«

»Wieso kommst du darauf, dass das kein Bienenstich sei?«

»Weil das Gewebe um die Einstichstelle herum nicht so gerötet und geschwollen ist, wie es nach einem Bienenstich sein müsste. Erst recht, wenn die Betroffene hochallergisch ist, wie Sie sagen.«

»Willst du mir hier eine Fehldiagnose unterstellen, sehe ich das richtig?«

»Nun, nein. Ich wollte nur mal nachfragen, weil es mir ein bisschen komisch vorkam …« Betty wurde rot.

»Du meinst also, dass dich dein Klinikpraktikum …«

»Ich bin Assistenzärztin!«

»… dazu befähigt, mein Urteil infrage zu stellen? Ich sag dir mal was: Ich bin seit siebenunddreißig Jahren Arzt, und ich habe in der Zeit mehr Bienenstiche mit den unterschiedlichsten Folgen gesehen, als du Lebensjahre auf dem Buckel hast.«

»Ich *weiß*«, beeilte sich Betty zu sagen, und wollte Wittmann irgendwie besänftigen, aber der Arzt war völlig aufgebracht. Er funkelte Betty über seine Brille hinweg an, als er laut erklärte: »Aber falls du eine andere Diagnose stellen möchtest, bitte gerne. Der Satz für einen Totenschein beträgt zehn Euro dreiundzwanzig. Die kannst du gerne haben.«

»Dr. Wittmann, entschuldigen Sie. Ich wollte Ihre Kompetenz nicht anzweifeln.«

»Was denn sonst?« Stille. »Und worauf willst du überhaupt hinaus? Meinst du etwa … es war ein unnatürlicher Tod?«

Betty sah den Arzt an. Genau das meinte sie. Aber es fiel schwer, das auszusprechen.

»Du willst mir also nicht nur eine Fehldiagnose, sondern auch einen Mangel an ärztlicher Sorgfaltspflicht unterstellen?«

»Nein! Natürlich nicht. Aber die Giftmenge eines einzigen Bienenstichs ist zu gering, und diese eine Einstichstelle sieht nun einfach ungewöhnlich aus. Wo ist die starke Schwellung, wo die Rötung? Und wo ist der Stachel?«

»Du kannst ihn ja suchen. Draußen.« Wittmann deutete zur Tür. Ein klarer Rauswurf.

Betty verließ wütend die Praxis. Sie war wütend auf Wittmann. Und wütend auf sich selbst. Sie hatte sich verhalten wie bei Sean. Hatte zu wenig auf den eigenen Standpunkt gepocht, hatte sich selbst kleingemacht. Es war ein unauflösbarer Widerspruch, dass man Betty ständig vorhielt, dass sie so autark und stark und selbstbewusst sei – und dabei war sie doch nur eine arme kleine Wurst, die mit sich umspringen ließ, als wäre sie ein Nichts. Es zog in Bettys Magen. Ein fieser, schräger Stich, quer durch die Eingeweide. Bettys Wut kochte hoch. Ihre Wut auf sich, auf Sean und die auf all diese angeblich unfehlbaren Götter in Weiß. Auf diese aufgeblasenen Angeber, die meinten, sie hätten die Weisheit mit Löffeln gefressen und eine Wagenladung Egobooster in die Venen gejagt. Betty kannte diese Alphatiere aus der Klinik, selbstverliebte, aufgeblasene Wichtigtuer, die auf Kritik völlig angestochen reagierten und unfair wurden, die Schuld auf andere schoben und sich selbst ständig profilieren mussten. Deren Ego keinen Zweifel duldete, und deren Eier so dick waren, dass sie nicht mal durch die Krankenwagenauffahrt passten. Es waren ausschließlich Männer. Bis auf Hartmann. Die Betreuerin von Bettys Doktorarbeit, ausgerechnet. Hartmann hing Betty im Nacken, wegen der Abgabe eines Zwischenpapiers. Sie wollte nicht verstehen, dass Betty eh schon Zwölfstundentage hatte. Und dazu noch eine problematische Beziehung, die sie das letzte bisschen Kraft kostete. Das Paper für Hartmann lauerte in ihrem Computer und bedurfte dringend einer Überarbeitung, aber Betty schob den Gedanken trotzig beiseite.

Betty wandte sich gefrustet nach links und stapfte die Straße entlang. Die Vorgärten links und rechts waren gepflegt und aufgeräumt. Viele waren von einer halbhohen Mauer umgeben, kleine Trutzburgen, mit denen die Leute ihr Reich markierten. Alles war sauber. Nichts lag herum. Kein Müllfitzelchen flog über die Straße, nicht mal Zigarettenkippen lagen auf dem Boden. Ganz anders als in Berlin. Es war gespenstisch. Als wäre jemand mit einem Staubsauger durch das ganze Dorf gegangen. Es war fürchterlich einengend. Betty sog tief die Luft ein und ging schneller. Meter um Meter wurde ihr immer bewusster, warum sie eigentlich weggegangen war.

In der Mittelstraße hielt Betty plötzlich inne. Aus der Fleischerei Borsing sah sie eine blonde Frau treten. Die Haare straff als Pferdeschwanz nach hinten gebunden, eine ordentliche, gesteppte Jacke in Dunkelgrün, und die langen Beine steckten in einer engen schwarzen Hose. Friederike. Sie sah aus wie eine Jägerin, als sie ihren Einkauf hinten in den Subaru-Jeep stellte. Betty blieb stehen und sah ihrer ehemals besten Freundin zu, wie diese um den silbernen Jeep herumging, die Tür öffnete und sich auf den Fahrersitz setzte. Es wären nur ein paar Meter gewesen, dann wäre Betty beim Wagen und hätte Friederike Hallo sagen können. Aber Betty wusste nicht, ob sie Friederike überhaupt ansprechen sollte. Sicher, irgendwie war Gras drüber gewachsen. Und Betty war mittlerweile erwachsen. Kam klar. Aber dennoch: Es pikste fies. Innerlich. »Bitch«, flüsterte Betty. Und war dann selbst erstaunt über sich.

Aber es war einfach besser, wenn vierhundert Kilometer zwischen ihr und Friederike lagen.

# 5

Als Betty ihr Elternhaus betrat, hatte sie sich etwas abgeregt. Die frische Luft und der lange Spaziergang hatten gutgetan. Es hatte auch Vorteile, wenn man keinen Führerschein besaß.

Ihre Mutter Ella saß am Schreibtisch neben der Eingangstür und hatte einen Telefonhörer am Ohr. Sie hielt den Hörer zu und fragte: »Wo bist du denn gewesen?«

»Spazieren«, antwortete Betty.

»Und? War schön?«

»Voll schön«, sagte Betty. Es stimmte zumindest so halbwegs.

Ella musterte ihre Tochter lange. Aus dem Hörer drang eine Frauenstimme, die etwas Langatmiges erzählte, offensichtlich musste Ella nicht wirklich zuhören, es reichte, dass sie zwischendurch einmal »Das verstehe ich, Frau Müller. Richtig.« sagte. Aber ihr Interesse galt nur ihrer Tochter. Dass Betty etwas beschäftigte, war nicht zu übersehen.

»Was ist los, Bettina? Sei ehrlich.«

Betty zögerte. Dann gab sie nach. Ihre Mutter war wie ein unnachgiebiger Spürhund, wenn sie einmal Lunte gerochen hatte.

Sie war damals hinter Bettys Lügen, was die Ferienfreizeit mit der Pfadfindergruppe anging, gekommen (wo eben nicht nur Mädchen mitfuhren, wie Betty behauptet hatte), dahinter, dass Betty den Nachhilfeunterricht schwänzte, dass Betty heimlich angefangen hatte zu rauchen, und auch dahinter, dass sie im Bestattungsinstitut eine Party gefeiert hatte, während Ella und Jochen anlässlich ihres Hochzeitstages ein Wochenende in Bad Oeynhausen verbracht hatten.

Gut, da irgendein Idiot in einen Sarg gekotzt hatte, war das auch nicht schwer gewesen. Und Richard, der eigentlich hatte aufpassen sollen, hatte sich an diesem Wochenende mit einer Ilona verlustiert. Dass er seiner Aufsichtspflicht nicht Genüge getan hatte, hatte erst recht für Ärger gesorgt.

»Ich war beim Wittmann. Ich wollte noch mal nachfragen, wegen der toten Inka.«

»Wieso das denn?« Ella ließ erschrocken den Hörer sinken. Dann überlegte sie es sich anders, sagte kurz: »Ich rufe Sie zurück, Frau Müller«, und legte auf. Sie sah Betty auffordernd an.

»Da stimmt etwas nicht. Der Totenschein vom Wittmann besagt, es wäre ein Bienenstich gewesen.«

»Ja, genau. Sagt Papa doch auch.«

»Aber so sieht es nicht aus.«

»Kindchen, Kindchen, wenn es darum geht, dass Papa dich nicht ernst nimmt, wenn es wieder so ein Trotzding von dir ist.«

»Nein!«, protestierte Betty.

»Du weißt gar nicht, wie stolz er auf dich ist. Der erzählt das jedem, der es nicht hören will. Dass seine Tochter an der Charité ist.«

»Tja, schön, dass er das allen erzählt. Dass er *mir* das mal sagen könnte, das wäre vielleicht noch besser.«

»Ach, Bettina, du weißt doch, woher er das hat.« Ella nickte nach oben zur ersten Etage, und auch wenn da die ganze Familie wohnte, es war klar, dass sie Richard meinte.

Betty nickte. »Trotzdem.«

Ella fixierte Betty eindringlich. Da war doch noch etwas.

Betty stieß einen Seufzer aus. »Ich habe eben auf der Straße Friederike gesehen.«

»Die Rieke? Ach, wie schön. Habt ihr euch unterhalten? Was macht sie denn?«

»Die war weg, bevor ich mit ihr reden konnte.«

»Soso.« Es sah nicht so aus, als würde Ella ihr glauben. Aber dennoch plapperte ihre Mutter fröhlich drauflos, als ob nichts gewesen wäre. Damals zwischen Betty und Rieke. »Stell dir vor, ich habe letztens sogar den Jonas gesehen.«

»Echt jetzt?«

»Ja, beim Bauer Holzbrink. Du, der Jonas ist durch mit seinem Studium. Der ist jetzt Kriminalkommissar.«

Betty wusste nicht, was sie sagen sollte. Da kamen gleich zwei Neuigkeiten zusammen. Hinter ihrer Stirn hämmerte es. Ella betrachtete ihre Tochter lange. Und war gespannt, was sie sagen würde.

»Tja. Schön für ihn. Ich gehe mir was zu essen machen«, sagte Betty und drehte auf dem Absatz um.

Ella sah ihrer Tochter lange nach. Ihre Stirn in Sorgenfalten.

## 6

Das Polizeipräsidium Bielefeld lag neben der Bültmannshofschule an einer befahrenen Straße. Aber wie überall hier war Grün nicht fern. Hinter dem braunen Gebäude begann ein Grünstreifen, auf dem sich Betty langsam näherte. Die Bushaltestelle hatte nicht wirklich ideal gelegen. Etwas unwohl sah Betty auf das Gebäude vor sich. Dann rang sie sich durch und ging hinein. Seltsam, dass man sich sofort schuldig fühlte, wenn man ein Polizeigebäude betrat.

Als Betty die Tür des Büros öffnete, zu dem sie sich durchgefragt hatte, stockte ihr für einen Moment der Atem.

Jonas sah noch genauso aus wie früher. Also, etwas größer, etwas kerniger, etwas männlicher. Aber er hatte noch denselben Haarschnitt – die schwarzen Haare an den Seiten kurz, oben diese kleine Tolle, hochgegelt. Es war schon damals nicht die ideale Frisur für seinen schmalen Kopf gewesen, aber wie es eben so war: Männer gehen anscheinend einmal im Leben zum Friseur, und danach verändern sie ihren Haarschnitt nie wieder. Zumindest nicht Männer wie Jonas. Andere wie Sean dagegen kamen jeden Monat mit einer neuen Frisur um die Ecke. Aber Männer wie Sean probierten auch sonst alles aus.

Jonas hatte Betty den Rücken zugewandt und hämmerte auf seine Computertastatur ein. Irgendwie merkte er, dass jemand im Raum stand, und wandte sich um. Sah Betty. Und erstarrte.

»Hallo Jonas«, sagte Betty, und ihre Stimme klang komisch.

»Hey Betty«, sagte Jonas.

Und dann sagten sie beide für einen Moment nichts.

Draußen über den Grüngürtel zu gehen fühlte sich neben Jonas anders als vorher an. Auf dem Hinweg hatte Betty nur geradeaus gesehen, jetzt blickte sie viel öfter auf den Boden, auf das Gras, auf die Gänse, die am Rand des Weges grasten, während sie eigentlich versuchte, so viel von Jonas aus den Augenwinkeln wahrzunehmen wie möglich. Er war immer noch genauso attraktiv wie früher.

Möglicherweise noch attraktiver.

Aber Jonas war auch noch genauso zaghaft wie früher.

»Na, ich denke, das wird schon stimmen. Der Wittmann ist ein verlässlicher Arzt. Der praktiziert seit, hm, dreißig Jahren …«

»Siebenunddreißig«, verbesserte Betty.

Jonas stutzte. Dann lächelte er und fuhr fort: »Der weiß, was er tut. Und wenn da irgendwas falsch oder fraglich wäre, dann würde er das melden. Das müsste er tun, wenn er sich nicht strafbar machen will.«

»Hat er aber nicht.« Bettys anfängliche Freude darüber, Jonas wiederzusehen, war einer ziemlichen Genervtheit gewichen.

»Kennst du die Tote denn?«

»Die hat mir früher Flötenunterricht gegeben.«

Jonas musste lachen. Betty sah ihn sauer von der Seite an.

»*Du* hast mal Voltigieren gemacht, okay?«

»Stimmt.« Jonas grinste.

»Das ist ein krasser Mädchensport.«

»Stimmt auch.«

»Das ist noch nicht mal ein Sport.«

»Stimmt irgendwie auch«, sagte Jonas. »Aber wenn ich mich recht erinnere, gab es Mädchen zu der Zeit, die das ziemlich gut fanden ...« Er hielt im Satz inne. Genau wie Betty im Gehen. Sie sah ihn schräg von unten an, ihre Augen blitzten.

»Ich fand dich nett. Nur nett.«

Dass er ihr das Herz rausgerissen hatte, damals, musste sie ja nicht an die große Glocke hängen.

»Natürlich.«

»Und nur, wenn du nicht auf dem Scheißpferd saßest.«

Ein paar Meter gingen sie schweigend.

»Also, kannst du was tun?«, fragte Betty.

»Ist dir überhaupt klar, welche Vorwürfe du da äußerst? Du unterstellst nicht nur einem angesehenen Arzt eine Fehldiagnose, okay, das wäre nicht so schlimm und noch vertretbar, aber du sprichst hier von einem Tötungsdelikt. Möglicherweise *Mord*. Und wenn die Tote wirklich hochallergisch war, wie Wittmann sagt, reichte eben auch ein Stich. Und alles, was du sonst hast, ist eine unklare Einstichstelle, deren Symptome durch den Tod der Person und die biodynamischen Prozesse vielleicht ganz natürlich abgeklungen sind.«

»Lernt ihr so 'n Vokabular da an der Polizeiuni?«

»Genau. Unter anderem. Aber wir lernen vor allem, dass sich Realität von den Fernsehkrimis unterscheidet. Das ist ernst. Das ist echt. Das ist dann keine Spielerei, verstehst du?«

»Ja klar.«

Jonas sah sie an und schüttelte den Kopf. Offenbar verstand Betty nicht.

»Ich müsste hier eine Untersuchung, eine *Mord*ermittlung veranlassen, und das ist, ohne klare Beweise und hier in meiner neuen Stelle, echt ein Ding. Meine Chefin, die Kottmeyer …« Jonas schwieg kurz. »Puh, die ist … also, es ist nicht so leicht.«

»Du kneifst.«

Jonas schwieg unangenehm berührt.

»Kenn ich ja von dir«, sagte Betty wütend.

»Wie meinst du das denn?«, fragte Jonas pikiert, obwohl er genau wusste, was sie meinte.

Betty blieb stehen und sah ihm in die Augen. Die warmen braunen Augen, die sie mal so anziehend gefunden hatte. Und es auch jetzt wieder tat. Aber das schob sie schnell beiseite. Sie streckte dem überraschten Jonas die Hand hin.

»Du willst mir die Hand geben?« Irritiert schlug Jonas schließlich ein, mit fragendem Blick.

»Tja, schön, dich gesehen zu haben«, sagte Betty. »Bis dann mal.«

Und damit drehte sie sich um und ging weg.

Jonas blieb perplex zurück.

Nach ein paar Metern drehte sich Betty noch mal um. Ein Lächeln erschien auf Jonas' Gesicht.

»Aber, Jonas … geh mal zu 'nem anderen Friseur, ja?«

»Wwwas?«

»Du bist doch nicht mehr fünfzehn. Nichts für ungut.« Betty schenkte ihm ein Lächeln und ließ Jonas verunsichert zurück. Er fuhr sich mit der Hand über seine Tolle. Was, verdammt, sollte das denn heißen?

# 7

Betty war enttäuscht. Jonas war ein Feigling. Aber was hatte sie erwartet? Dass er mehr Eier in der Hose gehabt hätte als damals? Warum hatte er damals auf dem Oberstufenball nicht den Mut gehabt, sie zu küssen? Es war doch alles klar gewesen, da unten, zwischen den Spinden auf dem Gang, weit weg von der Party, nur der Beat war herübergeschallt. Und die Rauchschwaden. Betty hatte dagestanden und gewartet, dass er es tut. Bitte endlich. Es war doch für einen Blinden zu sehen gewesen, dass sie nur darauf wartete. Dass sie bereit für den Kuss war. So was von bereit. Aber Jonas war feige gewesen. Sie waren ohne Kuss auseinandergegangen. Und dann, zwei Wochen später, hatte Jonas mit Friederike rumgemacht. Ihrer besten Freundin. Jonas war betrunken gewesen, so viel zu seiner Entschuldigung. Aber natürlich war das ein wichserhafter Arschloch-Move gewesen. Genau wie von Friederike, die erstens nicht betrunken war, zweitens wusste, dass Betty seit Ewigkeiten in Jonas verknallt war, und die drittens danach nicht mehr die beste Freundin von Betty war, sondern gar keine mehr.

Nein, Betty konnte Friederike nicht verzeihen. Jonas auch nicht. Obwohl sie natürlich nach außen hin so getan hatte, als wenn sie das nicht berührte. Das konnte sie gut. Auch heute noch, mit Sean.

Hm, wenn sie ehrlich war: Mit Sean gelang es ihr irgendwie nicht so gut. Noch ein Grund mehr, warum sie sauer auf ihn war.

Und auf sich selbst. Und auf alle anderen. Weil ihr niemand glaubte.

Und dann war es wieder da, dieses Scheißgefühl, nicht ernst genommen zu werden. Ignoriert zu werden. Nicht wichtig genug zu sein.

Fuck!

Als Betty zwanzig Minuten später zu Hause ankam, hatte sie sich immer noch nicht abgeregt. Wie schön, dass wenigstens ihr Bruder da war und sie herzlich begrüßte.

»Hi«, sagte Max, als Betty in die Küche kam. Dann wandte er sich wieder seinem Stapel Brote zu, die er anscheinend für eine ganze Freundeshorde schmierte, und beachtete sie nicht mehr.

So viel zu der überschwänglichen und herzlichen Begrüßung.

»Hey Max.« Betty musterte ihren kleinen Bruder, wie er tonnenweise Butter und Mayonnaise auf seine Brote kleisterte und dann dicke Scheiben Wurst daraufstapelte. Jungs in der Pubertät eben. Betty hatte keine Ahnung, wo Max diese ganzen Kalorien versteckte, jedenfalls nicht in seinem dünnen Körper. Max war einen Kopf größer als Betty. Klassischerweise wachsen am Anfang der Pubertät die Extremitäten sprunghaft und völlig unkoordiniert voneinander. Irgendwann gibt sich das, bei Max hatte sich das auch mit siebzehn noch nicht geordnet. Er hatte Schuhgröße achtundvierzig, seine Beine und Arme waren lang und dünn und schlackerten oft ungelenk. Seine Haare waren ebenfalls lang und wucherten wild. Dass er sie schwarz gefärbt hatte, trug nicht dazu bei, ihm ein charmanteres Äußeres zu verleihen. Er sah ein bisschen aus wie Marilyn Manson.

»Gute Frisur«, meinte Betty. Man musste hier in Bielefeld echt was für das Friseurhandwerk tun.

»Danke. Wie lange bleibst du?« Max schmierte weiter. Ui, da freute sich aber einer, dass sie da war.

»Bis Weihnachten.«

Max sah erschrocken auf. »Es ist August?«

»Wie geht's dir?«, fragte Betty. »Was macht die …« Betty stockte einen Moment. Wenn sie ehrlich war, sie hatte keine Ahnung, was ihren Bruder so umtrieb. Ob er eine Freundin hatte. Ob er immer noch Ballerspiele spielte. Sie waren einfach zehn Jahre auseinander. Und dass sie nach Berlin gezogen war, hatte nicht dazu geführt, dass sich der Abstand zwischen beiden verkleinert hätte.

»Was macht die Schule?«, fragte Betty und ärgerte sich sofort. Sie kam sich vor wie Onkel Jürgen. Oder irgendeiner dieser anderen nervigen alten Verwandten, die einem senil bei der Begrüßung in die Wange kniffen.

»Alles gut.« Max fand sie scheiße. Onkel Jürgen mäßig. Er schmierte weiter. »Coole Jacke.«

Betty schaute an ihrer Jacke runter. Sie trug eine supergute, krass modische, sehr, sehr schöne Superdry-Jacke mit einem fantasievollen Kragen, die sie letztens im Sale gekauft hatte. State of the Art! Aber wohl nicht für Max. Nun gut, wer Heavy-Metal-T-Shirts trägt, hat eh keine modische Meinung.

»Und sonst so?«, fragte Betty.

»Was meinst du?«

»Na, die Stimmung hier. Wie geht's Mama und Papa denn? Und Opa.«

»Hä?« Max sah sie verständnislos an.

»Na ja, ich finde, die sind so, keine Ahnung, irgendwie angespannt?«

Max warf ihr einen langen Blick zu. »Ich finde, du bist ein bisschen angespannt. Chill mal.«

Damit ging er raus und ließ eine irritierte Schwester zurück. Warum war Maxi so distanziert? Was für ein seltsamer Empfang. Sie war eigentlich für 'ne Wärmflasche und liebevolles Streicheln über die Stirn und festes In-den-Arm-Nehmen nach Hause gekommen – und nicht für Leute, die nur um sich selbst kreisten. Das hatte sie in Berlin schon genug.

Beim Abendessen saß Max schon wieder nicht mit am Tisch.

»Wo ist denn Max?«, fragte Betty und sah ihre Eltern und Opa Richard an.

Jochen zuckte die Schultern. »Oben?«

»Ach, der Max isst irgendwie nicht so viel in letzter Zeit«, sagte Ella.

Betty dachte an den Berg Brote, die Max sich vorher reingeholfen hatte.

»Aber Mama, hast du nicht immer gesagt, Vitamine und Spurenelemente sind die Basis für eine gesunde körperliche Entwicklung.«

»Wenn Max sich noch einen Zentimeter weiterentwickelt, passt der gar nicht mehr durch die Tür. Und hinter die Orgel auch nicht.«

»Vielleicht wäre er darüber ganz froh?«

»Maxi spielt jetzt in einer neuen Band«, verkündete Ella stolz.

»Ach echt? Nicht mehr die Justin-Bieber-Coverband?«

»Das hat er doch nie gemacht.« Ella runzelte die Stirn.

»Nee. Aber es hat sich leider so angehört.« Betty konnte sich noch gut an den ersten Auftritt von Maxis Band vor zwei Jahren erinnern. In einem Jugendheim. Vor siebzehn Zuschauern. Zum Glück waren nicht mehr Zeugen dieser entsetzlich prätentiösen und peinlichen Vorstellung geworden.

»Jetzt ist es mehr so Rock. Glaub ich«, meinte Ella.

»Doom Metal«, sagte Opa Richard und schmatzte dabei.

»Doom Metal???« Betty schmunzelte, dass ihr Opa den Begriff überhaupt kannte. »Und? Gefällt's dir?«

Opa zuckte die Schultern. »Auch nicht anders als der

Krach, den dein Vater gehört hat, als der jung war.« Jochen hörte einen Moment auf zu kauen, schluckte seine Bemerkung aber runter.

»Und? Hast du einen guten Nachmittag gehabt? Was hast du denn gemacht?«, fragte Ella.

»Ach, ich war spazieren. Und dann kurz beim Wittmann«, antwortete Betty beiläufig.

Ella zuckte erschrocken zusammen.

»Beim Wittmann? Bist du krank?« Ella war richtig besorgt.

»Nee, alles in Ordnung«, wiegelte Betty ab.

Jochen und Ella warfen sich einen irritierten Blick zu.

»Aber warum warst du denn dann bei Wittmann?«

»Ich wollte nur noch mal nachfragen, wie er das mit der Inka gesehen hatte.«

»Jetzt hört's aber auf.« Jochen ließ sein Besteck fallen.

»Was denn?« Betty tat ganz unschuldig.

»Wieso? Ich verstehe nicht. Was ist denn mit …« Ella nickte in Richtung Boden, wo im Keller die Leiche von Inka Binder-Manke lag.

Jochen schnaubte. »Betty ist der Meinung, dass der Wittmann da was übersehen hat.«

»Na … na … du kannst doch nicht …« Ella war richtig bestürzt.

»Was denn, Mama?«

»Na … das ist doch ein Arzt.«

»Ich bin auch Ärztin.«

»Du bist Assistenzärztin. Noch«, stellte Jochen klar.

»Danke, Papa. Vielen Dank für die Erwähnung dieses wirklich sehr relevanten Unterschieds.« Betty kochte.

»Papa will doch nur sagen, dass der Wittmann …«

»Woher willst du wissen, was Papa sagen will?«

»Na gut, das weiß ich ja gar nicht. Dr. Wittmann ist ein sehr erfahrener Arzt.«

»Auch die machen Fehler.«

»Kann sein. Aber vielleicht weniger als Berufsanfänger«, sagte Jochen.

»Oder eben noch mehr, weil sie zu alt sind und nicht mehr richtig hinsehen.« Betty funkelte ihren Vater wütend an. Sie hasste es, dass er sie nicht ernst nahm. Hatte er noch nie. Kein Wunder, sein Vater traute ihm ja auch nichts zu. In einem klaren Moment hätte Betty eine Familientherapie vorgeschlagen, jetzt merkte sie nur, dass der harte, stolze Trotz in ihr ins Unermessliche wuchs. Wie immer.

»Aber der Wittmann ist unser *Familienarzt*«, sagte Ella besorgt. »Wir gehen seit Jahren da hin. Seit immer. Du kannst dem doch nicht … hast du ihm gesagt, dass er was falsch gemacht hat?«

»Hat er denn was falsch gemacht?«, fragte Opa Richard.

»Es sieht nun mal nicht aus wie ein normaler Stich. Klar, anaphylaktischer Schock und so weiter. Aber der Einstich ist viel zu wenig geschwollen. Und …«, Jochen wollte etwas sagen, aber Betty redete extra laut weiter, »so ein Allergieschock mit komplettem Kreislaufversagen passiert nicht innerhalb von Sekunden. Sie hätte bestimmt noch Zeit gehabt, irgendwie Hilfe zu holen.«

»Bettina!«, schnaubte Jochen dazwischen.

»Dieses Institut da. Von der Inka. Da sind doch dauernd Leute, oder etwa nicht?«

»Ach Kindchen …«, sagte Ella.

»Das sind eh alles Spinner da«, meinte Richard trocken. »Das passt zu denen: Wenn du stirbst, nehmen die sich 'nen Malventee und schauen dabei zu. Aber die Frauen sind ganz hübsch.«

»Also ich kann diese Vorurteile nicht mehr hören«, platzte es aus Ella heraus. Betty warf ihr einen überraschten Blick zu. Auch Jochen horchte kurz auf. Aber er verzog grimmig das Gesicht.

»Nun ja, die sind da halt … *anders*. Und ich find's wirklich schlimm, wenn ihr euch so anhört wie der Stammtisch bei Meyerzurheyde. Also wirklich«, empörte sich Ella.

»Wieso? Was ist denn mit diesem Institut?«

»Nichts ist. Lass es doch mal gut sein«, sagte Ella in Richtung Betty.

»Nur, weil dir wieder um unseren Ruf gelegen ist?« Betty war sauer. Auto fuhr ihre Mutter wie eine gesengte Sau, ansonsten ging es ihr stets darum, sich bloß nicht aus dem Fenster zu lehnen. Bloß nicht auffallen. Nicht anecken.

»Bettina, jetzt ist aber mal gut.« Jochens Stimme war scharf.

»Gut, dass du auch mal was sagst«, brummte Richard.

»Gut, dass du dich auch noch einmischst.« Jochen funkelte seinen Vater an.

»Und du?« Richard deutete mit der Gabel in Richtung Betty. »Machst du doch auch, Junge.« Jochen kochte.

»Aber wenn's dich tröstet, Papa«, wandte sich Betty an ihren Vater. »Jonas hat mir auch nicht geglaubt.«

»Und bei Jonas warst du auch noch???« Ella schaute ihre Tochter entsetzt an.

Jochen schüttelte nur noch den Kopf. Keiner sagte mehr irgendwas. Die Stimmung war entsetzlich gekippt.

# 8

Am nächsten Morgen ging Betty leise die Treppe hinunter. Sie hatte wie ein Stein geschlafen, wieder einmal. Ihre Erschöpfung der letzten Wochen und Monate zeigte sich hier im ehemaligen Kinderbett besonders. Es war, als würde jemand Betty eine große schwarze schwere Decke über den Kopf ziehen, und sofort sank sie in einen tiefen dunklen Traum. Aus dem sie leider gar nicht richtig erwachte. Sie hatte eben minutenlang dagelegen, unfähig, sich zu rühren, unfähig, aufzustehen, aber leider auch unfähig, liegen zu bleiben. Eine komplexe Situation, die nur ein Kaffee lösen konnte.

Müde setzte Betty auf der Treppe einen Fuß vor den anderen. Die Küche lag, als einziger der familiären Wohnräume, im Erdgeschoss. Es war der Architektur des alten Hauses geschuldet. Und als der Opa von Opa Richard das Bestattungsinstitut eröffnet hatte, waren die Zeiten anders gewesen. Man hatte wohl enger und näher mit den Toten zusammengelebt, anstatt, wie heute, sich mehr und mehr davon abzugrenzen. Der Tod war ein Event geworden, wie Opa Richard immer grantelte. Nichts Natürliches mehr.

Es war gar nicht so schlecht, dass die Küche im Erdgeschoss war. Ja, eine Etage über den Toten im Keller. Und nur zwei Türen von dem Ausstellungsraum der Särge entfernt. Und zwei Türen von dem Beratungsraum, in dem Angehörige stets in Tränen ausbrachen, sich lange etablierte Familienfehden hochschaukelten, in dem Menschliches nur allzu menschlich wurde.

Es war halt dumm, wenn es dort nach Rosenkohl roch. Oder Fischsuppe. Oder ähnlich Stinkendem. Deswegen stand die Terrassentür der Küche fast immer offen. Jetzt im Sommer ohnehin. Und im Winter gab es Kohlgerichte nur am Wochenende.

Als Betty jetzt näher kam, hörte sie allerlei Frühstücksgeräusche aus der Küche. Tassen wurden abgesetzt, Messer hingelegt und so weiter. Ihre Eltern waren beim Frühstück, wie Betty tippte.

Allerdings sprachen sie kein Wort.

Was komisch war. Denn normalerweise war Ella ein kaum versiegender Redestrom. Stetig kamen Wörter aus ihrer Kehle, eins nach dem anderen, ein langer unaufhörlicher Fluss. Betty kannte mittlerweile den medizinischen Titel dafür: Logorrhö. Sprechdurchfall.

Und heute Morgen: Nichts.

»Willst du noch einen Kaffee?«, fragte Ella. Aber das war auch das Einzige.

Jochen antwortete nicht. Betty, die stehen geblieben war, hörte, wie er seine Kaffeetasse Ella entgegenschob. Wortlos. Und wie sie diese dann füllte. Schweigend.

In der Rama-Frühstückswerbung, an die sich Betty aus ihrer Kindheit erinnerte, sah das anders aus.

»Ich nehme den Kaffee mit runter«, sagte Jochen und stand auf. Betty hörte, wie sein Stuhl über den Boden schrammte.

»Gut«, sagte Ella. »Irgendwelche besonderen Termine heute?«

»Ich muss nachsehen«, brummte Jochen. »Du hast dein Töpfern heute Abend.« Seine Stimme klang ein bisschen scharf. Betty war überrascht. Ihr Vater klang, als würde ihm das gar nicht passen.

»Ach, das Töpfern …« Ella zögerte merklich. »Ich weiß gar nicht, ob ich heute … ob ich heute hingehe.«

»Sonst kannst du es doch nie erwarten«, grummelte Jochen, als er jetzt die Küche verließ. Und fast mit Betty zusammenstieß, die vor der Tür stand.

»Oh! Du hier?«

»Guten Morgen, Papa.«

Und bevor er fragen konnte, ob sie gelauscht hatte, schob sich Betty mit extra Getöse an ihm vorbei in die Küche.

»Kindchen.« Sofort setzte Ella eine freundliche Miene auf. »Komm, setz dich. Hier ist noch Kaffee.«

Mit der dampfenden schwarzen Brühe in der Tasse zwischen den Händen saß Betty dann da und beobachtete über den Tassenrand hinweg ihre Mutter, deren Schultern kraftlos und erschöpft zusammensanken, wenn sie sich zur Küchenanrichte umdrehte.

Was war hier eigentlich los? Es sah nach Ehekrise aus. Und auf Kramer gegen Kramer hatte Betty nun wirklich keinen Bock.

Bock auf einen Spaziergang hatte Betty auch nicht, aber sie hatte ihrer Mutter irgendwas erzählt von wegen frische Luft schnappen und so. Und wenn Mütter eins wollten, dann dass ihre Kinder gerötete und gesunde Wangen hatten, und was wäre dafür besser als Frischluft? Außerdem wirkte Ella erleichtert, dass das Haus dann leer war, denn auch Jochen war längst zu einem Termin mit dem Krematorium aufgebrochen. Und außerdem suchte er immer noch eine Lösung für den gebrauchten Sarg, wie er Betty bei der Verabschiedung gesagt hatte. Auch er wirkte so, als wollte er so schnell wie möglich von zu Hause weg. Was war denn nur mit ihren Eltern los?

Betty hatte sich nur kurz Gedanken gemacht, als sie einen Fuß vor den anderen setzte und quer durch Jöllenbeck lief, entlang der Felder am Rand des Stadtteils. Der Spaziergang war kurz, es dauerte nicht lange, bis – oh, was für eine Überraschung! Nein, sie war wirklich ganz, ganz zufällig nur hier vorbeigekommen – isch schwörre –, bis Betty vor dem Institut von Inka Binder-Manke stand.

Das Tagungshaus war umgeben von Natur, vom Teutoburger Wald, von Wiesen und Feldern und nur einer Straße am Rande des Vororts. Beeindruckt stand Betty vor dem Grundstück und blickte auf das alte Gebäude. Es war mal eine Schule gewesen, was man der Architektur immer noch ansah, nur waren alle Fensterrahmen und alle Türen in einem warmen, einladenden Senfgelb gestrichen. Über der Eingangstür prangte in dieser üblichen leicht krakeligen und ungeschickten Öko-Schrift *Lebensstrahl.* Man wünscht sich immer, dass die Ökos mal vernünftige Schilder machen, so richtig plakativ, bombastisch, hey, schau her! Aber stattdessen sieht es immer ungeschickt und halb fertig amateurhaft zusammengedengelt aus. Was es wahrscheinlich ja auch war.

Einen grünen Daumen hatte aber jemand beim Garten bewiesen. Ach was, Garten – es war ein Urwald. Und Betty fragte sich jetzt doch, ob da jemand ein Händchen bewiesen hatte oder ob dieses gigantische, überwältigende Pflanzenparadies vielleicht einfach so gewachsen war – gerade weil kein Mensch eingegriffen hatte. Es war ein Traum. Betty konnte sich sehr gut vorstellen, dass die Institutsgäste hier in diesem verwunschenen Garten lustwandeln würden. Ein passenderes Wort als Lustwandeln gab es dafür wirklich nicht. Gut, man konnte sich hier allerdings auch prima von irgendwelchen Bienen zu Tode stechen lassen, das ging natürlich auch.

Betty trat zur Gartenpforte, die ein wenig verloren wirkte, schließlich gab es keinen Zaun. Man hatte nur die Pforte stehen gelassen, um den Eingang zu markieren. Grenzen und Barrieren gab es hier natürlich nicht. Und ja, die Pforte stand offen. Natürlich.

An der Pforte war ein kleiner Kasten, in dem Informationsflyer für das *Lebensstrahl* lagen. Betty griff sich einen und las. Das *Lebensstrahl* war ein Institut für Geistiges Heilen. Was auch immer das war. Betty hatte keine Ahnung. Aber anscheinend konnte man hier Workshops, Seminare und wöchentliche Kurse zu den Themen Heilen, Achtsamkeit und Schamanismus besuchen. Man konnte auch energetisches Handauflegen erlernen. Oder Huna. Oder Ayurveda-Massage. Oder Bachblütenbehandlung. Und natürlich: Organdialog.

Was, verdammt, sollte das denn sein? Betty war im Krankenhaus mit einer Menge Organen in Kontakt gekommen, aber so richtig gesprochen hatten sie nicht miteinander.

Betty las weiter und erfuhr, dass man hier Kurse in Reinigungsmeditation machen konnte. Es ging um Persönlichkeitsentfaltung, das Sich-selbst-Finden. Inkas Institut richtete sich an gestresste und burnoutgefährdete Menschen, an Menschen, die von Schicksalsschlägen und Krisen betroffen sind, und an Menschen, die versuchen, schwere Krankheiten zu meistern. Inwieweit jemand wie Inka da weiterhelfen wollte, war Betty nicht ganz klar. Aber vielleicht sollte sie mal ihre Schulmedizinerbrille abnehmen und sich neuen Perspektiven öffnen?

Betty schaute auf den krakeligen und stümperhaft gestalteten Flyer – aber Menschen, die solche Seminare besuchten, schauten ja eh eher auf die inneren Werte. Plötzlich hörte sie, wie leise ein dumpfes Trommeln einsetzte. Irgendwo hinter dem *Lebensstrahl*.

Betty betrat den Garten und ging durch das wuchernde Paradies um das Haus herum.

Unter einem Baum saß ein asketischer junger Mann und schlug langsam und monoton auf eine afrikanische Trommel, die er zwischen seine Beine geklemmt hatte. Der Mann hatte die Augen geschlossen und bemerkte nicht, wie Betty langsam zu ihm trat. Er summte. Ein kehliger Ton, der die Tonhöhe so gar nicht veränderte. Mindestens eine Minute lang. Dann setzte sich eine Fliege auf seine Stirn, und er schlug die Augen auf. Er sah Betty vor sich stehen, und jeder andere hätte wohl gezuckt, nicht so der Mann. Er war viel zu entspannt, als dass ihn ein plötzliches Ereignis aus der Ruhe bringen konnte. Er nickte Betty zu, ohne sein Trommelspiel und den Gurr-Laut zu unterbrechen.

Betty wusste nicht recht, was sie tun sollte. Je länger es dauerte, desto unbehaglicher fühlte sie sich. Und unterbrechen wollte sie den Mann auch nicht, es schien sich um irgendeinen Ritus zu handeln. Gerade, als sie fast schon überlegte, wieder zu gehen, stoppte er abrupt sein Spiel.

»Hallo«, sagte er.

»Hallo«, sagte Betty und fügte nach einer kurzen Pause hinzu: »Schön, Ihr … Spiel.«

Der junge Mann nickte feierlich. »Es ist ein schamanischer Ritus«, erklärte er. »Es geht um die Anrufung und das Verstärken der Seelenbande. Ein Loslassritual.«

»Natürlich.« Betty nickte. Als würde sie jeden Tag nichts anderes machen.

Der Mann stand auf und reichte Betty seine sehnige Hand.

»Ich bin Samuel. Und du?«

»Betty«, sagte Betty. »Und Entschuldigung, wenn ich frage. Aber ... was willst du denn loslassen? Oder«, sie hob schnell die Hand vor den Mund, »ist das zu persönlich?«

»Nichts ist zu persönlich«, erwiderte Samuel. Er schluckte dennoch kurz, bevor er hinzufügte: »Meine Seelenverwandte ist gestorben.«

»O Gott, das ist ja schrecklich«, sagte Betty und wirkte glaubhaft bestürzt. Dieser nette Mann tat ihr tatsächlich leid.

»Ja, es ist nicht schön. Aber umso tröstlicher.«

»Bitte was?«

»Nun, die Erde ist ja nur eine Zwischenstation für uns. Inka und ich sehen uns später wieder. Und dann für immer. Wir sind eigentlich nicht mal jetzt getrennt. Ich kann sie spüren. Hier. Überall.« Er machte eine ausladende Geste auf den Garten und das Haus bezogen. Und den Himmel anscheinend, denn die Geste hörte überhaupt nicht mehr auf.

»Ich verstehe,« sagte Betty. Was eine Lüge war. »Wie ist das denn passiert? Ich meine, waren Sie Zeuge, mussten Sie das etwa mit ansehen?« Betty kam sich plötzlich ungeschickt vor, sie musste an ihrer Fragetechnik arbeiten. Aber Samuel merkte nichts. Im Gegenteil, er winkte Betty zu, ihm zu folgen. Gemeinsam gingen sie durch den Garten, bis Samuel neben dem Birnbaum stehen blieb und auf den Rasen dort deutete.

»Hier hat Inka gelegen. Sie ist hier gestorben, auf *ihrer* Erde. Sie hatte ein ganz besonderes Verhältnis zu diesem Boden, ihrem Garten, ihrem Haus. Hier war ihre Wurzel. Und es ist«, Samuel lächelte sanft, »sehr schön, dass sie hier eins mit sich und der Natur geworden ist.«

»Das kann ich gut verstehen«, sagte Betty. »Ich hoffe nur, es war kein schlimmer Tod.«

»Ein allergischer Schock. Der Arzt hatte sofort gesagt, dass es ein Bienenstich gewesen ist.«

»Sofort?«

»Ja, es war ihm gleich klar.«

Betty runzelte die Stirn. Ihr Verdacht bestätigte sich, dass Wittmann sehr oberflächlich gehandelt hatte.

»Aber … hat er sie denn genau untersucht? Ich meine …«

Samuel sah Betty überrascht an. Sofort wurde sie rot.

»Ich meine ja nur. Aber ich bin ja froh, dass Ihre … äh, Freundin …«

»Wir lehnen solche Konzepte eigentlich ab.«

»Welche Konzepte?«

»Freundin/Freund. Damit ist ein Besitzdenken verbunden, das wir nicht richtig finden.«

Sean lehnt solche Konzepte auch ab, dachte Betty plötzlich. Aber nicht wegen eines falschen Besitzdenkens, sondern weil er einfach so viele andere Frauen vögeln will, wie es nur geht. Ihr Magen krampfte sich zusammen.

»Wir gehören niemandem«, erklärte Samuel.

Betty starrte ihn an. Hm, vielleicht sollte SIE auch mal an ihrem Besitzdenken arbeiten? Diese beschissene Eifersucht brachte sie noch um.

»Natürlich nicht.«

»Außerdem ist Besitz vergänglich, genau wie unsere irdische Existenz. Nichts hält ewig – und deswegen sollten wir auch nichts festhalten. Wir sind in einem permanenten Flow, Atome des Universums und allenfalls ein Wimpernschlag in der Zeitgeschichte. Deswegen steht uns kein Egoismus zu. Und deswegen sollten wir keine Ansprüche haben und all das, was passiert, mit Demut hinnehmen und uns dem Lauf der Dinge hingeben.«

Betty wusste nicht, was sie darauf antworten sollte. Samuel schien aber auch nicht auf eine Reaktion von ihr zu warten. Er hatte ja eh gerade eine unumstößliche Gewissheit und Regel formuliert, was sollte man dem noch hinzufügen?

»Und Sie, arbeiten Sie hier?« Nun gut, auf diese Frage wäre man wohl kaum gekommen, Betty aber bohrte weiter. Sie wollte von Samuel so viel erfahren wie möglich.

»Ich *lebe* vor allem hier. Und ja, ansonsten arbeite ich in der Küche. Ich koche für die Gäste.«

»Wie toll.«

Samuel nickte in Richtung der Gemüsebeete. »Du

kannst dir gar nicht vorstellen, wie großartig es ist, die Energie unseres Bodens hier aufzunehmen. Wenn unsere Nahrung von den Strahlen, von der Kraft unserer Erde durchdrungen ist. Dann berührt es dein Innerstes.«

»Mit Sicherheit.« Betty nickte und dachte an die seelenlose Salami und das Fertigbackcroissant, die sie auf der Zugfahrt in sich hineingestopft hatte. Sie bekam sofort ein schlechtes Gewissen, obwohl sie ja nur mit der Hälfte von dem übereinstimmte, was Samuel da von sich gab.

Bevor sie ihn weiter ausfragen konnte, tauchte ein Mann im Garten auf.

»Samuel? Kommst du?«

Es war ein sehr attraktiver, südamerikanisch wirkender, circa fünfzigjähriger Mann, der sofort innehielt, als er Betty sah, und sich ihr mit »Diego« vorstellte, während er ihr charmant die Hand reichte. Ein freundlicher Händedruck. Ein freundlicher Blick in die Augen. Diego wirkte wie ein Tangotänzer, der beim Tanz sofort reihenweise Frauenherzen brach.

»Es freut mich, dich kennenzulernen. Kann ich etwas für dich tun?« Diego sagte all das ohne einen flirtiven Unterton. Es war reine und pure Freundlichkeit, die aus ihm sprach.

»Danke nein, ich wollte mich nur … mal informieren«, sagte Betty. Was ja auch nur so halb gelogen war.

»Dann komm doch sehr gerne ein andermal wieder. Samuel und ich müssen jetzt leider los. Wir haben einen Termin beim Bestatter.«

Oh! Ausgerechnet.

»Tja, dann viel … äh …«. Erfolg? Grüße? »Vielen Dank. Ich komme gerne ein andermal wieder.«

Samuel reichte Betty die Hand. »Wir freuen uns immer auf dich.«

Er schien sich gar nicht von Betty und dieser Stelle im Garten, an der Inka gestorben war, losreißen zu wollen. Diego drängte: »Bitte, Samuel, wir wollen nicht zu spät sein.«

»Das kann der auch gar nicht leiden«, rutschte es Betty heraus.

Samuel und Diego blickten sie irritiert an.

»Ich dachte ja nur. So …« Betty machte hilflos eine beschreibende Geste um alles. »Also, wenn man alles betrachtet, die Welt und unsere Vergänglichkeit und die große Endlosigkeit, die auf uns wartet, dann ist der Bestatter ja sozusagen die letzte Instanz hier, und es macht, rein erinnerungstechnisch, voll Sinn, wenn dieser Mensch auf die Einhaltung irdischer Regeln besteht.«

Was für ein gequirlter Schwachsinn.

Aber Samuel und Diego blickten Betty nur an, dann nickten sie. Und verabschiedeten sich freundlich. Bevor sie sich in einen grundhässlichen alten Nissan Micra quetschten – nein, an irdischen Besitztümern lag ihnen wirklich nichts – und zu Bettys Vater fuhren.

Eigentlich hätten sie sie mitnehmen können. Aber Betty machte die nächste Stunde erst mal einen Bogen um ihr Zuhause. Sie wollte die beiden dort nicht wieder treffen.

Stattdessen drehte sie in den Teutoburger Wald ab und machte eine besonders große Runde bis nach Hause.

Den Ärger darüber, dass sie immer noch keinen Führerschein gemacht hatte, vertrieb das nicht. Langsam nervte es.

# 9

Im Teutoburger Wald waren große Schlachten geschlagen worden. Betty aber erinnerte sich an keine einzige. Natürlich nicht, sie war ja viel zu jung. Aber im Geschichtsunterricht hatte sie immer gepennt. Genau wie in Erdkunde. Rückblickend kam es ihr vor, als hätte man sie in beiden Fächern nie unterrichtet. Hatte man doch auch nicht, oder? Es muss ein Fehler im System sein, dass eine Schülerin komplett durch die ganze Schulzeit kam, ohne dass man ihr ein Bildungsangebot in diesen beiden Kernfächern gemacht hatte. Was war los im Bildungsland Deutschland?

Als Betty den kleinen Hügelkamm hinaufstieg, musste sie an die Schlachten denken und an Wilhelm den Eroberer. Und zwar, als sie Dr. Wittmann sah, der ihr von der anderen Seite des Hügels entgegenkam. Auch er stutzte und verzog unwillig das Gesicht, als er Betty erblickte. Keiner der beiden verlangsamte allerdings den Schritt. Und der etwas ausgetretene Waldweg führte die beiden umstandslos aufeinander zu. Während sie Meter und Meter ging, überlegte sich Betty, was sie sagen, wie sie reagieren sollte. Wittmann hatte sie rausgeschmissen. Was würde er sagen, was sollte sie sagen? Sollte sie ihn ignorieren? Sollte sie sich erklären? Sollte sie ihm eine überhebliche Ich-bin-eine-junge-besser-ausgebildete-Ärztin-als-Sie-und-mir-gehört-die-Zukunft-also-gehen-Sie-mir-aus-dem-Weg-Schulter zeigen?

Es kam anders. Als Wittmann nur noch wenige Schritte von Betty entfernt war, setzte er ein Lächeln auf und blieb stehen.

»Frau Pabst«, sagte er freundlich, als ob nichts gewesen wäre. »Auch ein wenig frische Luft schnappen, Bettina?«

»Anscheinend«, entgegnete Betty zögerlich. Denn es war ja nicht zu übersehen, dass sie tatsächlich an der frischen Luft waren.

»Tja, Bewegung tut gut. Gerade für meine müden, alten Knochen. Du brauchst das ja nicht so. Obwohl es natürlich auch in deinem Alter Sinn macht, sich sportlich zu betätigen. Aber das muss ich dir ja nicht sagen.«

Genau. Und warum tat er das dann? Betty überlegte verwundert.

»Ich habe übrigens auch noch mal über Inka Binder-Manke nachgedacht.«

Aha, jetzt kommt es, dachte Betty.

»Deine Irritation kann ich verstehen. Vielleicht war ich ein bisschen … schroff. Ich habe mir die Patientenakte von Inka noch mal hervorgeholt. Ich will mir nichts vorwerfen lassen. Sie war schon mal bei mir gewesen, vor Jahren, wegen einer allergischen Reaktion. Auf einen Bienenstich. Es war glimpflich verlaufen. Nicht so stark wie jetzt kürzlich. Aber Körper verändern sich, das muss ich dir nicht sagen. Allergien können sich im Laufe der Jahre durchaus heftig verstärken, oder eben auch abmindern. Nun, bei Inka war wohl eher Ersteres passiert.«

Wittmann machte eine Pause. Betty überlegte, was sie sagen sollte. Aber er fuhr fort: »Doch obwohl die Symptome so schwach waren – Juckreiz, Schwindel und eine leichte Schwellung –, hatte ich ihr damals tatsächlich ein Notfallset verschrieben. Als ob ich es gewusst hätte. Aber schließlich … Inka war ja so viel in der Natur, sie lebte ja in ihrem Garten. Es war nicht ungefährlich.« Dann schwieg Wittmann mitleidig.

»Nur schade, dass sie das Notfallkit nicht dabeihatte«, sagte Betty langsam.

»Wer weiß, ob sie es sich jemals angeschafft hat«, sagte Wittmann und zuckte die Schultern.

Genau. Dass Patienten sich oft nicht an die ärztlichen Anweisungen hielten, hatte Betty in ihren Monaten in der Charité auch schon festgestellt. Da wurden Medikationsanweisungen ignoriert, wurde gerne die doppelte oder eine viel geringere Dosis genommen. Es wurde gern verschwiegen, dass man, ups, ja auch noch dieses Potenzmittel nehme – was aber leider in Kombination mit einem blutdrucksteigernden Mittel zu schweren Herzproblemen führen könnte. Na danke. Gut waren auch die Kettenraucher, die nach der Lungen-OP wieder im Raucherraum standen.

»Aber als sie im Garten zu Tode kam, war das Set wohl außer Reichweite gewesen.«

»Wer wusste eigentlich von ihrer Bienenstich-Allergie?«, fragte Betty.

Wittmann zog überrascht die Augenbrauen zusammen.

»Keine Ahnung«, sagte er. »Es war ja damals kein großes Ding gewesen, aber andererseits gingen Inka und ihre Leute aus dem *Lebensstrahl* ja sehr, sehr … *offen* miteinander um.«

»Offen? Wie meinen Sie das?«, hakte Betty nach, denn Wittmanns Zögern und Betonung waren ihr aufgefallen.

»Nun … es war nicht wie in den Siebzigern, aber ich denke, sie haben schon eine Menge geteilt«, sagte Wittmann.

»Geteilt? Sie meinen, so 'ne Kommune? Freie Liebe und so?«

»Das habe ich nicht gesagt«, erwiderte Wittmann kühl. »Wie dem auch sei, schade ist es. Und unglücklich. Inka hatte so große Pläne.«

Wittmann nickte diffus in Richtung Wald und schwieg gedankenversunken. So lange, bis Betty ungeduldig nachhakte.

»Was meinen Sie? Was für Pläne?« Sie deutete in die Richtung des Waldes, in die Wittmann genickt hatte.

Wittmann winkte ab.

»Über ungelegte Eier soll man nicht reden«, sagte er, »das wirst du auch noch erkennen. Aber Bettina, es war eine natürliche Todesursache. Punkt.«

Damit sah Wittmann Betty eindringlich an. Es war sein letztes Wort. Er drehte sich um und ging.

# 10

Als Betty das Bestattungsinstitut betrat, war die gute Laune dort mit Händen zu greifen. Jochen kam ihr aus dem Büro entgegen, ein Lächeln auf dem Gesicht, und rieb sich freudig die Hände. Als er Betty sah, strahlte er.

»Kindchen, wo bist du gewesen?«

»Draußen. Und du? Woher die gute Laune?«

»Ach …« Jochen winkte ab. Er wollte eigentlich nichts sagen, tat es dann aber doch. »Wir haben einen guten Auftrag bekommen. Eine opulente Bestattungsfeier. Das ist richtig Cash.«

Cash? Es war seltsam, dass ihr Vater solche Wörter benutzte.

»Um wessen Beerdigung geht es denn?«

»Inka Binder-Manke.« Jochen schwieg kurz. Er wollte das Thema eigentlich vermeiden. Aber Betty gab sich locker.

»Oh, na klar. Und? Was wollen die? Dreihunderttausend Räucherstäbchen?«

Ihr Vater musste schmunzeln. »Das nicht. Aber so ähnlich. Der Geschäftsführer von ihrem Institut und Inkas, keine Ahnung, wie die das nennen, Lebenspartner? Freund? Jedenfalls, die waren zum Vorgespräch hier. Inka hat anscheinend keine Angehörigen. Und ein Testament oder sonstige Dokumente und Verfügungen hat man auch nicht gefunden. Hätte ja auch nicht erwartet, dass die Inka so was macht.« Jochen schmunzelte.

»Sag mal, kanntest du die eigentlich näher?«, fragte Betty.

»Was? Wieso das denn?« Jochen war irritiert.

»Du sprichst, als wärt ihr dicke miteinander.«

»Auf keinen Fall«, stieß Jochen hervor und riss die Augen auf.

Eine etwas heftige Reaktion. Betty war irritiert.

»Man kennt sich halt«, sagte Jochen. »Jöllenbeck ist nicht Berlin, weißt du?«

»Oh, tatsächlich? Ich hatte immer gedacht ... nun ja, man kann es ja auch leicht verwechseln.« Betty grinste.

»Die Beerdigungsfeier wird jedenfalls ein großes Ding. Keine Räucherstäbchen, nein. Aber stell dir vor: lebende Tauben, die in den Himmel steigen sollen.« Jochen gluckste.

»Das macht ihr doch nicht, oder?«

»Was? Natürlich. Ich hab die schon bestellt.«

»Ach, Quatsch!«

»Na, was soll ich machen? Man muss halt mit den Kundenwünschen gehen.«

»Ist nur seltsam, das passt so gar nicht zu der Inka. Die ist doch so ... esoterisch. Und dann soll die Bestattung David-Copperfield-mäßig werden?«

»Du weißt doch«, Jochen lächelte nachsichtig, »was ich

dir immer gepredigt habe: Angesichts des Todes kommen die Leute zu ihren ureigensten Wünschen zurück. Und sei es eine David-Copperfield-Siegfried-und-Roy-Bestattung.« Er gluckste wieder. Betty hatte ihren Vater lange nicht so gut gelaunt gesehen. Es freute sie. Er wirkte für seine Verhältnisse fast gelöst.

»Und weißt du, was das Beste ist? Dreihundert Gäste!« Jochen ballte sogar die Siegerfaust.

»Dreihundert???«

»Plus oder minus. Das schaffen die da gar nicht alleine, die zu beköstigen. Und deswegen richten wir das aus.«

Deswegen strahlte Jochen so. Betty hatte sich nie ernsthaft mit dem elterlichen Geschäft auseinandergesetzt. Sie wusste, was man halt so wusste, wenn man beim Abendessen dabeisaß und diskutiert wurde, der tägliche Job besprochen wurde. Schließlich war es ja auch ein Familienunternehmen.

Betty war klar, dass die Aufgabe eines Bestattungsunternehmens vornehmlich darin bestand, eine reibungslose Bestattung zu organisieren und den Hinterbliebenen jede Menge Aufgaben abzunehmen, die diese in dieser Trauerphase überhaupt nicht bewältigen könnten. Bettys Klassenkameraden – zumindest die ignoranten Arschlöcher – hatten immer gedacht, dass Betty zwischen Toten lebt und dass ihr Vater ständig mit den Leichen rumhantiert, die wäscht und einbalsamiert und so einen Schwachsinn. Das Gegenteil war der Fall. Ja, sicher musste Leichenhygiene betrieben werden, die Toten mussten wiederhergerichtet, teilweise geschminkt und ordentlich gekleidet werden. Aber das war nur ein kleiner Teil der Arbeit. Ihre Eltern beschäftigten sich viel mehr mit der Organisation der letzten Dinge. Dazu gehörten die Erledigung und Besorgung der Formalitäten, Abmeldungen bei Krankenkassen und Ämtern, Todesbescheinigungen und Korrespondenz, das Schalten von Todesanzeigen. Eigentlich war Ella den ganzen Tag am Telefon oder am Computer und telefonierte und schrieb E-Mails. Ein ganz normaler Bürojob. Abgesehen davon, dass sie sich zudem um Grabtafeln, Trauerbriefe, Kondolenzlisten und Särge kümmerten. Dass sie Beerdigungen durchführten und Musik, Porträtbilder des Verstorbenen, Einladungskarten und Danksagungen organisierten.

Ein weiterer wesentlicher Teil der Arbeit bestand in den Gesprächen mit den Angehörigen. In der Seelsorge sozusagen. Betty hatte als Kind schon so viele weinende Menschen gesehen, dass sie über jede Hollywood-Tränen-Szene nur müde lächeln konnte. Sie wusste, was echter Schmerz war. Ein Grund dafür womöglich, dass ihr die Oberärztin letztens einen sehr guten Umgang mit den Patienten bescheinigt hatte, von wegen außerordentlicher Empathie. Eins der wenigen Highlights in Bettys beruflicher Karriere. Das einzige eigentlich. Aber klar, Betty hatte über Jahre mitgekriegt, wie man mit trauernden Menschen reden musste. Nachsichtig, klar, mitfühlend – aber eben auch offen und ehrlich. Und jeder in seinem Tempo.

Und Betty hatte auch die elterliche Dynamik registriert. Wie gut sich Ella mit ihrer lebendigen, rheinischen Fröhlichkeit und Jochen mit seinem zurückhaltenden, aber unerschütterlichen Charakter ergänzten. Das war gut für die Angehörigen gewesen, aber weniger gut für Betty, wenn sie Taschengelderhöhungen oder Ähnliches hatte heraushandeln wollen.

Die Hinterbliebenen wussten die Art ihrer Eltern zu schätzen.

Und für alles, wie auch zum Beispiel das Orgelspiel bei der Trauerfeier oder die Rednergebühren, stellten ihre Eltern den Angehörigen Rechnungen aus. Besonders gut konnte man natürlich am Beerdigungskaffee verdienen, weshalb Jochen und Ella irgendwann die Gelegenheit genutzt hatten und das frei werdende Café gegenüber vom Friedhof mieteten, wo sie von da an die Trauerfeiern durchführten. Kaffee und Kuchen und – man war schließlich in Ostwestfalen – eine ordentlich deftige Brotzeit mit Tee- und Mettwurst und Westfälischem Schinken. Da war die Gewinnmarge gut. Wenn auch nicht so groß wie bei den Getränken. Und immer wieder schlugen die Trauergäste über die Stränge.

»Aber dreihundert Gäste? Das ist ja fast ein Staatsbegräbnis. Woher sollen die denn kommen, ich meine, was sind das denn für Leute?«

»Ach, dieser Diego.« Jochen sprach seinen Namen mit sichtlichem Widerwillen aus. Als ob er in eine Zitrone gebissen hätte, die mit Leberwurst beschmiert war. Oder Lakritz. »Der meint, es würden lauter ehemalige Teilnehmer kommen. Also die, die noch nicht gestorben sind.« Er grinste. Betty musterte ihren Vater. Er verhielt sich seltsam.

»Was meinst du mit ›die, die noch nicht gestorben sind‹?«

»Na, die machen da ja so *Geistiges Heilen*, neben ihrem Tantra-Scheiß. Du weißt, was das ist, ja?«

»Tantra?«

Jochen sah seine Tochter erschrocken an. Betty registrierte das sofort. Jochen hatte es noch nie leiden können, sie in irgendeinem Zusammenhang mit Sexualität zu sehen. Wenn er wüsste, von ihr und Sean … von diesen unglaublich intensiven Nächten …

»Ich weiß nicht, ob du weißt, was Tantra ist, aber das braucht dich auch gar nicht zu interessieren. Ich meine *Geistiges Heilen*. Das ist nix anderes, als dass die versuchen, irgendwelche Krankheiten per Gedankenübertragung zu heilen. Oder per Handauflegen.«

»Echt?« Betty war bass erstaunt.

»Fahrlässig ist das, meiner Meinung nach. Wie 'ne Menge, was die da so treiben.« Jochens Gesicht verdüsterte sich noch mehr. Aber er spürte Bettys neugierigen Blick und lenkte ab.

»Ich muss los.« Jochen griff sich eilig seinen Mantel.

»Wohin?«

»Die Beerdigung von Sudiek läuft gerade. Ich musste

nur kurz was holen. Mama ist schon im Café. Die anderen in der Trauerhalle.«

»Ich komme mit.«

Jochen stutzte kurz. Dann zuckte er die Achseln.

Kurz darauf stiegen Betty und ihr Vater draußen in den Bestatterwagen. Jochen hatte ein »Im Moment geschlossen«-Schild an die Tür gehängt. Er hasste diese Witze darüber, dass man hier doch alle Zeit der Welt habe. Angesichts des Todes. Weil es einfach nicht wahr war. Im Gegenteil. Eine Beerdigung und alles, was damit zusammenhing, war nichts als Stress. Die Kunst war, das die Kunden nicht merken zu lassen. Sie sollten von dem stellenweise aufreibenden Job nichts mitbekommen. So war auch jetzt die ganze Familie in die Arbeit eingebunden. Manchmal waren Beerdigungen eben auch Großkampftag.

## 11

Als Betty hinter ihrem Vater die Trauerhalle des Friedhofs betrat, bot sich ihr ein seltsames Bild. Nein, nicht die gut gefüllte Trauerhalle mit den ganzen schwarz gekleideten Gästen. Nicht die zahllosen Taschentücher, die vor Gesichter und Münder gepresst wurden. Nicht Maxi, der vorne links an der Wand hinter der Orgel saß und dem seine langen strähnigen Haare ins Gesicht hingen, während er irritiert vorne zum Sarg starrte. Und nein, natürlich nicht der Sarg mit den Blumenkränzen und dem Foto der Verstorbenen, dieses Bild hatte Betty schon hunderte Male vor Augen gehabt. Genau wie das von Opa Richard, der vorne hinter dem Rednerpult rechts neben dem Sarg stand, wie immer in feines Schwarz gekleidet, samt Weste und Taschenuhr unter dem Sakko, wie immer groß gewachsen, stattlich und stolz, das Manuskript der Trauerrede achtlos und nie hineingesehen in der Hand zerknüllt.

Aber noch nie hatte Betty ihren Opa weinen sehen.

Auch Jochen blieb erschrocken stehen, als er seinen Vater da vorne stehen und weinen sah. Er warf einen irritierten

Blick zu Maxi rüber, der aber zuckte nur ratlos die Schultern: Keine Ahnung, was das soll.

Opa Richard hatte einen richtigen Weinkrampf. Immer wieder versuchte er, seine Haltung wieder zu finden, doch es gelang ihm nicht.

»Alva Sudiek war …«, ihm versagten die Worte, … sie wird ewig in unseren Gedanken sein … in unseren Erinnerungen … und in unseren Herzen … Dort hat sie ihren Platz. Aber alles sonst, alles, was von ihr bleiben wird … verstehen Sie … da ist … (Nichts).«

Das letzte Wort konnte man kaum noch verstehen. Opa Richard senkte den Kopf und weinte bitterlich.

Betty war perplex. So viel Emotionen? *Echte* Emotionen? Betty konnte gar nicht glauben, was sie da sah.

Richards Schultern zuckten, zitterten in Krämpfen. Bis Jochen vorne am Pult bei ihm war und ihm die Hand tröstend auf die Schulter legte. Sofort zuckte Richard noch heftiger zusammen, fast erschrocken. Er streckte sich im selben Moment, reckte die Brust und machte eine unwirsche Bewegung zu Jochen. Der führte seinen widerstrebenden Vater sanft von der Bühne.

Der einzige Mensch im Publikum, der nicht betroffen und berührt war, sondern puterrot und erregt, war Henner Sudiek. Der Ende sechzigjährige Ehemann der Toten saß in der ersten Reihe und sah aus, als würde er gleich explodieren.

Wenig später versammelte sich die ganze Trauerfeiergesellschaft im Café gegenüber des Friedhofs. Alva Sudieks Sarg war in die Erde gelassen worden. Souverän und feierlich unter Jochens Führung. Opa Richard hatte dem Ganzen aus hinterer Reihe zugeschaut, das Gesicht ernst und trotzig verzogen. Er war jedem Blick ausgewichen. Nur als Betty sich irgendwann neben ihn gestellt und kurz nach seiner Hand gegriffen hatte, war er nicht weggezuckt, sondern hatte ganz kurz eine Berührung zugelassen. Bevor er wieder ein trotziges Gesicht aufgesetzt hatte.

Ella hatte von alldem nichts mitbekommen. Sie sah Betty völlig erstaunt an, als die ihr von Richards Tränen erzählte.

»Ein Zusammenbruch? Jetzt mal im Ernst?«

»Na ja, Zusammenbruch … ist vielleicht zu viel gesagt. Aber ich habe Opa noch nie weinen sehen.«

»Ich auch nur einmal. Als die Arminia abstieg«, sagte Ella.

»Siehst du? Völlig seltsam.«

Ella schüttelte nachdenklich den Kopf. »Und dann letztens … *Von guten Mädchen wunderbar geborgen* … Weißt du, was das ist?«

»Zwei schwache Momente hintereinander?«

»Beginnende Demenz.«

»Richard!«

Betty drehte sich und sah Henner Sudiek entschlossenen Schrittes auf Opa Richard zugehen, der hinten an der Theke des Cafés stand und auf sein Pilsglas starrte. Henner folgten seine beiden Söhne, beide ebenfalls stattlicher oder vielmehr kräftiger Statur. Sie hatten stramme Waden und breite Nacken. Die Sudieks waren eine Gerüstbauerfamilie. Und die letzten drei verbliebenen Sudieks bauten sich jetzt vor Richard auf.

Betty und Ella war sofort klar, dass das nicht gut war. Man brauchte gar nicht hören, was Henner sagte, allein sein rotes Gesicht mit den wütend zusammengekniffenen Augen sprach Bände.

Richard schien Henners Aufregung egal zu sein.

»Henner«, sagte er nur, als er einmal aufschaute und dann wieder auf sein Bierglas starrte.

»Du elender Hund.«

»Hmm …«, Richard sah nicht mal auf.

»Du verdammtes Schwein. Richard!«

»Ich muss ja schon sehr bitten.«

Ella hatte sich hinter den Tresen gestellt und wischte mit dem Handtuch über die Stelle vor Henner Sudiek. Als wollte sie seinen Geifer wegmachen. Sie blickte ihm direkt in die Augen. Was Henner verunsicherte. Er zögerte kurz. Aber dann – warum hinter dem Berg halten?

»Ich bin noch nie so gedemütigt worden.«

»Das tut mir leid«, sagte Ella.

»Genau«, bestätigte Henner. Und war ein bisschen irritiert, weil niemand auf seine Reaktion einging.

»Wenn es wegen der Rede eben war …«, sagte Betty.

»Ja. Genau. Auch«, gab Henner zurück.

»Wie? Was denn jetzt? Wieso auch?«, fragte Ella. »Klär uns auf, Henner.«

Henner blickte fassungslos zwischen Ella, Betty, Richard und seinen Söhnen hin und her. Drei fragende Gesichter. Zwei hilflose.

»Na … Richard hat etwas mit Alva gehabt. Mit *meiner* Alva!«

»Ach, echt?« Betty warf ihrem Opa einen Blick zu. Der schüttelte nur den Kopf. Was Henner zur Weißglut brachte.

»Ach nee? NEE? Hör auf, das abzustreiten. Das war doch sonnenklar.«

Richard war das anscheinend nicht sonnenklar, er warf Henner einen leicht angeekelten Blick zu und zuckte die Schultern.

»Was war denn sonnenklar, Henner?«, fragte Ella.

»Na … der kriegt hier 'nen Zusammenbruch bei der Rede. Weil Alva tot ist. *Meine* Alva.«

»Nun, wir alle werden Alva schmerzlich vermissen, Henner. Und das weißt du.«

»›Sie hat ihren Platz in unserem Herzen‹ – und dann bricht er in Tränen aus???«

»Tja nun, ist es nicht so?«, meinte Ella.

»Er ist der größte Schwerenöter der Stadt!«, fauchte Henner wütend.

Ella warf ihrem Schwiegervater einen Blick zu und

seufzte. »Tja, da magst du wohl recht haben. Und glaub mir, das ist nicht immer Spaß.« Opa Richard verzog empört das Gesicht. »Aber hast du denn irgendwelche Beweise?«, hakte Ella unverfänglich nach.

»Beweise? Ich bitte dich. Richard macht das seit Jahrzehnten. Der ist viel zu schlau, um Beweise zu hinterlassen …« Henner hielt im Satz inne, als er merkte, dass ihn Betty am Arm zupfte. Unwillig beugte er sich zu ihr. Sie flüsterte ihm etwas ins Ohr. Henner stand dann einen kurzen Moment still da. Dann wandte er sich ohne ein weiteres Wort ab und ging davon. Seine beiden grobschlächtigen Söhne folgten ihm nach einem kurzen Moment der Irritation.

Ella sah ihnen erstaunt nach. Dann wandte sie sich an Betty. »Was hast du ihnen gesagt?«

»Dass Opas Betablocker falsch eingestellt sind und er deswegen schon die ganzen Tage emotional schlecht dran ist. Dass es wohl daran liegt.«

»Und das hat gereicht?«

»Ich hab noch den zarten Hinweis darauf gegeben, dass die Einnahme von Betablockern zu … Erektionsproblemen führen kann und es daher recht unwahrscheinlich ist, dass …«

»Unverschämtheit!«, grummelte Richard und stampfte völlig empört davon.

Betty sah ihm belustigt nach. Bis ihr Blick auf ihren Bruder Maxi fiel, der am Ausgang ernst mit einer circa vierzigjährigen Frau diskutierte. Es sah aus, als wollte er sie davon abhalten, zu Ella hinüberzugehen. Immer wieder wanderten die Blicke der beiden zu Ella hinüber. Maxi fasste die Frau sogar am Unterarm, um sie zurückzuhalten. Woraufhin er einen pikierten Blick erntete und sie losließ, als wäre sie eine heiße Kartoffel.

Betty nutzte die Gelegenheit und schob sich näher an die beiden heran. Aber das Einzige, was sie hörte, war nur: »Bitte, Frau Sudbrack! Ich versprech's.« Und Maxi setzte den Hundeblick auf. Früher hatte Maxi Betty auch immer so angesehen. Wenn er ihren Teil von den Süßigkeiten gewollt hatte. Oder dass sie ihn nicht verpetzte. Oder ihm ihr Fahrrad lieh.

Es funktionierte auch bei Frau Sudbrack. Was auch immer er von ihr gewollt hatte. Die Frau mit den starken Falten unter den Augen seufzte schließlich, nickte Maxi zu und ging dann davon.

Maxi sah Betty nur kurz an, dann zuckte er arrogant die Schultern und ließ sie stehen.

## 12

Beim Frühstück am nächsten Tag waren Richards Tränen, seine vermutete Affäre und Maxis seltsame Verbindung zu dieser älteren Frau total vergessen. Denn alles wurde von einem ungeheuerlichen Diebstahl überschattet.

Der gebrauchte Sarg von Uwe Dieckmeyer, dem Muslim, war in der Nacht gestohlen worden! Aus dem Institut. Irgendwelche Diebe hatten sich dreisten Zugang verschafft. Es mussten mehrere gewesen sein, denn ein Sarg war unmöglich alleine zu transportieren, es sei denn, man hatte das entsprechende Gerät, mit dem auch Jochen im Notfall die Särge hin und her manövrierte, wenn Maxi, Opa Richard oder Ella nicht zur Stelle waren. Die Diebe hatten den hinteren Hofzugang genutzt und waren ins Institut eingedrungen, hatten sich den Sarg gegriffen und waren verschwunden. Jochen war völlig aufgelöst, Richard sauer und Ella voller Sorge.

»Und was, wenn sie bei uns oben einbrechen?«

»Aber das haben sie ja nicht gemacht«, sagte Jochen.

»Aber stell dir vor, sie hätten uns ausrauben, sie hätten uns töten können!!«

Richard sah Ella irritiert an. »Warum sollten sie das denn tun?«

»Weil … weil … diese Verbrecher … ich *hab doch keine Ahnung*«, stieß Ella verzweifelt hervor. »Aber es könnte doch sein?«

»Wir könnten auch vor dem Haus ausrutschen und mit dem Kopf auf den Boden knallen und wären auch tot«, sagte Jochen missmutig. Woraufhin er missbilligende Blicke erntete. Von Richard, dem die Bemerkung so gar nicht gefiel. Und von Betty, die ihren Vater wie so häufig als unempathisch empfand.

»Ach, Papa …«

»Was denn? Ist dem Sude auch passiert.«

»Deine Bemerkung ist wenig hilfreich.«

»Hilfreich wäre, wenn die Polizei die verdammten Diebe fassen würde«, knurrte Jochen.

»Das stimmt. Aber sieh's mal so: Der Sarg war eh schon bezahlt, nicht wahr?«

»Es geht um das Prinzip!«, schnauzte Jochen und schlug wütend auf den Tisch.

»Hui, da wird aber einer wütend«, stichelte Richard ironisch.

»Ach, Opa«, seufzte Betty. Allmählich ging ihr die Stimmung hier zu Hause auf die Nerven. Sie hatte das irgendwie anders in Erinnerung. Freundlicher. Nicht so angespannt. Was war denn los mit allen? Ihre Eltern schwiegen sich an oder ignorierten einander, Opa Richard hackte auf Jochen rum und bekam gleichzeitig emotionale Ausraster. Und Maxi schien sich permanent vom Familienleben fernzuhalten. Und es schien keinen zu stören. Hauptsache, er erschien zu seinen Verpflichtungen. Als da vornehmlich wäre: Orgel spielen bei Beerdigungen. Ansonsten war Maxi wie ein Geist, kaum aufzufinden.

Wie zum Beweis stand er jetzt in der Küchentür und schaute verschlafen in die Runde.

»Ich rufe jetzt die Polizei«, sagte Jochen und stand auf.

Ella nickte erleichtert. Ihr Blick fiel auf Maxi.

»Guten Morgen, hast du schon gehört?«

Maxi nickte. Ella schaute auf die Küchenuhr über der Tür.

»Bist du nicht schon zu spät? Es ist kurz nach …«

»Ersten beiden Stunden fallen aus«, erklärte Maxi, drehte sich um und ging. Ella sah ihm seufzend nach. Schüttelte den Kopf. »Das Bildungssystem ist auch nicht mehr das, was es mal war.«

»Darum machst du dir jetzt Sorgen?«, fragte Betty amüsiert. Obwohl sie auch über ihren Bruder nachdachte, der gerade Bettys frühere Standardphrase fürs Blaumachen benutzt hatte.

»Na, du hast vielleicht recht. Bislang hat der Maxi ja immer sehr gute Noten.«

Okay, dachte Betty. Dann kann er auch mal blaumachen. Warum auch nicht. Hatte sie auch gemacht.

Bettys Erinnerungen an früher bekamen neuen Aufwind, als ein paar Stunden später Jonas im Institut stand. Jonas!

Ausgerechnet. Betty war baff stehen geblieben, als sie ihn durch die offene Tür der Geschäftsräume gesehen hatte. Sofort war sie zu ihm und ihren Eltern getreten, die auf ihn einredeten.

»Jonas?« Betty war echt irritiert. »Was machst du denn hier?«

»Er ermittelt in dem Sargdiebstahl«, erklärte Jochen. »Was glaubst du denn?«

Betty glaubte was ganz anderes. Seltsames. Nämlich, dass Jonas irgendwie wegen ihr hier war. Vielleicht. Ein winziges bisschen?

Jonas lächelte sie warm an. »Hallo Betty.«

»Ist das nicht toll.« Ella strahlte. »Der Jonas. Das finde ich ganz, ganz toll von dir.« Sie tätschelte seinen Arm.

»Ich dachte, du bist bei der Kriminalpolizei?«, fragte Betty.

»Ja und? Wenn der Diebstahl nicht kriminell ist, was denn sonst?« Jochen nahm den Diebstahl echt persönlich.

»Ich dachte, bei so was kommt die normale, die Schutzpolizei«, hakte Betty nach.

»Nun, normalerweise machen das die Kollegen, das ist richtig«, sagte Jonas und schwieg dann. Obwohl der Satz natürlich ein Aber brauchte. Er lächelte freundlich, bis Betty nachhakte.

»Aber?«

»Ach, ich war bei einem Kollegen im Büro und hab den Anruf zufällig mitbekommen. Und ich musste eh in die Gegend, und da dachte ich, ich komm einfach vorbei.«

»Ist das nicht toll?« Ella strahlte erneut und blickte zu Betty hinüber. »Wie schön. Wie geht's dir denn, Jonas? Und wie geht's Friederike?«

Sofort zuckten Jonas' Mundwinkel leicht nach unten. Die von Betty erst recht. Und auch Ella merkte, dass die Frage irgendwie die Atmosphäre verändert hatte.

»Ich hab sie ja seit Ewigkeiten nicht gesehen, ich hoffe, es geht ihr gut. Jedenfalls, bestell ihr schöne Grüße, ja?«, plapperte Ella schnell drauflos.

»Mach ich«, versprach Jonas. »Aber wollen wir mal über den Diebstahl reden?«

»Unbedingt«, sagte Jochen und dirigierte Jonas nach hinten, zum Hoftor. Jonas schob sich mit einem leisen Lächeln an Betty vorbei. Fast hätte er sie dabei berührt, es fehlten nur Millimeter.

Jonas begutachtete die hintere Tür.

»Es gibt keine Spuren. Da ist nichts, was auf einen Einbruch hindeutet«, erklärte er.

»Genau«, sagte Jochen. »Entweder sie haben einen Dietrich benutzt. Oder«, er warf Ella einen strafenden Blick zu, »jemand hat gestern die Tür aufgelassen.«

»Ich nicht«, widersprach Ella. »Du weißt, wie sehr ich darauf achte.«

Jochens wütender Blick traf Betty. Die hob die Hände. »Ich hab die Tür nicht berührt.«

»Gestern … ich hab … ich kann mich nicht erinnern«, gab Ella schließlich zu, sie war schamrot im Gesicht.

»Nun ja«, meinte Jonas sanft. »Eine Frage ist, wie die

Diebe hereinkamen, die andere: Wer stiehlt überhaupt einen Sarg?«

»Und warum«, ergänzte Betty.

»Richtig. Großes Geld ist damit ja nicht zu mach...«

»Nun, die Italienische Leichentruhe in Hochglanz kostet 2385 Euro«, erklärte Jochen pikiert.

»Sicher, sicher. Und das ist natürlich schon eine Menge Geld«, beeilte sich Jonas zu sagen. »Aber natürlich ist ein Sarg auch etwas anderes als ... nun, Juwelen, Schmuck, Drogen meinetwegen oder auch handwerkliches Gerät. Ein Sarg hat ja eine, ich sag mal, Bedeutung. Eine Symbolik.«

»Richtig«, sagte Jochen. »Mal abgesehen von der Ästhetik und dem bereits angesprochenen Wert. Der durchaus nicht zu verachten ist. Auf dem Schwarzmarkt womöglich.« Jochen war nicht davon abzubringen. Er merkte aber, wie Betty und Jonas schmunzelten.

»Ich sag ja nur«, fügte Jochen hinzu. »Aber das Seltsamste ist: Warum ausgerechnet den Sarg. Den gebrauchten.«

»Der Sarg war gebraucht???« Jonas war irritiert. Er ließ sich von Jochen die ganze Geschichte erzählen. Und als er nach zwanzig Minuten den gesamten Tatbestand aufgenommen hatte und sich dann zum Gehen wandte, stand er noch kurz mit Betty in der Eingangstür.

»Und was macht dein Bienenstich? Hast du dir das anders überlegt?«

»Hast DU dir das anders überlegt?«, fragte Betty zurück.

»Nein, wie gesagt …«

»Ich glaube, da stimmt was nicht. Du kannst dir die Leiche ansehen, lass uns runtergehen.«

Jonas warf einen Blick über Bettys Schulter auf Jochen, der erregt das Telefon in der Hand hielt und wild mit einem Taubenzüchter stritt.

»Ich glaube, wenn ich deinem Vater jetzt auch noch sage, dass ich mir eine Leiche unten ansehen will, dreht der komplett durch.«

»Und wenn schon«, meinte Betty.

»Außerdem habe ich keine rechtliche Handhabe, Betty.«

»Ach Mann, Jonas! Jetzt sei nicht so ein entsetzlicher Spießer. Und außerdem ist da nichts. Sei nicht so ein Sturkopf«, sagte Betty.

»Musst du gerade sagen«, erwiderte Jonas. Er wirkte irgendwie traurig.

Jonas drehte sich um und ging zum Auto. Betty sah ihm nach.

Jonas nervte. Wegen allem. Weil er ein Spießer war. Und feige. Weil seine Frisur echt scheiße war. Weil er hergekommen war, obwohl er ganz offensichtlich keinen offiziellen Anlass gehabt hatte. Weil er immer noch die Grübchen hatte.

# 13

War Betty nach Jonas' Besuch irritiert gewesen, so konnte sie später an diesem Tag eine ähnliche Reaktion beobachten. Nur dass es nicht sie betraf. Aber ebenso erstaunlich war.

Betty wollte eigentlich das Haus verlassen, um einen Spaziergang zu machen, der sie womöglich, ganz eventuell, vielleicht sehr, sehr zufällig in Richtung *Lebensstrahl* führen würde. Betty wusste noch nicht genau, was sie da wollte, aber sie wusste, sie würde nicht lockerlassen. Irgendwas an Inkas Tod stimmte nicht, und sie hatte das Gefühl, dass die Ursache im *Lebensstrahl* zu finden war.

Überraschenderweise kam das *Lebensstrahl* zu ihr. Denn als Betty durch die Hintertür rauswollte, sah sie Jochen vorne im Büro mit Diego sprechen. Der sah Jochen bekümmert an.

»Es tut mir leid, wir haben ihren Letzten Willen eben erst gefunden«, sagte Diego.

»Tja … das ist unglücklich.« Und tatsächlich, Jochen

hörte sich nicht glücklich an. So gar nicht. Er versuchte allerdings, eine geschäftliche, professionelle Distanz und Haltung zu bewahren. Auch wenn Betty immer mehr die Ahnung bekam, dass er Diego nicht leiden konnte.

»Da müssen wir nun einiges umplanen«, schlug Jochen vor.

»Entschuldigen Sie die Umstände«, sagte Diego. »Wir hatten nicht damit gerechnet, dass Inka noch etwas Schriftliches hinterlässt, was ihren bis dahin geäußerten Wünschen widerspricht. Zum Teil zumindest. Aber ich habe das Dokument eben erst in ihrem Büro gefunden.«

»Ja, ja, ja«, sagte Jochen, während er seinen Blick auf einen Auftragszettel senkte und zum Stift griff. »Worin unterscheidet sich denn die Beerdigung nun? Wir haben hier erhebliche Vorarbeit geleistet, und vieles ist schon längst angeschoben. Aber gehen wir es mal durch. Bleibt es bei der Gästezahl?«

»Ja, das bleibt.«

Betty konnte sehen, wie ihrem Vater ein tiefer innerlicher Seufzer entwich.

»Gut, Trauerfeierversorgung bleibt. Ich nehme an, Karten, Einladungen, Traueranzeige, Gedenkzettel.«

»Das Einzige, was sich ändert, ist …«

»Die Tauben?«, hoffte Jochen.

»Was? Nein, wieso? Inka fand die Tauben als Symbol für die Leichtigkeit des Geistes und sein Streben zum Helleren hin, in Richtung Licht, immer schon ganz wunderbar«, erklärte Diego.

Jochen warf ihm einen Blick über seine Lesebrille hinweg zu.

»Hm, wenn ich an den Taubendreck unterhalb der dunklen Bahnhofsbrücke denke, dann …«, aber dann setzte Jochen schnell wieder seinen professionellen Bestatterblick auf und fragte freundlicher: »Was ändert sich denn nun?«

»Inka möchte, dass ihre Asche in der Natur ausgestreut wird.«

»Es ist in Deutschland nicht erlaubt, dass Asche in die Natur ausgebracht wird.«

Diego seufzte. »Als ob Inka das gewusst hätte. Gut, ihr zweiter Wunsch war, zu einem Erinnerungsdiamanten zu werden.«

Jochen klappte der Kiefer herunter.

»Ist das … wäre das ein Problem?« Diego war unsicher.

»Nein, also … ich …«

»Ich habe auch nicht damit gerechnet, muss ich sagen.« Diego wirkte tatsächlich etwas verunsichert. »Inka war immer mehr … im Spirituellen unterwegs … ein Luftwesen, verstehen Sie?«

»Ehrlich gesagt: Nein«, antwortete Jochen.

»Nun, sie schwebte über den weltlichen Dingen … da ist dann so etwas Handfestes, Materielles wie ein Diamant … nun … überraschend für uns.«

»Nicht nur für Sie, glauben Sie mir. Gut, ich hoffe nur, dass wir den Beerdigungstermin halten können. Denn das, das müssen Sie wissen, ist ja bislang schon fast überall kommuniziert worden. Die Einladungskarten sind geschrieben, die Todesanzeige aufgesetzt. Sie verstehen, was das für ein Chaos verursachen würde, oder?«

Diego nickte. »Nein, wenn es möglich ist, würden wir das halten, natürlich.«

»Gut, dann beten Sie, dass wir noch einen Termin im Krematorium kriegen, heute oder morgen. Sonst bricht alles zusammen.«

Diego sah Jochen etwas belustigt an. »Ich *bete* nicht, aber ich werde all meine Hoffnungen und Energie daraufsetzen, dass das möglich sei.«

»Was auch immer«, brummte Jochen.

Betty stand im halbdunklen Flur und ballte die Hand zur Siegerfaust. Denn das war die Lösung! Sie wusste, dass im Fall einer Einäscherung immer ein ordentlicher Rechtsmediziner die Leiche noch mal begutachtet. Allein, weil die Verbrennung des menschlichen Körpers nicht umkehrbar ist und sämtliche Beweisspuren für einen unnatürlichen Tod ein für allemal vernichtet werden. Es wird ihr helfen, den unnatürlichen Tod zu beweisen! Betty musste einen kleinen Juchzer unterdrücken.

Im Büro wandte sich Jochen Diego wieder zu. »Aber Ihnen ist auch klar, wenn wir den Termin im Krematorium kriegen, wird sich dennoch einiges ändern. Der Erinnerungsdiamant wird aus der Asche der Verstorbenen hergestellt. Genauer gesagt aus dem Kohlenstoff, der zu diesem Erinnerungsstück gepresst wird. Das übernimmt eine Schweizer Firma, die ich sogleich nach unserem Gespräch anrufen werde. Sie müssen allerdings damit rechnen, dass das einige Zeit in Anspruch nimmt. Es wird vor der Beerdigung nicht möglich sein, dafür sind die Prozesse zu lang.«

»In Ordnung, das eilt ja nicht.«

»Daher werden wir allerdings auch das bisherige Bestattungskonzept leicht umwandeln müssen. Sie verzichten daher jetzt auf den bestellten Sarg, Sie müssen eine Urne aussuchen. Und die Krematoriumsgebühren kommen nun auch noch dazu.« Jochen wirkte nicht unglücklich.

»Natürlich.« Diego nickte.

In diesem Moment ging hinter Diego die Ladengeschäftstür auf, und Ella kam herein, Einkäufe unter dem Arm. Als sie Diego bemerkte, stoppte Ella abrupt. Und Betty sah erstaunt, dass Diegos warme schwarze Augen aufleuchteten, als er sich umdrehte und Ella sah. Ein breites Lächeln auf seinem Gesicht, seine sinnlichen Lippen, die sich gerade öffneten und etwas sagen wollten. Dann Ellas winziges, kurzes Kopfschütteln zu Diego, das ihn zum Schweigen brachte, bevor er etwas sagen konnte. Dann Ellas kalte Schulter, als sie an Diego vorbeiging und auf Betty im Flur zukam.

Auf die mehr als perplexe Betty, der klar geworden war, dass ihre Mutter und Diego sich ganz offensichtlich kannten. Und ein Geheimnis miteinander hatten. Und auch Jochen schien das nicht verborgen geblieben zu sein, auch er hatte den Blick von dem Auftrag hochgenommen und Diego und Ella beobachtet. Und als Jochen ihr jetzt ein »Hallo Schatz« hinterherrief, hatte das fast etwas … Besitzergreifendes.

Betty machte, dass sie die Treppe hochkam, bevor ihre Mutter sie hier im Flur ertappte. In der Mitte der Treppe scheiterte sie.

»Kindchen«, rief Ella.

Betty fuhr herum, stolperte fast. Ella schaute sie forschend an.

»Wolltest du hoch? Oder runter?« Oder flüchtest du vor mir und hast das alles beobachtet? Das meinte Ella eigentlich. Betty konnte sehen, dass ihre Mutter seltsam rote Wangen hatte und so gar nicht entspannt wirkte, wie man sein konnte, wenn man gerade an einem sonnigen Septembertag mit frischen Blumen vom Einkaufen zurückkam.

# 14

Der Krematoriumstermin für Inka war auf den kommenden Tag festgelegt. Betty hatte heimlich in den Bürokalender geschaut, als ihre Eltern sich oben beim Mittagessen anschwiegen. Sie würde dabei sein, auf jeden Fall! Aber es war besser, sie würde ihren Vater überraschen. Bei seiner derzeitigen Laune war das bestimmt besser so.

Aber auch Bettys Laune schwankte ebenfalls. Sicherlich, die Aussicht, dass ein fähiger Rechtsmediziner ihren Verdacht bestätigen würde, beflügelte sie. Ihr anderer Verdacht aber, dass da etwas war zwischen ihrer Mutter und dem attraktiven Diego, anders war das Verhalten nicht zu erklären, zog Betty ganz schön runter. Denn waren die Spannungen zwischen ihren Eltern nicht mit Händen zu greifen? Wusste ihr Vater davon? Warum sonst war er so abweisend und kühl und genervt gewesen? Ihr Vater, sonst ein Ausbund an zurückhaltender Freundlichkeit und Nachsicht – und gut: westfälischer Stoik –, war für seine Verhältnisse echt grantig gewesen.

Ein Grund mehr für Betty, ihren Fuß auf das *Lebensstrahl*-Gelände zu setzen. Das alte Schulgebäude wirkte wie ein Magnet auf Betty. Sie durchschritt das Eingangstor und fand sich schnell in einer in warmen Farben gehaltenen Eingangshalle wieder. Alles wirkte wie eine Waldorfschule. Es gab Sinnsprüche an den Wänden, und ganz ehrlich: Kein professioneller Maler hatte jemals dieses Gebäude betreten. Die Wände waren nicht gestrichen, sie waren von irgendwelchen Einäugigen rücklings bemalt worden.

Aber nachdem Betty ihr erstes Befremden überwunden hatte, musste sie zugeben: Über alldem lag eine gewisse Ruhe und Klarheit. Als würde permanent ein leiser Luftzug durch das Gebäude ziehen, der einem den Kopf freiblies.

Noch während Betty sich umsah und auf der Pinnwand neben der ehemaligen Hausmeisterloge ein paar Aushänge las, war Diego auf den Flur getreten. Betty bemerkte ihn erst, als er fast neben ihr stand und sie freundlich anlächelte.

»Ach, wie schön, dass du wieder hier bist. Wie kann ich dir weiterhelfen?«

Indem du vielleicht nicht mit meiner Mutter schläfst?, dachte Betty und musterte Diegos feine Gesichtslinien, seine vollen Lippen, die dunklen Augen und das sanfte Lächeln. Er war wirklich ein gut aussehender Mann. Nicht, dass das etwas entschuldigte.

»Ich … ich interessiere mich für …«, Betty hatte keine Ahnung, sie streckte die Hand aus und deutete auf die Pinnwand hinter sich. Diego folgte mit Blicken ihrem Finger.

»Schwangerenmassage … Garbhini-Abhyanga.«

Bitte was? Betty fuhr entsetzt herum. »Nein, nein. Das daneben.«

»Mutausbruch?«

»Ayurveda-Massage? Natürlich, das ist ein ganz wunderbares Thema.«

»Genau«, sagte Betty. »Aber sagen Sie mal, ich habe gehört …«

»Du«, unterbrach Diego sie. »Du kannst Du zu mir sagen. Wir müssen nicht diese künstliche Distanz zwischen uns herstellen. Wir sind alles Seelen hier auf dieser Erde. Es gibt keine Unterschiede zwischen uns.« Er sah Bettys befremdeten Blick. Und musste grinsen. »Aber vielleicht nehme ich hier zu viele Schritte auf einmal? Ich wollte dir nicht zu nahe treten.«

»Schon gut«, erwiderte Betty. Aber sie kam sich plötzlich albern vor. Diego war aufrichtig freundlich. Er schien kein mieser Typ zu sein. Im Gegenteil. Er war vollkommen euphorisch, als er Betty jetzt den Weg wies und einfach losging, sodass sie ihm folgen musste, wollte sie weiter mit ihm sprechen.

»Das ist eine ganz gute Idee, dass du jetzt hier bist. Ich werde dir jemanden vorstellen.«

»Toll«, sagte Betty. »Aber was ich eigentlich sagen

wollte … falls es derzeit nicht passt, dann ist das auch kein Problem. Ich habe gehört, dass …« Dann schwieg sie.

Diego nickte. »Es macht die Runde, was? Tja. Dass Inka von uns gegangen ist, schmerzt tief. Wir alle hier sind betroffen. Jeder findet seinen Umgang damit, aber es ist nicht leicht.«

»Sie war die Leiterin hier, oder?«

»Inka war die Gründerin. Unsere spirituelle Leitung. Das Geschäftliche, dafür bin ich zuständig. Das Klein-Klein.« Er grinste wieder. »Inka war die Visionärin. Sie fehlt.« Diego blickte traurig drein.

»Haben Sie Familie?« Betty konnte sich nicht dazu durchringen, Diego zu duzen.

Diego war irritiert. Aber nicht über das förmliche Sie.

»Wie? In welchem Zusammenhang?«

»Entschuldigen Sie, ich … habe selbst kürzlich einen Verlust in der Familie erlitten …« Was eine Lüge war, es sei denn, man betrachtete Sean als Teil ihrer Familie. Das Arschloch. »… und daher kann ich dieses Verlustgefühl durchaus nachvollziehen. Aber es ist nun mal etwas anderes, wenn es ein Familienmitglied betrifft.« Bettys Versuch, sich rauszureden, klappte nur halb. Aber Diego lächelte nur sanft.

»Ja, ich habe Familie. Aber wir alle hier haben uns darüber hinaus immer als Familie verstanden. So tröstlich das normalerweise ist, so schmerzlich kann das auch in solchen Momenten wie diesen sein.«

»Und, lebt Ihre Familie hier?«

Aber Diego antwortete nicht, weil er gerade eine Tür zu einem Seminarraum öffnete. Sofort setzte ein leises Jammern und Wehklagen ein. Verdutzt blickte Betty auf eine circa fünfzigjährige Frau, die sich rücklings über ein dickes Yogakissen gerollt hatte und vor sich hin stöhnte. Der ganze Raum war mit Matratzen und Kissen ausgelegt. Irgendwo im Hintergrund ertönten Vogelstimmen. Diego blickte sanft auf die Frau hinunter und wartete. Betty, irritiert, wartete auch. Sie wusste nicht, was sie machen sollte.

Nach einer gefühlten Ewigkeit schlug die Frau auf dem Boden ein Auge auf. Langsam ebbte ihr Jammerton, ein trauriger Singsang, ab. Die Frau richtete sich auf. Sie hatte ein verhärmtes Gesicht mit starken Konturen. Und dicke schwarze Haare, voller grauer Strähnen. Das Gegenteil einer kecken Kurzhaarfrisur. Sie blickte Betty geradeaus in die Augen. Ein starker, forschender Blick. Nicht unbedingt warm. Aber beeindruckend. Sie strahlte eine krasse Kraft aus.

»Alrun, das ist …«

»Betty.«

»Sie möchte an deinem Ayurveda-Massage-Kurs teilnehmen. Glaubst du, du kannst sie noch aufnehmen?«

Alrun schwieg, dann klopfte sie auf den Boden neben sich und deutete Betty, sich zu ihr zu setzen. Diego lächelte wissend, ging hinaus und machte leise die Tür hinter sich zu.

Betty war verunsichert. Sie konnte doch nicht mit ihren Straßenschuhen auf diese Kissenlandschaft treten? Sie zog die Schuhe aus und ärgerte sich. Wo war Diego jetzt geblieben? Sie wollte mit ihm reden. Und nicht mit dieser Frau. Und Betty ärgerte sich auch darüber, dass sie heute keine frischen Socken angezogen hatte. Es war ihr peinlich. Aber was sollte sie tun? Sie balancierte schließlich über die Kissenlandschaft und setzte sich weit von Alrun entfernt. Was diese natürlich registrierte. Alrun schwieg. Dann fragte sie: »Wie hast du zu uns gefunden?«

»Eine Empfehlung«, sagte Betty, ohne es genauer zu bestimmen.

»Wie schön«, gab Alrun zurück. »Ich freue mich, dass du hier bist.«

Ach, echt? Betty war überrascht. Denn diese Frau schien das ernst zu meinen.

»Entschuldigen Sie, wenn ich ungelegen komme.« Betty deutete auf das Yogakissen, auf dem Alrun eben diesen Jammergesang angestimmt hatte.

»Nein, das ist schon gut. Ich habe einen Reinigungsgesang versucht, um mich den Trauergefühlen voll und ganz hingeben zu können.«

»Ach so …«, Betty verstand den Sinn nicht wirklich. »Ja, ich habe gehört, Ihre Leiterin ist verstorben.«

»Inka war viel mehr als das. Du kennst das Konzept der Seelenverwandtschaft?«

Betty musste grinsen. »Aus pathetischen Hollywoodfilmen, ja.«

Es war kein Witz, der bei Alrun funktionierte. Absolut nicht.

»Nun, das war Inka für mich. Und mehr.«

»Wer wird das Institut denn jetzt weiterführen? Diego?«

»Wir reden gerade darüber. Es kann sein, dass ich in ihre Fußstapfen treten muss. Obwohl niemand sie ausfüllen kann. Natürlich nicht.« Alrun sah traurig aus. Dann streckte sie den Rücken. »Aber wir können die Menschen, die uns vertrauen, denen wir helfen wollen, nicht hängen lassen. Zum Beispiel deine Mutter.«

Bitte was???

»Meine Mutter???«

»Nun, die Ähnlichkeit ist nicht zu übersehen.«

»Also …?«

»Du hast gesagt, dass du auf Empfehlung kommst. Und außerdem hat sie von dir erzählt.«

»Was bitte???« Betty war völlig perplex. Es war, als hätte sie eine knallende Ohrfeige bekommen. Nein, gleich drei hintereinander. Erstens, dass ihre Mutter hier herkam. Dass sie die gesamte Familie belogen hatte. Und dass die Wahrscheinlichkeit, dass sie mit Diego eine Affäre hatte – warum sollte sie sonst herkommen? Natürlich, um ihn zu sehen. Um ihm nahe zu sein. Betty schüttelte sich.

Die zweite Ohrfeige war natürlich, dass Ella hier im Kreis der … tja, was waren das für Menschen? Esoterikspinner, dachte Betty wütend, dass sie hier in der Öffentlichkeit über sie redete. Was verdammt ging sie, Betty, andere Leute an? Was würde Ella über sie erzählen? Bestimmt nichts Gutes. Irgendwelchen Schwachsinn darüber, dass Betty ihr Leben nicht hinkriege, dass sie wankelmütig oder zu trotzig oder was auch immer sei. Bullshit eben. Der andere Leute nichts anging.

Und die dritte Ohrfeige war, dass Betty ihrer Mutter angeblich ähnlich sehen sollte. Gut, es war nur ein Kläpschen. Aber ich habe so gar nichts mit meiner Mutter gemein, dachte Betty. Hatte sie etwa einen kecken Kurzhaarschnitt? Die breiten Hüften, die etwas stämmigen Beine? Mit denen man gut im Leben stehen konnte, na gut. Aber dennoch – außer ihrem Kinn hatte Betty nichts mit Ella gemeinsam.

»Ich verstehe nicht«, sagte Betty.

»Sie kommt jeden Mittwoch. Zu *Seelensprache*.«

»Sie müssen sich irren.«

»Wieso?«

»Meine Mutter kommt vom Niederrhein. Da gibt es so was wie Seelensprache nicht. Und außerdem ist sie mittwochs immer im Lesekreis der Kirche.«

Alrun schmunzelte. »Wenn du das meinst …« Sie schloss die Augen und begann, sich sanft hin und her zu wiegen.

Betty saß ihr gegenüber und starrte sie an. Was war das denn jetzt? Was tat diese seltsame Frau da? Und, verdammt, hatte sie womöglich recht?

Betty musste mit ihrer Mutter reden. Jetzt. Sofort.

Sie nestelte ihre Beine auseinander und ging über die schwankenden Matratzen zu ihren Schuhen, die an der Tür standen. Betty schlüpfte hinein, Dann kam ihr noch ein Gedanke. Wenn sie schon mal hier war und die Gelegenheit hatte, mit einer Person aus dem Umkreis der Toten zu sprechen, dann sollte sie die Gelegenheit nicht ungenutzt lassen. Auch wenn diese seltsame Frau hier extrem seltsam war.

Sie drehte sich zu Alrun um.

»Wie gesagt: Es tut mir leid. Das mit Inka.« Alrun nickte mit geschlossenen Augen. Betty fuhr fort: »Waren Sie dabei? Ich meine, waren Sie hier?« Alruns geschlossene Lider zuckten kurz irritiert.

»Ich meine ja nur. Falls Sie sie gefunden haben. Das muss ja ein schlimmer Moment gewesen sein. Deswegen.«

Alrun nickte. Dann sagte sie langsam, ohne die Augen zu öffnen: »Es war für uns alle ein schlimmer Moment. Besonders für Samuel. Inka und er ... sie hatten eine besondere Verbindung ...«

»Eine besonders ... intensive Verbindung? Konfliktbeladen womöglich?«

Alruns Wiegen stoppte einen Moment. Ihr Gesicht verzog sich misstrauisch, sie runzelte die Stirn. Betty merkte, sie musste wirklich an ihrer Fragetechnik arbeiten.

»Ich glaube, schwierig ist es für Samuel eher jetzt. Aber er ist auf dem guten Weg. Er hat ja erkannt, dass wir Inka freigegeben haben, dass sie jetzt auf dem Weg zu einer vollkommenen Vereinigung ist. Und dass Samuel so schnell seine weltlichen Gefühle beiseitegestellt hat, ist wirklich beachtenswert. Wir alle kämpfen ja auch immer mit unserer Verankerung in der weltlichen Welt, sosehr wir auch in der spirituellen Dimension leben wollen. Aber die Engel sind uns ein Geleit.« Alrun nickte zu sich selbst, und ein Lächeln trat auf ihr Gesicht.

Auf Bettys Gesicht spielte sich das Gegenteil ab. Engel? Jetzt auch noch verdammte Engel?

»Darf ich noch mal was fragen?«, bat Betty.

Alrun nickte.

»Warum haben Sie die Augen die ganze Zeit geschlossen?«

»Damit ich besser sehen kann.«

»Ach so. Na klar.«

»Du bist deiner Mutter gar nicht so unähnlich.«

»Sagten Sie schon.«

»Ihr habt beide Probleme auf emotionaler Ebene. Eine unglückliche Liebe?«

»Sie spinnen doch«, platzte es aus Betty heraus.

Sie machte, dass sie da rauskam.

# 15

Als Betty das Bestattungsinstitut betrat, war sie ziemlich geladen. Ella sah von ihrem Schreibtisch auf und freute sich, dass Betty da war.

»Schön, dass du da bist, Liebes. Kannst du mir helfen? Ich muss diese dreihundert Einladungen frankieren und … was ist mit dir?« Endlich hatte sie das Feuer und die Blitze aus Bettys Augen bemerkt.

»Nichts ist«, sagte Betty und bemühte sich, wieder ruhig zu werden. »Ja, meinetwegen. Ich kann dir helfen, gib her.«

Betty stellte sich vor den Tresen, hinter dem der Schreibtisch aufgebaut war. Ella legte ihr einen Stapel Briefe und Briefmarken hin.

»Ist das für die Beerdigung von der Inka?«, fragte Betty, obwohl sie die Antwort längst kannte.

»Ja«, antwortete Ella. »Das ist ein Riesending. Papa und ich haben echt Stress.«

»Das ist ja nicht zu übersehen«, zischte Betty.

Ella sah sie fragend an.

»Und, gibt es einen Grund für euren Stress?«

Ella war verdutzt. »Das sag ich ja gerade: Inkas Beerdigung??? Ich verstehe nicht recht.«

»Sag mal, du und Inka … kanntet ihr euch gut?«

Ella wurde etwas blass. Sie zögerte und dehnte ihre Antwort so lange wie möglich. »Nun, du hast ja mal Flötenunterricht bei ihr gehabt, früher. Da habe ich sie natürlich auch kennengelernt. Wir hätten dich ja nicht zu einer Person gegeben, der wir nicht vertrauten.«

»Genau. Vor allem beim Flötenunterricht werden viele Kinder verschleppt und niedergemetzelt, das weiß man ja.«

»Was ist denn mit dir los, Bettina?«

»Ach, du hast da gerade einen sehr wichtigen Punkt angesprochen. Vertrauen …«

»Ja???«

»Weißt du noch, dass ihr damals dieses Ding hattet? Bei jeder Lüge mussten wir fünfzig Cent in die Spardose geben?«

»Na klar.«

Betty schob ihrer Mutter das Trinkgelddöschen rüber, das seit Ewigkeiten unbenutzt auf dem Tresen neben dem obligatorischen Blumenstrauß stand. Denn wer gab schon einem Bestatter Trinkgeld? Außer nach dem Beerdigungskaffee?

»Tja, dann tu mal rein, Mama«, verlangte Betty streng. »Alles, was du hast.«

»Bettina, ich verstehe so gar nicht gerade.« Ella wand sich auf ihrem Stuhl.

»Dein Lesekreis … ich wusste gar nicht, dass der neuerdings nicht mehr im Gemeindesaal stattfindet. Und auch gar nix mehr mit Lesen zu tun hat, sondern mit verkackten Engeln?!«

Ella sank in sich zusammen. Sie seufzte tief, als sie auf die Tischplatte blickte. Dann sagte sie, ohne aufzusehen: »Das stimmt nicht. Das mit den Engeln.«

»Aber was stimmt denn, Mama? Was soll ich dir denn jetzt glauben? Erzähl!«

»Ja, du hast recht. Ich gehe ins *Lebensstrahl*. Mittwochs immer. Alrun gibt dieses Seminar, was mir total guttut. Wirklich. Es geht mir viel besser.«

»Ich wusste nicht, dass es dir schlecht geht, Mama«.

Ella sah ihrer Tochter direkt in die Augen. »Wie denn auch? Wann sprechen wir mal ehrlich miteinander? Außer, dass es um deine Dienstpläne, irgendein Abendessen oder irgendwelche Familiengeburtstage geht?«

Betty schluckte. Ihr wurde klar, dass sie und ihre Mutter, nein, sie und ihre Eltern nie wirklich miteinander sprachen. Es war alles nur ein leeres Gespräch, ein Austausch von Worthülsen, von Klischees. Aber nichts, was einen innerlich umtrieb. Nichts, was einen berührte. Aber na gut. Die Frage war, ob man solche Sachen auch mit seinen Eltern beziehungsweise seiner Tochter besprechen musste.

»Na, dann sei doch mal ehrlich, Mama. Sprich es aus.«

»Wenn du ein bisschen weniger ablehnend wärst als im Moment, dann würde das helfen«, sagte Ella und blickte die immer noch wütende Betty an. Die begriff. Atmete lange aus. Und nickte ihrer Mutter zu. »Also?«

»In diesem Kurs von Alrun geht es um unsere Intuition. Den Kontakt zu uns selbst, zu unserer Mitte. Und ja, auch dem großen Plan, deinem eigenen Seelenplan.« Ella bemerkte Bettys verständnislosen Blick.

»Tja, das hab ich mir gedacht«, sagte Ella traurig.

»Weiß Papa davon?«

»Nein! Und der soll es auch nicht erfahren.«

»Das kann ich mir vorstellen«, erwiderte Betty und dachte an Diego.

»Papa versteht mich nicht«, sagte Ella.

»Ich dich auch nicht, Mama.«

Ella seufzte lange und tief. Dann sah sie Betty tief in die Augen.

»Ich war nicht glücklich. Seit Längerem schon. Weißt du, wenn du in die Menopause kommst, dann verändert sich so einiges im Leben. In dir. Du hinterfragst dich. Wer du bist. Was du für andere bist. Was du anderen bedeutest. Zum Beispiel deiner Tochter, die sich wirklich wenig meldet.«

Der Vorwurf traf Betty, sie wollte direkt etwas entgegnen, aber Ella fuhr schon fort: »Aber dann fragst du dich, ob das überhaupt ihre Aufgabe ist. Oder deine. Oder ob es sein muss.«

Betty nickte in sich hinein. Dennoch hatte sie ein schlechtes Gewissen.

»Aber auch Maxi ist in seiner Pubertät gar nicht erreichbar. Und Jochen … erst recht nicht. Weißt du, er ist Richard ähnlicher, als du denkst.«

»Ein Schwerenöter? Papa? Ich glaube nicht. Aber apropos …«

»Natürlich ist Papa kein Frauenheld. Jochen doch nicht. Aber er … er ist schon sehr in sich und in seiner Welt gefangen. Er macht sich nicht so viel Gedanken, außer um den Betrieb. Und manchmal … manchmal fühle ich mich hier schon … *allein*.«

»Kann ich verstehen. Aber ist das der Grund …« Warum du eine Affäre mit Diego angefangen hast?

»Mir fiel hier echt die Decke auf den Kopf. Und mir wurde klar: Da muss doch mehr sein im Leben! Was will man eigentlich im Leben? Was ist eigentlich der Sinn von dem allen? Wir werden geboren – und dann sterben wir. Und landen hier.« Ella machte eine beschreibende Geste zur Sargausstellung hin.

»Bislang fandest du das immer gut«, spöttelte Betty. »Das Geschäft stand vor allem.«

»Du verwechselst mich mit deinem Vater.« Ellas Worte waren hart. Aber es lag eine Traurigkeit darin.

»Es läuft nicht so gut mit dir und Papa, oder?«

»Das merkt man vielleicht nicht, aber …« Ella nickte.

»Das merkt ein Blinder. Dafür braucht man auch keine Engel, die einem das einflüstern.«

Die beiden sahen sich an. Dann fügte Betty langsam hinzu: »Aber vielleicht braucht man einen wie Diego?«

Ella runzelte die Stirn, als sie begriff. Sie schwieg kurz.

Dann: »Ach, daher weht der Wind. Verstehe … Ja, Diego hat sich in mich verliebt.«

Betty spürte, wie ihre Beine weich wurden. Sie stützte sich auf den Tresen ab. »Erzähl.«

»Da gibt es nichts zu erzählen. Ich habe ihn im *Lebensstrahl* kennengelernt. Und ganz offensichtlich macht er mir den Hof. Er ist nett, er ist charmant, er …«

»Er ist ein Schaumschläger.«

Ella zuckte die Schultern und musste ein bisschen grinsen. »Mag sein. Aber er schwärmt ernsthaft von mir. Und selbst wenn nicht, es ist trotzdem schön. Sich wieder begehrt zu fühlen, das ist … großartig.«

Am liebsten wollte Betty sich die Ohren zuhalten. Ihre Mutter über Sexualität sprechen zu hören war befremdlich. Ella bemerkte ihre Reaktion, fuhr aber fort: »Ich bin doch nur noch Inventar hier, ich werde gar nicht mehr wahrgenommen. Weißt du, wie das ist?«

»Und deswegen hast du eine Affäre mit Diego angefangen?«

»Was?« Ella war erschrocken. »Nein!«

»Wirklich nicht? Ich frage mich, was Papa dazu sagen würde.«

»Ich weiß, was er sagen würde«, antwortete Ella ernst. »Er darf es nicht erfahren! Dass …«

»Du eine Affäre hast.«

»Das Diego sich in mich verliebt hat. Keiner weiß das. Außer Inka.«

Betty sah ihre Mutter erstaunt an. Die flehte sie an.

»Sag es niemandem, bitte. Es ist nichts gewesen. Versprochen.«

Betty musterte ihre Mutter. Sie wusste nicht, was sie glauben sollte.

»Ich muss nachdenken«, sagte Betty, ließ die Umschläge auf dem Tresen liegen und ging nach oben.

In ihrem Zimmer legte sich Betty aufs Bett. Sie starrte an die Decke. Ihr Kopf rauschte. Sie hatte tausend Fragen. Fragen, die sie nicht beantworten konnte, die aber zusammengenommen ein beklommenes Gefühl verursachten.

Denn was, wenn Ella doch eine Affäre mit Diego hatte? Sie würde es ihrer Tochter nicht gestehen. Wahrscheinlich hing sie jetzt unten am Telefon und rief ihn an. Inka hatte davon gewusst? Was, wenn die die Affäre hatte öffentlich machen wollen? Wenn Betty das Institut und sein Konzept richtig verstanden hatte, ging es dort um Öffnung. In jederlei Hinsicht. Wenn Inka das ausgeplaudert hätte, wäre die Ehe von Ella und Jochen zusammengebrochen. Sofort. Mit einem Knall.

Jochen wirkte zwar wie ein grundsolider, etwas langweiliger Westfale. Aber Betty hatte ihren Vater auch schon anders erlebt. Auf dem Schützenfest. Mit einigem Alkohol intus. Jochen war zu erstaunlichen Dingen fähig.

Und ihre Mutter auch? Betty hatte plötzlich einen kleinen, seltsamen, ganz unverschämten Gedanken. Was, wenn sie auf jeden Fall verhindern wollte, dass die Affäre oder Nicht-Affäre ans Tageslicht kam?

# 16

Betty hatte eine schlechte Nacht gehabt. Und auch der Morgen ließ sich kompliziert an. Betty strich unruhig im Haus umher und wartete, bis ihr Vater in den Keller ging, um Inkas Leiche für den Transport ins Krematorium herauszuholen.

»Was machst du?«, fragte Betty harmlos, als sie sich ganz zufällig in die Tür stellte.

»Ich bringe die Binder-Manke ins Krematorium, wieso?«, grummelte Jochen, der schlechte Laune hatte.

»Oh«, sagte Betty erfreut. »Ach, echt? Kann ich mit?«

Jochen drehte sich zu ihr um. »Warum das denn?«

»Ich war ewig nicht mehr da. Im Krematorium.«

»Du warst noch nie mit.«

»Eben deshalb.«

Jochen starrte seine Tochter an. »Du willst mit dem Pathologen reden.«

Betty zuckte die Schultern. »Ach, nicht unbedingt. Aber wenn sich die Gelegenheit ergibt …«

Jochen seufzte. Dann ließ er erschöpft den Kopf hängen. Er wirkte, als wäre ihm alles zu viel.

»Ja gut. Wenn dann endlich Ruhe ist«, knurrte Jochen und wandte sich missmutig wieder der Leiche zu. Betty strahlte, als sie ihrem Vater half, Inkas Leiche aus dem Kühlfach auf die Transportliege zu schaffen.

Wenig später saßen sie im Wagen und fuhren schweigend durch Jöllenbeck. Das Krematorium lag in Brackwede, direkt am Sennefriedhof. Sie mussten einmal quer durch die Stadt. Es war eine lange, sehr schweigsame Fahrt.

Jochen starrte mürrisch geradeaus, seine Finger tippten immer wieder unruhig auf das Lenkrad, und irgendwann hupte er einen anderen Autofahrer weg, der nicht sofort losgefahren war, als die Ampel auf Grün geschaltet hatte. Betty warf ihrem Vater einen Seitenblick zu.

»Du fährst fast so wild wie Mama«, sagte sie.

»Der hätte man den Führerschein auch nicht geben dürfen«, knurrte Jochen. »Glaub mir, kein Bestatterwagen in Deutschland hat so viele Knöllchen gekriegt wie der hier.«

Betty grinste.

»Die hat sogar ein Kistchen im Schreibtisch, wo sie die Bilder vom Blitzer sammelt. Ich hab's ihr tausendmal erklärt, dass das geschäftsschädigend ist. Wir stehen für Ruhe und Frieden. Für eine würdevolle letzte Begleitung. Stattdessen: ein rasender Leichenwagen.« Jochen schüttelte grimmig den Kopf. »Unfassbar… Aber unbelehrbar.« Er schwieg grimmig.

Betty wartete, dann setzte sie sanft an: »Ihr beide habt nicht so eine gute Zeit, oder?«

»Wie meinst du das?« Jochen wandte den Blick nicht von der Straße.

»Na, ich hab das Gefühl, dass ihr … streitet ihr oft?«

Jochen sah seine Tochter an. Sein Blick durchbohrte sie ein paar Sekunden. Dann blickte er wieder nach vorne, gerade rechtzeitig, um den Aufprall auf den Lkw vor ihnen zu vermeiden. Jochen ging hart in die Bremsen und fluchte. Als er dann den Lkw links überholte, drohte er dem Fahrer mit der Faust. Als ob der schuld gewesen wäre. Betty runzelte die Stirn und schluckte einen Kommentar herunter. Stille im Wagen. Bis Jochen nach ein paar Sekunden sagte: »Es ist halt nicht so einfach gerade.«

Betty überlegte, wie sie das Thema Vertrauen und Affäre anbringen konnte, ohne zu viel anzudeuten. Aber Jochen fuhr fort: »Es läuft nicht so gut im Geschäft. Und dein Opa …« Jochen hielt inne.

»Ich weiß, es ist nicht so einfach mit Opa«, sagte Betty mitfühlend.

»Der weiß alles besser. Immer. Das nervt fürchterlich«, erwiderte Jochen. »Und hilfreich sind seine Vorschläge auch nicht. Man muss sich der Zukunft öffnen, verstehst du? Ständig auf dem Alten beharren, wir würden noch mit der Schreibmaschine schreiben, wenn's alle machen würden. Und dann dieser Scheißdiscounter, seitdem die aufhaben, haben wir dreißig Prozent Umsatz verloren.«

»Ist nicht wahr?«

»Doch. Ständig alles schnell, schnell. Alles aus Pappe. Keine Beratung, keine Wertschätzung für echte Handarbeit!«

»Wie beim Billigbäcker«, warf Betty ein.

»Genau. Nur dass es bei uns um das letzte Geleit geht. Einen würdevollen Abschied. Für alle. Den Toten und die Angehörigen. Und diese … diese Schmarotzer«, fauchte Jochen plötzlich wütend, »da kannst du alles online ordern, bis hin zur Trauerrede. Wahrscheinlich schreibt die irgendein halbblindes Kind in Indien oder so.«

»Papa!«, sagte Betty vorwurfsvoll.

»Warte ab, demnächst stecken die die Toten noch in Plastiktüten, sobald das erlaubt ist.«

Jochen war ganz aufgewühlt. Betty betrachtete ihren Vater mitfühlend. Sie hatte ihn seit Jahren nicht mehr so emotional erlebt.

»Wahrscheinlich haben die Schweine mir auch noch den Sarg geklaut. Und stecken da 'nen Toten rein. Sooo machen die nämlich ihr Geld.«

»Ich wusste nicht, dass das Geschäft so schlecht läuft.«

»Ja, und dann noch dieser beschissene Friedwald!«, stieß Jochen hervor. Seine Hände umfassten das Lenkrad fester, die Knöchel traten weiß hervor.

»Welcher Friedwald?«, fragte Betty erstaunt.

»Ach, so ein Projekt«, sagte Jochen. »Aber das ist … Lass uns von was Freundlicherem reden. Was ist mit deinem Führerschein?«

»Ach, Papa?!«

»Was denn? Es wird Zeit, Bettina. Du wirst nie erwachsen.«

»Ich BIN erwachsen!«, protestierte Betty. Jochen warf ihr nur einen Seitenblick zu. »Du meinst ernst, dass man erst dann erwachsen ist, wenn man einen Führerschein hat???!«

»Er trägt zumindest dazu bei.«

»Ach … und der ist mehr wert als mein Medizinabschluss?« Betty kochte. »Unfassbar.«

Sie verschränkte die Arme und schwieg, bis sie auf die Auffahrt des Krematoriums fuhren.

Der Pathologe Sieker war ein großer, dicker Mann, der seinen Bierbauch aber behände zwischen den Leichentischen hin und her bewegte. Im Gegensatz zu dem Klischee der Dicken war er nicht jovial und freundlich, er war nicht gemütlich, sondern wirkte permanent bekümmert. Er warf Betty einen Blick zu.

»Normalerweise machen wir das ja nicht«, meinte er.

»Und deswegen weiß ich das noch mehr zu schätzen«, schmeichelte Betty freundlich. Sie stand mit etwas Abstand von Inkas Leiche an einem Tisch, nur zu bereit, herüberzuspringen und ihm vielleicht zu assistieren. Jochen dagegen hatte sich hinten in die Ecke der Pathologie verzogen, die Arme verschränkt, und wartete darauf, bis der Pathologe seiner Tochter endlich sagte, dass sie einem Hirngespinst erlegen war. Er freute sich darauf.

»Soso, Charité, was?«, sagte Sieker, aber er erwartete keine Antwort, sondern ignorierte Betty und warf einen Blick auf den Totenschein, den Wittmann ausgestellt hatte. »Anaphylaktischer Schock … Hypoxie … hm, soso. Bienenstich.«

Sieker trat vor und betrachtete Inkas Leiche.

»Der Einstich ist im Hals rechts«, erklärte Betty.

»Das weiß ich, steht im Totenschein. Und man sieht es ja auch.«

»Was ich fragwürdig finde, ist die Schwellung«, sagte Betty. »Die ist nicht groß genug, rund um den Wundeinstich …«

»Nur die Ruhe«, mahnte Sieker streng. Er beugte sich vor und untersuchte Inkas Leiche. Betty schwieg und saß auf glühenden Kohlen, während Sieker ein Skalpell nahm, eine Lupenbrille aufsetzte und sich über Inka beugte.

Irgendwann, nach endlosen Stunden, wie es Betty vorkam, richtete er sich auf, legte das Skalpell und die Lupenbrille weg und griff sich Inkas Aktenbogen. Er begann, seine Ergebnisse zu notieren. Betty hielt es nicht mehr aus.

»Also? Was haben Sie …«

»Es handelt sich nicht um einen Bienenstich. Es sei denn, es wäre eine mutierte Biene gewesen mit einem circa zwölf Zentimeter langen Stachel, der zudem noch eine größere Breite aufgewiesen hätte. Was ich für nicht wahrscheinlich erachte.«

»Was, echt?« Betty sprang nach vorne zur Leiche, so euphorisch war sie.

»Zurück, bitte«, sagte Sieker ernst. »Danke.«

Betty hob die Hände und blieb reglos stehen.

»Es sieht mir nach einem spritzenähnlichen Gegenstand aus, mit dem der Toten eine Substanz injiziert wurde.«

»Was bitte?« Jochen war ganz bleich geworden. »Ich fasse es nicht.« Er schlug sich die Hände vor die Stirn.

»Kein Bienengift?« Betty strahlte breit.

»Das weiß ich nicht. Es könnte ja dennoch sein. Aber das wird das Labor uns sagen.« Sieker klemmte den Stift auf das Aktenbrett und sah Betty und den verstörten Jochen an. »Ich nehme eine Probe. Ein Schnelltest wird uns«, er sah auf die Uhr, »vielleicht heute Nachmittag mehr sagen. Wenn Sie warten wollen? Draußen? Ich habe jedenfalls jetzt noch vierunddreißig Leichen zu betrachten.«

»Auf keinen Fall, vielen Dank«, knurrte Jochen sauer.

»Aber Papa«, flehte Betty enttäuscht.

»Nur Scherereien mit Inka!«

Betty runzelte die Stirn. Wieso sprach ihr Vater so von ihr, als ob er sie kannte? Das war seltsam.

»Weißt du, was das heißt«, schnaubte Jochen. »Die Einäscherung ist abgesagt. Das bedeutet, die Beerdigung muss verschoben werden. Ich muss mit dem Friedhof telefonieren. Diesen Diego anrufen. Die Zeitung wegen der Todesanzeige. Die Einladungen, o Gott, die Einladungen!« Jochen schnappte sich seine Jacke. »Du kannst ja hierbleiben«, sagte er zu Betty und warf ihr einen wütenden Blick zu, als wäre sie verantwortlich für das Chaos. Im Hinausgehen fluchte Jochen weiter. »Und die verdammten Tauben!! Scheiße! SCHEISSE!«

Sieker und Betty sahen Jochen schweigend hinterher. Dann tauschten sie einen Blick. Betty zuckte die Achseln. »Er hatte vorher keinen guten Tag. Entschuldigen Sie.«

Die nächsten drei Stunden verbrachte Betty auf dem Sennefriedhof. Sie wanderte nachdenklich zwischen den Gräbern umher und setzte sich irgendwann auf eine Bank in der Sonne. Sie dachte darüber nach, wer Inka getötet haben könnte. Denn ein Mord war es ja nun ohne Zweifel gewesen. Wer hatte ein Motiv? Samuel war Inkas Liebhaber gewesen. Vielleicht war die Beziehung problematisch gewesen, vielleicht Eifersucht? Aber es war Stochern im Heuhaufen. Betty wusste nichts über Samuel. Und Inka. Was war mit dieser Alrun? Offensichtlich gab es doch Diskussionen, ob sie die Leitung des *Lebensstrahl* übernehmen sollte. Aber … würden diese Eso-Leute wirklich jemanden töten? Aus rein geschäftlichen Interessen? Wegen Geld? So befremdet Betty dieser sonderbaren Esoterikwelt auch gegenüberstand – sie konnte sich nicht vorstellen, dass jemand wie Alrun so weltlich handeln würde. Was war mit Diego, dem freundlichen Südamerikaner? Was bedeutete es, dass Inka anscheinend von der Affäre wusste? Oder wenn es keine Affäre war – dann von Diegos Liebe zu ihrer Mutter? Er hatte eine Familie, oder nicht? Und Ihre Mutter auch.

Bettys Hals schnürte sich zu. Das war doch völlig albern. Das konnte nicht sein. Das konnte doch wirklich nicht sein, oder?

Irgendwann klingelte ihr Handy und riss sie aus ihren Gedanken. Sieker.

»Der Laborbericht verzeichnet einen sehr hohen CAP-5-Wert.«

»Das heißt?« Betty starrte den dicken Pathologen ungeduldig an.

»Es ist Bienengift.«

Betty war fast ein wenig enttäuscht.

»Allerdings …« Sieker starrte auf den Laborbericht und rechnete etwas im Kopf zusammen. »… ungefähr die zwanzigfache Menge eines normalen Stichs.«

»Was???«

»Wie gesagt: Entweder es war eine besonders große mutierte Biene, oder zwanzig Bienen haben gleichzeitig in einen einzigen Kanal gestochen. Oder, was ich am wahrscheinlichsten halte: Jemand hat der Verstorbenen mit einer Spritze eine hohe Menge Bienengift injiziert, dadurch einen anaphylaktischen Schock ausgelöst und sie dadurch getötet.«

»Danke, das ist wunderbar«, sagte Betty ergriffen. Ihr Herz hüpfte.

»Wenn Sie meinen«, erwiderte Sieker spöttisch.

Als Betty im Bus saß, der sie in die Sennestadt zum Bahnhof bringen würde, wo sie dann in die Buslinie 15 und dann in die 4 umsteigen würde, dachte sie nach. Wer eigentlich wusste, dass Inka so stark gegen Bienengift allergisch war? Samuel, Diego, Alrun und Wittmann. Wusste ihre Mutter davon? Aber woher sollte sie?

Und sofort erschrak Betty. Es war einfach nur lachhaft. Allein der Gedanke, ihre Mutter in den Kontext mit einem Mord zu bringen – etwas derart Abstruses hatte Betty noch nie gehört. Oder gedacht. Lächerlich.

Allerdings.

Ihre Mutter hatte sie belogen, also vielmehr Jochen. Sie war heimlich zum *Lebensstrahl* gegangen. Immer wieder. Über Wochen, wenn nicht Monate. Und sie hatte von Diegos Zuneigung erzählt. Okay. Aber was, wenn Ella auch da gelogen hatte? Wenn sie diese Zuneigung zurückgegeben hatte? Wenn es nicht nur Zuneigung, sondern heiße, brennende Liebe gewesen war? Obwohl das, wenn Betty an ihre Mutter dachte, irgendwie schwer vorstellbar war. Beziehungsweise ein Gedanke, den Kinder nie an sich heranlassen wollen, wenn es nämlich um die Sexualität ihrer Eltern geht. Grauenhaft. Man will sich direkt Ohren und Augen zuhalten und, bitte, bitte, gar nichts davon hören. Doch irgendwas an Sexualität und Liebe muss auch mal zwischen ihren Eltern gewesen sein, schließlich hatten sie geheiratet und sogar zwei Kinder bekommen. Auch das eigentlich ein unvorstellbarer Gedanke.

Betty wusste so einiges nicht aus dem Leben ihrer

Mutter, so kam es ihr vor. Und da Ella gelogen hatte – konnte es da nicht sein, dass sie noch viel mehr gelogen hatte? Dass es doch eine heiße Liebe, eine wilde Affäre mit Diego gegeben hat? Oder immer noch gibt? Und dass Inka sie vielleicht hatte auffliegen lassen wollen? Weil, wie Alrun in einem Nebensatz gesagt hatte, »grenzenlose Offenheit« einfach elementarer Bestandteil von Inkas Selbstbild gewesen war?

Es war fürchterlich. Je mehr Betty den Gedanken an eine Mitschuld ihrer Mutter wegschob, desto mehr drängte er sich auf.

# 17

Als Betty zu Hause ankam, waren alle im Stress. Ella hing am Telefon, Jochen am Handy. Keiner hatte Augen für Betty, die etwas verloren in der Mitte stand. Sie konnte jetzt unmöglich mit ihrer Mutter sprechen. Ohnehin wäre es eine schlechte Idee gewesen. Ella wirkte fahrig, die Augen aufgerissen, notierte sie gestresst etwas auf ihren Notizblock, während sie gleichzeitig am Telefon, das sie sich zwischen Schulter und Hals geklemmt hatte, jemanden beruhigte und gleichzeitig das Handy hochnahm, das ebenfalls klingelte. Ella hatte einen Schweißfilm auf der Stirn. Kein Wunder.

Aber Betty fragte sich, ob das wirklich nur von dem Stress mit der verschobenen Beerdigung kam.

Nach einem unschlüssigen Zögern wandte sie sich ab und ging die Treppe hinauf in die Familienwohnung. Maxi saß am Küchentisch, als Betty hereinkam, und las eine Metal-Zeitschrift. Auf der aufgeschlagenen Seite waren die üblichen langhaarigen und volltätowierten Typen zu sehen, die mit ihren Gitarren und irgendwelchen Satanshandzeichen zwischen Särgen posierten.

»Oh, hast du dir das Bestatterfachblatt von Papa ausgeliehen?«

Maxi warf ihr einen erstaunten Blick zu. »Nö?« Dann fiel sein Blick auf die Särge auf dem Foto. »Haha. Witzig.«

Er klappte das Magazin zu. Darunter wurden zwei Schulhefte sichtbar. Betty konnte auf dem einen Titelblatt ein paar Buchstaben erkennen, »...brack ist scheiße«, dann bemerkte Maxi ihren Blick und schob die Hefte so, dass nichts mehr zu lesen war. Seltsame Reaktion, dachte Betty. Sie ließ sich Maxi gegenüber auf einen Stuhl fallen und hatte im selben Moment den Eindruck, als würde er aufstehen wollen. Nur weil sie sich gesetzt hatte.

»Und, wie geht's dir eigentlich so? Wir sehen uns gar nicht. Die ganzen Tage. Ist ja irgendwie komisch, so groß ist das hier ja nicht.«

»Mir geht's gut. Und dir?«

Eine Antwort aus dem Standardkatalog. Ohne jede Regung. Oder echtes Interesse.

»Äh ... gut. Natürlich. Alles in Ordnung. Charité ist halt ... echt krass. Es macht mich ganz schön fertig.«

»Ach, schaffst du schon«, sagte Maxi. Und stand jetzt tatsächlich auf. Er schien genervt zu sein.

»Und du? Was macht deine Band?«

»Läuft geil.« Maxi schnappte sich sein Metal-Magazin und die Schulhefte.

»Kann ich mal was hören?«

»Glaub nicht, dass dir das gefällt.«

»Weil das zu hart ist? Hey … ich hab früher Rage Against the Machine gehört.

»Eben.« Maxi grinste. Wenigstens das.

»Ach komm, spiel mir mal was vor, ja?«

»Demnächst«, vertröstete Maxi sie. »Ich muss jetzt …« Was auch immer er musste, war nicht ganz klar. Aber er schwenkte diffus seine Schulhefte.

»Schule?«, ahnte Betty. »Und wie läuft's da? Alles gut?«

Maxi hielt in der Bewegung inne.

»Echt jetzt?«

»Was?«

»Du hörst dich an wie Onkel Jürgen.«

Betty schaute Maxi befremdet an. Er war plötzlich ernst geworden, wirkte schlecht gelaunt. Und ging, ohne ein weiteres Wort, hinaus. Betty sah ihm irritiert hinterher. Seltsam. Alles seltsam. Die ganze Familie. Das Ganze. Alles. Betty hatte tausend Fragen im Kopf.

Und deswegen war es auch kein Wunder, dass sie bald darauf *ganz zufällig* vor dem *Lebensstrahl* stand. Wirklich, ganz komisch, sie war einfach dran vorbeigekommen, bei ihrem Spaziergang, und dann ups, tja, war da dann das *Lebensstrahl.* Und Betty hatte sich ein Herz genommen und war eingetreten, einfach nur mal so. Um sich nach dem Seminar bei Alrun zu erkundigen oder so.

»Schnüffelst du rum?«, fragte Jonas, der plötzlich hinter Betty stand, als sie sich in der Eingangshalle bei den Prospekten herumdrückte.

»Nö«, erwiderte Betty. »Aber du anscheinend?« Und sie grinste Jonas an. Ein triumphierendes Grinsen. Gefolgt von einem »Endlich«.

Jonas seufzte. »Es tut mir leid, Betty. Das war gut, dass du dich in der Sache gekümmert hast. Danke. Also im Namen von …« Er wusste nicht weiter.

»Du hörst dich voll politikermäßig an. Chill mal, Jonas.«

»Ich chille voll«, entgegnete Jonas empört. »Also, ich arbeite, aber ich bin völlig, äh, entspannt. Und gar nicht …«

»Gestelzt?«

»Genau«, sagte Jonas. Und es ärgerte ihn, dass sie recht hatte. »Jedenfalls: danke.«

»Bitte gerne.« Sie schenkte Jonas ein harmloses Lächeln. »Und? Habt ihr schon einen Verdacht?«

»Ich soll dir übrigens einen schönen Gruß von Friederike ausrichten.«

Bettys Lächeln erstarb.

»Also, nicht, dass sie gedacht hat, wir sehen uns wieder, das konnte ja keiner wissen, sie hat es so gesagt als …« Er verhedderte sich. »Na ja, du weißt schon.«

»Ja toll. Danke. Da freue ich mich«, sagte Betty und freute sich so gar nicht. Friederike war eine alte Bitch und miese Verräterin und Schlange, und es wäre ihr recht gewesen, einfach nie wieder von Friederike zu hören und erst recht keine Grüße überbracht zu bekommen.

Jonas betrachtete Betty einen Moment zu lange. Als ob er auf etwas wartete. Einen Gruß zurück oder so. Aber das würde er nicht bekommen. Vielmehr: Friederike, die dumme Kuh. Aber, während sich in Bettys Kopf ein paar sehr widersprüchliche Gedanken überschlugen, merkte sie, dass sie ihren Widerstand nicht aufrechterhalten konnte, dass sie neugierig war. Extrem neugierig. Betty rang sich ein harmloses »Und? Wie geht's euch so?« ab.

»Ach, ganz gut«, sagte Jonas, und Betty fand, dass man sich durchaus euphorischer anhören könnte. »Friederike ist halt viel bei den Pferden. Und ich hab ja auch wenig Zeit gerade, der Job ...« Er deutete diffus in Richtung des Büros von *Lebensstrahl* hinter sich.

»Na klar. Verstehe. Ist doch toll.«

Schweigen.

»Und du? Hast du ... bist du ... mit jemandem zusammen?«, wollte Jonas wissen. Die Frage überraschte Betty. So sehr, dass sie gerade nicht wusste, was sie antworten sollte. Die Wahrheit?

»Verheiratet und drei Kinder.«

»Ach echt???« Jonas war ganz perplex. Es schien ihm nicht so wirklich zu gefallen. Vielleicht.

»Von drei verschiedenen Vätern.«

Jonas' Gesicht war ein einziges Fragezeichen.

»Von vier verschiedenen Vätern, 'tschuldigung. Vertan.« Betty grinste.

Endlich fiel bei Jonas der Groschen. »Blödmann«, sagte er eingeschnappt.

»Das ist jetzt nicht wirklich eine genderkorrekte Aussage, Jonas.«

»Schön, dass du immer noch so eine Besserwisserin bist.« Er schmollte.

»Dabei bist du doch der Schlaue von uns beiden«, charmierte Betty wieder. »Erzähl, wie weit seid ihr denn?«

Jonas wurde ernst und trat sogar einen winzigen Schritt zurück.

»Das darf ich dir nicht sagen.«

»Ach, komm schon!«

»Nein.«

»Ohne mich wärt ihr gar nicht draufgekommen, dass da etwas nicht stimmt. Dass ein«, Bettys Stimme wurde leiser, »*Mord* vorliegt.«

»Ich denke, dass der Pathologe im Krematorium auch sonst seinen Job gut gemacht hätte und auch ohne Anstoß von außen auf eine unnatürliche Todesursache gekommen wäre.«

»Das ist jetzt voll arschig, Jonas«, gab Betty patzig zurück. Sie war sauer. Man nahm ihr die Lorbeeren weg. Gleichzeitig war es natürlich total kindisch.

»Es tut mir leid, Betty. Das sind Ermittlungen. Ich darf da nicht drüber sprechen.« Es tat Jonas wirklich leid, als er merkte, wie verletzt Betty plötzlich wirkte.

Eine blonde, straff frisierte, wenig spaßbereite Frau tauchte hinten auf dem Flur auf. Sabine Kottmeyer war Jonas' Vorgesetzte und nahm ihren Job ernst. Ohnehin war sie ernst, man konnte sich nicht vorstellen, dass über diese missbilligend geschlossenen, spitzen Lippen jemals ein Lächeln kommen würde.

»Engels? Kommen Sie?«

Kottmeyer schickte ihrer Frage ein paar unfreundliche Blicke hinterher. Dass Jonas da mit einer betriebsfremden Frau stand und anscheinend Privates austauschte, schien ihr nicht zu passen.

Jonas nickte Kottmeyer zu, drehte sich zu Betty um und erklärte bedauernd: »Ich muss jetzt …«

»Alles klar«, sagte Betty, obwohl gar nichts wirklich klar war, sondern einiges im Argen, aber sie hatte das Gefühl, dass sie jetzt mit Jonas eh nicht weitergekommen wäre. Was die Laune dennoch nicht unbedingt hob. Als sie nun beobachtete, wie Jonas seiner Chefin in das Büro von Diego folgte, blieb Betty mürrisch zurück. Sie kam sich ausgeschlossen vor. Und kindisch. Denn ja, es war, als ob ihr jemand das Förmchen weggenommen hätte. *Ihr* Förmchen. Unfair war das alles.

# 18

Über dem Abendessentisch im Hause Pabst lag eine unangenehme Spannung. Jochen schaufelte stumm den Kartoffelbrei und den Wirsing in sich hinein, Ella schob nur das Essen auf ihrem Teller hin und her. Sie schien keinen Hunger zu haben und wirkte nervös und bekümmert gleichzeitig. Richard lud riesige Portionen auf seine Gabel und aß mit einem fast aggressiven Unterton, und Betty beobachtete das Ganze und hatte keinen Hunger.

»Wie lange kannst du eigentlich bleiben?«, fragte Ella. Wohl, damit irgendwas hier am Tisch gesagt wurde.

»Ich muss übermorgen wieder fahren.«

»Ach schade.« Ella wirkte unglücklich, aber als Betty genauer hinsah, stellte sie auch einen Hauch Erleichterung bei ihrer Mutter fest. Oder vertat sie sich da? Auch ihr Vater wirkte nicht unfroh darüber, dass Betty fahren würde. Er war sauer auf sie, seit der Aktion im Krematorium. Betty spürte das, sie war zerrissen, wollte eine Reaktion ihrer Mutter auf die aufgenommenen Mordermittlungen wegen Inka und hatte gleichzeitig das Gefühl, das Thema besser nicht anzuschneiden.

Ach, scheiß drauf. »Tja, krass, das mit der Inka …«, sagte Betty nun.

Sofort hielt Ella in der Bewegung inne. Sie sah Betty erschrocken an, Panik im Blick. Als ob Betty jetzt etwas verraten würde, von ihr und Diego und ihren heimlichen Ausflügen ins *Lebensstrahl.*

»Verdammte Scheiße ist das«, motzte Jochen. Er sah seine Tochter vorwurfsvoll an.

»Was kann ich denn dafür?«

»Das weißt du selbst.«

»Aber … wäre es dir lieber, wenn der Mord unaufgedeckt geblieben wäre?«

»Man weiß ja noch gar nicht, ob das ein Mord war«, warf Ella schnell ein. Zu schnell, für Bettys Geschmack. Und obwohl sie das registrierte, fühlte sie sich gleichzeitig unwohl. Ihrer Mutter hinterherzuspionieren, ihr etwas zu unterstellen, war ein entsetzliches Gefühl.

»Was auch immer es war«, sagte Jochen, »es kostet uns eine Menge Zeit und Geld.«

»Dass du von so 'ner Hippie-Beerdigung abhängig bist, hätte ich auch nicht gedacht«, sagte Richard und schmatzte. Jochen sah seinen Vater wütend an.

»Apropos Hippie. War da was zwischen dir und der Sudiek? Ich hab das mitgekriegt, beim Kaffee …«

Richard wirkte angepikst. »Wie kommst du denn da drauf?«

»Mensch, Vater, du hast bei der Trauerrede geweint.«

»Ist ja auch traurig, wenn ein Mensch stirbt, oder?«

Fassungsloses Schweigen am Tisch. Alle Blicke richteten sich auf Richard. Denn wenn einer einen pragmatischen und unemotionalen Umgang mit dem Tod gehabt hatte, dann Richard, der seine Lebzeiten lang mit dem Tod und dem Sterben seinen Lebensunterhalt verdient hatte. Er spürte die befremdeten Blicke der Familie. Schließlich erklärte er trotzig: »Die Alva war unglücklich gewesen. Der Henner soll sich nicht so anstellen. Ist nicht meine Schuld, wenn der so ein Stiesel ist.«

»Also hast du was mit ihr gehabt?«

»Ich hab … mit ihr poussiert, ja«, gab Richard zu. Aber es wirkte, als würde er sich selbst nicht glauben. Jochen und Ella tauschten Blicke.

»Normalerweise gibst du damit an.«

»Ihr sagt doch immer, dass ihr nichts davon hören wollt. Deswegen lasse ich's. Und jetzt ist das auch falsch?« Richard schob seinen Teller weg und stand auf.

»Wie man's macht …«, sagte er sauer und ging hinaus.

Schweigen am Tisch. Nach einer Weile sagte Ella, die mit der Gabel im Essen herumstocherte: »Ich glaube deinem Vater nicht.«

Jochen schwieg bekümmert.

»Er wird senil.«

»Sieht so aus«, bestätigte Jochen. Dann seufzte er und senkte den Kopf über seinen Teller und aß stumm weiter.

Betty schaute zwischen ihren Eltern hin und her. Aber es gab keine Worte mehr, die jetzt passten. Oder helfen würden. Oder irgendwas erklärten.

Als Betty die Schwelle des *Lebensstrahl* am nächsten Morgen überschritt, fühlte sie sich schon beinahe heimisch. So oft war sie schon hier gewesen. Und fast immer ohne Ergebnis. Aber diesmal, das schwor sich Betty, diesmal würde sie mehr erfahren. Und zwar durch offensive Offenheit. Sie hatte auch keine andere Wahl.

Denn als sie vor Diego stand, der sie auf dem Flur überrascht hatte, lächelte er sie wissend an.

»Schon wieder hier …?«

»Tja, ich bin …«

»Bettina Pabst?«

»Bitte, was?« Betty verschluckte sich fast. Diego lächelte sie warm mit seinem charmanten Südamerikanerlächeln an.

»Du bist die Tochter von Ella, stimmt's?«

»Also …«, was sollte man darauf auch antworten?

»Du bist ihr wie aus dem Gesicht geschnitten.«

»Nun ja … ich weiß nicht.«

Diego fuhr mit dem Finger leicht vor ihrem Gesicht entlang. »Die feine Linie des Kinns, deine Wangenknochen, das sieht man doch sofort.«

»Die Nase habe ich von meinem Vater. Leider«, erklärte Betty.

»Das stimmt wohl«, sagte Diego grinsend. »Was kann ich denn für dich tun, Bettina?«

»Alle sagen Betty zu mir.« Diego nickte und wartete auf die Antwort auf seine Frage.

»Sie und meine Mutter kennen sich?« Betty machte

eine Pause und schob nach: »Gut?« Das Wort in seiner vielsagenden Mehrdeutigkeit hing noch ein bisschen in der Luft.

»Ja, deine wunderbare Mutter und ich kennen uns. Hier vom *Lebensstrahl.*«

Betty starrte Diego an und wartete, dass er mehr erklären würde. Dass er von der Affäre erzählte. Von Liebe. Aber Diego lächelte Betty nur freundlich an. Er wartete etwas, dann fügte er hinzu: »Deinen Vater kenne ich auch. Natürlich.«

»Durch die Beerdigung von Inka.«

»Sicher. Dadurch. Aber wir hatten auch vorher schon Kontakt. Er war letztens noch hier, am Nachmittag, als Inka starb …« Diego senkte den Blick, er wirkte einen Moment traurig.

Betty sah Diego perplex an.« An dem Tag? Ach echt? … Ich habe gehört, die Polizei wurde eingeschaltet?«

»Tja, man geht davon aus, dass es kein natürlicher Tod war. Ich kann das gar nicht fassen. Es wirkt so … völlig irreal. Ich weiß auch nicht, was ich glauben soll. Ich kann mir nicht vorstellen, dass … Wer macht denn so was?«

»Ja, wenn man das wüsste.« Betty forschte in Diegos Gesicht.

»Samuel ist völlig aufgelöst«, sagte Diego bekümmert. »Ich habe versucht, ihm einen Weg aufzuzeigen, mit dieser neuerlichen … Wendung umzugehen, aber …« Er sah Betty ins Gesicht. »Es sind starke Emotionen im Spiel. Das ist nicht einfach!«

»Das kann ich gut verstehen. So ein Verlust. Und dann auch noch der Verdacht, dass es kein friedlicher Tod gewesen ist.«

»Nun, friedlich war er sicher nicht. Zu ersticken ist qualvoll«, sagte Diego plötzlich ernst. Betty wunderte sich über den plötzlichen Umschwung. Und stellte fest, dass Diegos dunkle Augen nicht nur warm und weich blicken konnten. Plötzlich konnte sie eine Wut darin entdecken. Eine Härte, die sie Diego gar nicht zugetraut hatte.

»Inka war eine gute Seele. Sie hat niemandem etwas Böses gewollt. Gut, manche ihrer Ideen waren für andere herausfordernd, eben weil sie unkonventionell waren, aber Inka hat immer im Sinne des guten Ganzen gehandelt.«

»Ich verstehe nicht recht?«, fragte Betty. »Können Sie ein Beispiel geben?«

»Nun, der Friedwald zum Beispiel.«

»Welcher Friedwald?«

»Weißt du überhaupt, was wir hier machen? Im *Lebensstrahl*?«

»Nicht so richtig. Also, ich habe ja ins Kursprogramm geschaut … und deswegen bin ich ja auch hier!«, fügte Betty schnell hinzu.

»Natürlich. Aber abgesehen von den ayurvedischen und yogischen Angeboten haben wir viele Menschen, die wegen Geistheilung zu uns kommen.«

»Ich weiß ehrlich gesagt nicht, was das ist.«

»Nun, es gibt neben der Schulmedizin auch alternativmedizinische Behandlungsmethoden.«

»Ich bin Ärztin. Also nur, dass Sie das …«

»Ich weiß.«

Betty war erstaunt.

»Deine Mutter«, erklärte Diego.

Natürlich. Wahrscheinlich hatte ihre Mutter Diego alles erzählt: Wann sie zum ersten Mal ohne Windel rausgegangen war, wann sie ihre Periode bekommen hatte oder wann sie sich zum ersten Mal in wen verliebt hatte.

»Insofern: Homöopathie und Ähnliches sind mir natürlich schon ein Begriff.«

»Und du stehst dem wahrscheinlich skeptisch gegenüber. Und dem, was wir hier praktizieren, wahrscheinlich eher noch mehr. Aber, nimm es an. Werte nicht. Genau wie ich deine Distanz wahrnehme jetzt …« Diego schwieg einen Moment, musterte Betty. Und sah aus, als ob er irgendwas *wahrnehmen* würde. Bettys Ungeduld vielleicht?

»In der Menschheitsgeschichte gab es seit Anbeginn religiöse, magische und das, was heute oft als *esoterische* Behandlungsmethoden bezeichnet wird. Was nur bedeutet, dass sie dem Mainstream, also der Schulmedizin, nicht entsprechen. Therapeutic Touch, Huna, Reiki, Energiefeldmechanik und vieles mehr. Aber wir wollen hier nicht in eine Diskussion gehen. Es sei denn, du willst?«

»Muss nicht.« Betty zuckte die Schultern. Warum sollte sie ihm sagen, dass sie das alles für ausgemachten Schwachsinn hielt? Das »spürte« er doch bestimmt, ohne, dass sie das aussprechen musste.

»Wir haben Gäste, denen wir auf unterschiedlichem Weg und mit unterschiedlichen Techniken zu einer Heilung verhelfen wollen.«

»War … also ist meine Mutter denn krank?« Betty war einen Moment erschrocken. Davon hatte Ella nichts gesagt. Aber momentan glaubte Betty ihr einfach kein Wort.

»Nein. Abgesehen von ihrem Karma-Problem und den inneren Blockaden … aber ich versuche, ihr mit Reiki zu helfen.«

»Reiki? Das ist Handauflegen, nicht wahr?« Betty fand die Vorstellung komisch, dass Diego ihrer Mutter Hände auflegte. Am liebsten würde sie sich Ohren und Augen zuhalten, es war irgendwie schmutzig. Diego schien das zu spüren, er nickte nur. Und schmunzelte leicht über Betty.

»Aber vorrangig war sie hier bei Alrun zur *Seelensprache*.«

»Ja, toll«, sagte Betty, »aber ich verstehe nicht recht, was das alles mit diesem Friedwald zu tun hat. Und warum mein Vater hier war.«

Diego sah Betty einen Augenblick ernst an. Und dann, als ob er einer begriffsstutzigen Grundschülerin erklären musste: »Nun, viele Menschen, die zu uns kommen, sind krank. Viele haben Leiden, von denen die Schulmedizin sie nicht befreien konnte. Und auch wir sie nicht befreien können. Manchmal … muss man anerkennen, dass das Leben ein einziger Kreislauf ist, der eben beinhaltet, dass man stirbt. Der Tod ist ein wesentlicher Teil unseres Daseins.«

»Tja, wem sagen Sie das: Wenn Sie auch aus einer Bestatterfamilie kommen würden, wüssten Sie, dass der schon morgens beim Frühstück mit am Tisch sitzt.«

Diego grinste. »Natürlich. Entschuldige. Manchmal vergesse ich … Jedenfalls: Viele unserer Gäste haben eine andere Sicht auf diesen Prozess und tja, nun, die Welt. Sie fühlen sich von der üblichen Form der Bestattung nicht … *aufgenommen*, sondern wünschen sich eine andere Verabschiedung aus dieser Welt.«

»Ja, ist mir schon klar«, sagte Betty ungeduldig, »Ich weiß, was ein Friedwald ist und dass die Leute dort lieber in der Erde in der Natur verscharrt werden als in irgendwelchen Särgen, die mein Vater verkauft. Und all das ganze Brimborium drum herum. Schon klar. Aber warum war mein Vater hier? Und was soll das mit dem Friedwald, warum ist das überhaupt ein Thema?«

Diego schmunzelte. »Du hast genau dieselbe Energie wie deine Mutter. So stark.«

»Wenn Sie noch einmal *meine Mutter* in den Mund nehmen«, platzte es aus Betty heraus. Sie war endgenervt. Was Diego nur noch mehr zu belustigen schien. Aber wenigstens fuhr er endlich fort.

»Nun, du kennst den angrenzenden Wald hinter unserem Grundstück hier? Inka wollte das Waldstück hier als Friedwald eröffnen. Das Genehmigungsverfahren ist bereits im Gange.«

Betty war baff. Okay, damit hatte sie nicht gerechnet.

»Und dein Vater Jochen wusste das mit dem Friedwald, natürlich. Er war hier, um mit Inka darüber zu sprechen. Er wollte sie davon abhalten. Sie sollte das Genehmigungsverfahren zurückziehen.«

# 19

Als Betty den Weg zurückging, schnürte es ihr die Kehle zu. Gedanken rasten durch ihren Kopf. Das Konzept der Friedwald-Bestattung wurde immer populärer in den letzten Jahren, sie hatte ihren Vater schon oft darüber meckern hören. Und Opa Richard erst recht. Und jetzt ein Friedwald hier? In direkter Nähe des Bestattungsinstituts?

Plötzlich wusste Betty, was ihr Vater mit den »Scherereien mit Inka« gemeint hatte. Ein Friedwald würde mittelfristig weniger Einkommen für die Pabsts bedeuten. Sicher, ob Menschen sich auf Friedhöfen oder in Wäldern beerdigen lassen, das spielt keine Rolle, die Gebühren werden von der Stadt erhoben, und der Bestatter gewinnt dadurch nichts, er organisiert nur die Zahlung innerhalb seines Rundum-sorglos-Pakets, das der Bestatter seinen Kunden nun mal anbietet.

Aber ihre Eltern verdienten an den Särgen, die von da an weniger gebraucht würden. Soweit Betty sich erinnerte, war für eine Beerdigung im Friedwald eine Einäscherung und damit eine Urne nötig. Die weitaus billiger zu haben war als ein klassischer Sarg. In einem

Friedwald gibt es keinen Grabschmuck, keine Kränze, Gestecke oder Grablichter. Und wenn Betty Diego richtig verstanden hatte, die Beisetzungsfeier in vielen Fällen Inka übernommen. Und die Verköstigung der Gäste das *Lebensstrahl*. Durch den Koch Samuel. Also weniger Särge, weniger Deko und Drumherum, weniger lukrative Beerdigungskaffees … Kurz: Inka wäre ein Konkurrent von Jochen geworden.

Es wäre ein weiterer tiefer Schlag für das Unternehmen Bestattungen Pabst, das ja ohnehin schon unter Druck stand.

War das ein Mordmotiv für ihren Vater?

Betty schüttelte ungläubig den Kopf, während sie weiterging. Die Felder links und rechts lagen idyllisch in der Sonne, Bienen und Insekten schwirrten in Massen umher. Aber Betty hatte keinen Kopf für diese Idylle.

Ihr Vater ein Mörder? Niemals!

Um das Bestattungsinstitut zu retten? Weil die Existenz der Familie davon abhing? Um das Gesicht vor seinem Vater zu wahren, der ihm immer unterstellte, das Geschäft nicht gut zu führen, auch nicht. Nicht ihr Vater. Niemals.

Oder weil er dahintergekommen war, dass Ella und Diego eine Affäre hatten? Hatten sie doch, oder etwa nicht? Aber warum dann Inka töten? Und nicht gleich Diego? Und überhaupt – ein Ostwestfale wie ihr Vater und Gefühlsausbrüche? Das passte nicht zusammen. Jemand wie er würde niemals einen Affektmord begehen. Nie, niemals.

Betty stapfte weiter, eine dunkle Wolke voller schwerer Gedanken auf der Stirn. Irgendwas stimmte hier nicht. So gar nicht. Und dann fiel ihr auch noch ein, dass im Institut eingebrochen und der Sarg gestohlen worden war. Hatte das etwa auch etwas mit der ganzen Sache zu tun? Es war seltsam, seltsam, seltsam.

Es war nur eines klar: Betty musste ihre Krankschreibung verlängern! Sie konnte unmöglich morgen abreisen.

Betty setzte ihr schönstes Lächeln auf, als sie Jonas einen Pfefferkuchen auf den Tisch stellte, den sie vorher bei Bäcker Böndel gekauft hatte. Für Betty war Pfefferkuchen immer ein Heimatbegriff gewesen. Wann immer sie nach Berlin fuhr, hatte sie ein Stück dabei. Nun gut, auch, weil Ella es immer heimlich in ihren Rucksack schummelte.

Jonas schien kein Fan von Pfefferkuchen zu sein. Klar, er konnte ihn jeden Tag haben. Vielleicht aber war er auch kein Fan von Betty. Zumindest nicht davon, dass sie ihn schon wieder an seinem Arbeitsplatz besuchte.

»Danke«, sagte Jonas mit Blick auf den Kuchen. »Aber Bestechung funktioniert damit nicht.«

»Willst du Geld?«, scherzte Betty und tat so, als würde sie nach ihrem Portemonnaie greifen.

Ein vorwurfsvoller Blick von Jonas.

»Scherz«, sagte Betty. »Außerdem will ich dich nicht bestechen. Ich war auch nur ganz zufällig hier.«

»Natürlich«, gab Jonas ärgerlich zurück und wandte den Blick wieder seinem Computermonitor zu.

»Warum bist du denn so sauer?«

»Weil du mich ganz offensichtlich für blöd hältst. Du bist eine so schlechte Lügnerin, Betty.«

Für blöd hatte Betty Jonas früher gehalten, als er mit Friederike rumgemacht hatte. Für ein Arschloch.

»Okay. Sorry. Es tut mir leid. Ich … ich bin einfach neugierig. Habt ihr denn irgendwelche Hinweise? Seid ihr weitergekommen?«

»Ich kann dir dazu nichts sagen.«

»Komm schon, Jonas. Bitte.«

»Nein.«

»Habt ihr denn die Tatwaffe gefunden? Die Spritze?«

»Nein.«

»Was nein? Habt ihr nicht?«

»Nein, im Sinne von: Ich sag's dir nicht.«

»Echt?« Bettys Augen leuchteten. »Ihr habt sie also gefunden? Wo? Im Garten? Im *Lebensstrahl* selbst?«

»Betty!«

»Mann, Jonas! Du bist mir das schuldig!«, flehte Betty.

Jonas sah sie erstaunt an. »Ich bin dir gar nichts schuldig? Wieso das denn?«

Weil du Arsch mir früher das Herz gebrochen hast, deswegen?

»Na gut. Aus … Freundschaft? Bitte, wir kennen uns so lange. Sag mir nur, ob es Verdächtige gibt.«

»Ich werde den Teufel tun, Betty. Und bitte, kannst du

jetzt gehen? Ich habe gleich eine Besprechung mit der Kottmeyer. Und die sollte dich hier nicht sehen.«

Im selben Moment stand Kottmeyer in der Zimmertür. Jonas blieb der Mund offen stehen. Und auch Kottmeyer sagte nichts.

Als Betty in Wittmanns Behandlungszimmer trat, sah der Arzt kühl von seiner Akte auf dem Schreibtisch auf. Er schenkte Betty nur einen kurzen Blick.

»Was möchtest du, Bettina? Mir Salz in die Wunde reiben?«

»Nichts liegt mir ferner«, antwortete Betty. »Wir müssen gar nicht darüber reden. Wirklich nicht. Ich bin wegen etwas ganz anderem hier.«

Wittmann schaute sie überrascht an. Seine blauen Augen blitzten über seine Lesebrille hinweg.

»Und das wäre?«

»Ich ... mir geht's nicht gut. Ich habe ... Schwindelgefühle. Ich fühle mich ganz tatterig.«

Wittmann verzog skeptisch das Gesicht. Er glaubte ihr nicht.

Was kein Wunder war, denn Betty log. Aber anscheinend war sie eine schlechte Lügnerin. Fand Jonas ja auch. Komisch. Betty war eigentlich immer der Meinung gewesen, sie wäre eine verdammt gute Lügnerin.

Wittmann bat Betty auf die Behandlungsliege. Während er ihren Blutdruck maß, fragte er sie weiter nach Symptomen aus.

»Und dann hab ich noch dieses Ohrensausen. Die ganze Zeit. Ich fühle mich voll schlapp. Es ist unerträglich. Ich komme gar nicht aus dem Bett.«

»Soso.«

»Und mein Nacken … es tut total weh. Seit Tagen schon.«

Während Betty immer weitere Symptome aufzählte, unterbrach Wittmann seine Untersuchung. Über seine Lesebrille hinweg sah er sie forschend an.

»Fatigue-Syndrom? Wie wäre das?«

»Sie sind doch hier der Arzt«, schmeichelte Betty. Aber sie war zufrieden, genau auf diese Diagnose hatte sie hinausgewollt.

»Tja, dann ist das wohl so.« sagte Wittmann, während er sich zu seinem Schreibtisch umwandte. »Für wie lange willst du eine Krankschreibung?«

»Bitte was?« Betty war überrascht.

»Komm schon, Bettina. Das ist nicht das erste Mal, dass du mir was vormachst, wenn du blaumachen willst.«

»Ich will doch nicht blaumachen!« Betty erkannte, dass weiteres Lügen sinnlos war. War sie wirklich so schlecht darin? »Ein paar Tage wären nett. Bis nächste Woche.«

Wittmann nickte und ließ sich schwer auf seinen Stuhl fallen. Betty nahm ihren Pullover, ohne ihn wieder anzuziehen, und setzte sich auf den Patientenstuhl vor seinem Schreibtisch.

»Danke«, sagte sie aufrichtig. »Das ist sehr nett.«

»Ich bin ein Guter, falls du das vergessen haben solltest.«

Wittmann schrieb die Krankschreibung aus. Betty beugte sich vor, um zu sehen, was er eintrug. Dabei fiel ihr Blick auf seinen Monitor. Wittmann hatte die Patientenakte von Inka Binder-Manke geöffnet! Sofort beugte sich Betty noch ein wenig weiter vor und versuchte, einen Blick darauf zu erhaschen.

»Das ist Arztgeheimnis«, sagte Wittmann streng.

Betty zuckte zurück.

»Es tut mir leid. Ich weiß.«

»Das geht dich nichts an. Obwohl ich denke, dass du nicht abreisen willst, bevor der Tod von Inka nicht gelöst ist, richtig?«

»Ich kann nicht … Ja, Sie haben recht.«

»Ich weiß.« Wittmann hielt ihr die Krankschreibung hin.

»Ich kannte sie, verstehen Sie?«

»Nun, ein Flötenkurs vor fünfzehn Jahren macht dich nicht zur engsten Freundin, oder? Auch wenn es natürlich trotzdem schmerzen mag, versteh mich nicht falsch.«

Betty nickte.

»Aber trotzdem. Was lässt dich daran nicht los? Bist du stolz, weil du deinem alten Arzt eine Fehldiagnose nachgewiesen hast?« Wittmann wirkte angepikst.

»Nein! Auf keinen Fall. Darum geht es nicht. Und nur, um das mal zu sagen: Das hätte jedem passieren können. Sie haben ja keine Ahnung, was ich schon für einen Mist gebaut habe im Krankenhaus.«

»Das kann ich mir vorstellen.«

»Entschuldigung?« Betty war ein bisschen empört.

»Nun, weil einfach jeder Mist baut. Gerade zu Anfang. Es ist kein einfacher Beruf, Bettina. Aber du wirst das schon schaffen.«

»Danke für Ihren Zuspruch. Es ist tatsächlich echt … hart.«

»Aber deswegen machst du ja nicht blau, oder? Du willst Detektiv spielen. Warum?«

Betty zögerte. Was sollte sie Wittmann sagen? Dass sie ihre Eltern verdächtigte? Auf keinen Fall. Nicht noch mehr Aufmerksamkeit darauf lenken. Je weniger Menschen von der Verbindung wussten, desto besser. Ihr grauste vor dem Gedanken, dass irgendwann vielleicht sogar Jonas vor der Tür stand und mit ihren Eltern sprechen wollte, weil er einen Verdacht hatte.

Die ältliche Sprechstundenhilfe streckte ihren Kopf durch die Tür. Frau Heller war seit Ewigkeiten hier und hatte Betty schon als Kind schlecht gelaunt begrüßt, wenn sie mit ihrer Mutter und Halsschmerzen, Mumps oder Fieber im Gepäck hereingekommen war. Eine Sprechstundenhilfe, die so freundlich und empathisch wie ein Stück Toastbrot war, war sicherlich nicht die Idealkombination. Aber Frau Heller war irgendwie Teil der Praxis geworden und hatte sich in all den Jahren genauso wenig geändert wie die Praxis selbst. Sprich: Sie war blass, unmodern gekleidet und versprühte einen ziemlich tristen Achtzigerjahre-Charme.

»Herr Doktor? Können Sie schnell kommen? Frau

Milse hat sich das Belastungs-EKG wieder abgerissen und ruft nach ihrem Enkel.«

»Ist es wieder so weit?« Wittmann seufzte und stand auf. Er warf Betty einen forschenden Blick zu und tippte schnell auf die Tastatur, damit der Bildschirmschoner anging. Der Monitor wurde schwarz.

Betty zuckte die Schultern und lächelte harmlos. »Ich zieh mich noch an und finde alleine raus. Danke schön.«

Wittmann nickte und wollte los, dann hielt er inne.

»Soll ich dir die Krankschreibung für deinen Bruder mitgeben?«

»Bitte, was?« Betty war perplex.

»Na, dann braucht Frau Heller sie nicht in die Post zu stecken.«

»Ich nehme sie mit.« Betty streckte die Hand nach Maxis Krankschreibung aus. Sie warf einen Blick darauf und stellte fest, dass es sich um ein Folgeattest handelte. Was erklärte, dass Maxi nicht persönlich hier war, sondern wohl angerufen hatte. Betty brauchte lange, bis sie ihre Kleidung wieder gerichtet, ihre Sachen sortiert und die Jacke angezogen hatte. So lange, bis Wittmann definitiv aus dem Raum war und sie ihn von der anderen Seite des Flures laut auf eine desorientierte Frau Milse einreden hörte, die anscheinend der Meinung war, dass dieses Belastungs-EKG ein Instrument irgendwelcher außerirdischen Wesen war, mit dem sie ihre Gedanken abhören wollten.

Sollten sie ruhig. Betty war der Meinung, dass Wittmanns Akte über Inka Interessanteres verbarg als die Gedanken der alten Frau. Oder warum hatte er die Akte jetzt gerade offen gehabt?

Schnell war Betty um den Schreibtisch herum und tippte auf die Tastatur. Verdammt, ein Code. Sie brauchte einen Code, um den Bildschirm zu entsperren. Betty dachte nach, überlegte, ob es Wittmanns Geburtsdatum sein könnte oder das seiner biestigen Sprechstundenhilfe. Aber sie wusste beide Daten nicht. Natürlich nicht. Ebenso wenig wie die Geburtsdaten von Wittmanns Kindern. Verdammt, sie wusste nicht mal, ob der überhaupt Kinder hatte. Sie wusste nur: Sie hatte keine Zeit. Und deswegen ging Betty auf Nummer sicher und tippte schnurstracks den alles umfassenden und ewig allgemeingültigen, super-Killer-alles-dechiffrierenden-perfekten Code ein.

1234.

Und Strike! Wittmann mochte ein gestandener und erfahrener Arzt sein, der vielen Menschen das Leben gerettet hatte, aber er war eben auch ein Mann der Siebziger, als Telefone noch Wählscheiben hatten und man einen Code nicht für jede zweite App, sondern höchstens für einen Tresor brauchte.

Das Schwarz des Bildschirms verschwand und gab Inkas Patientenakte frei. Betty beugte sich vor, und was sie da lesen musste, ließ ihr den Unterkiefer runterklappen.

Verdammte Scheiße!

# 20

Für jemanden, der laut Arztbefund chronische Migräne hatte, saß Maxi schwer vergnügt und ausgelassen am Küchentisch und schmierte sich gut gelaunt einen Berg Brote. Schon wieder. Etwas anderes hatte er anscheinend nicht zu tun. Außer vielleicht bei der Beerdigung von Hans Lauks heute Nachmittag irgendein Kirchenlied auf der Orgel zu spielen. Es würde entweder Amazing Grace oder Beethovens Sinfonie Nr. 3, der Trauermarsch, sein. Ganz einfach, weil es immer Amazing Grace oder Beethovens Sinfonie Nr. 3, der Trauermarsch, war, seitdem Betty sich erinnern konnte und die Stücke hatte selber spielen müssen.

Betty ließ den Umschlag mit der Krankschreibung auf den Küchentisch gleiten.

»Soll ich dir vom Wittmann mitbringen.«

Maxi stoppte in der Schmierbewegung, und Betty konnte sehen, wie sich hinter seinen strähnigen langen Haaren eine Stirnfalte bildete. Maxi sah erstaunt zu ihr hoch.

»Falls du auf die Idee kommst, dass ich an deiner Stelle einspringe und bei Lauks Trauerfeier spiele. Vergiss es!«

Maxi zuckte die Schultern. »Schon gut. Wäre ja auch zu viel verlangt, was?«

Seine patzige Haltung ärgerte Betty. »Was ist denn eigentlich mit dir los?«

»Was ist denn mit mir los?«

»Seit wann hast du chronische Migräne?«

»Willst du mich untersuchen, oder was? Glaubst du Wittmann nicht? Bist du auch da besser? Wieder mal?«

Es verschlug Betty die Sprache. Warum war Maxi so verdammt unfreundlich?

»Was hab ich dir eigentlich getan? Was ist mit dir?«

»Nichts ist mit mir«, sagte Maxi und stand auf. Er griff sich die Krankschreibung und seinen Brotteller und wollte an Betty vorbei.

»Maxi ...?«

Er ging ohne ein Wort. Betty sah ihm kopfschüttelnd nach. Was, verdammt, hatte sie ihrem Bruder nur getan? Wohin war der unschuldige, stets zu kleine und zu dünne Maxi verschwunden, und wann hatte er sich in ein in die Länge gezogenes, dürres, schwarzsträhniges, unfreundliches Monster verwandelt, das hier oben in den Familienräumen hauste, aber immer nur zum Vorschein kam, wenn alle anderen weg waren?

Eine Stunde später kam Ella in die Küche und sah Betty, die vor der nunmehr dritten dampfenden Kaffeetasse saß.

Sie hatte die beiden zuvor kalt werden lassen, bei all dem Nachdenken, und auch jetzt drohte dieser Filterkaffee verschmäht zu werden, aber einfach deswegen, weil er seit Ewigkeiten auf der Warmhalteplatte gestanden und bitter geworden war.

Ella ließ sich mit einem Seufzer auf den Stuhl sinken und stöhnte schmerzhaft. »Mein Rücken.«

Betty warf ihr einen Blick zu. »Reiki hilft nicht?« Sie konnte sich das einfach nicht verkneifen.

»Ach, Bettina …«, sagte Ella müde. Und dann lange gar nichts mehr.

»Ich weiß nicht, was ich dir glauben soll«, sagte Betty. »Wie auch immer: Du bist alt genug.«

»Ich bin zuuu alt«, sagte Ella. »Glaub mir, irgendwann ist das alles nicht mehr lustig. Dann fühlt sich das alles nicht mehr gut an.«

»Spüre ich da eine Midlife-Crisis, Mama?«

»Ich fühle mich selbst dafür zu alt.« Ella lächelte leicht. »Aber ja, der Wunsch, irgendwas zu verändern, ist manchmal da. Völlig normal, dass einem die Decke auf den Kopf fällt, ab und an. Aber«, sie sah, dass Betty etwas sagen wollte, »das heißt noch lange nicht, dass ich eine Affäre habe. Oder hatte. Es ist nur … schön, wenn man merkt, dass man wieder angesehen wird. Wahrgenommen wird.« Sie klang sehnsüchtig. Und dann entschlossen, als sie noch mal bekräftigte: »Aber es ist bei dem Gedanken geblieben. Und schwör mir, dass du es nicht deinem Vater erzählst!«

Betty sagte nichts. Dann nickte sie.

»Wusstest du, dass Inka Krebs hatte?«

»Bitte was???« Ella sah ihre Tochter erschrocken an. »Nein, das wusste ich nicht. O Gott, wie schlimm.«

»Ja, in einem späten Stadium. Ein Magenkarzinom. Inoperabel. Anscheinend hatte sie ohnehin alle Therapien verweigert.«

Ella nickte langsam. »Sie war kein Freund der Schulmedizin.«

»Sie war bescheuert«, fand Betty.

»Bettina. So spricht man nicht über eine Tote.«

»Eine Tote, die noch leben könnte, wenn sie der Schulmedizin vielleicht vertraut hätte. Was hat die gemacht? Hat sie versucht, den Krebs wegzupendeln?«

»Ich weiß es doch nicht«, sagte Ella. »Ich wusste das doch gar nicht. Bis jetzt.«

»Mama, ich will nicht, dass du da noch hingehst. Die sind gefährlich! Das sind Spinner.«

»Jetzt reicht's aber. Du hörst dich an wie Papa.«

»Und er hätte recht.«

»Du irrst dich aber. Ich habe diese Menschen als sehr wertvolle, nachsichtige und offene Menschen kennengelernt. Sie wollen nur dein Bestes.«

»Wenn ich mich anhören würde wie Opa, würde ich sagen: Sie wollen nur dein Geld.«

Ella seufzte und sah ihre Tochter traurig an. So lange, dass Betty einknickte.

»Okay, okay. Vielleicht nicht. Vielleicht wollen sie den

Menschen irgendwie helfen, sie zur Erleuchtung bringen oder meinetwegen nur deine Verspannungen lösen. Obwohl … du wirst zugeben, dass Diego mehr wollte. Oder will.«

Ella nickte. »Aber ich habe mich da wirklich wohlgefühlt. Aufgenommen. Angekommen. Die Alrun … wir hatten eine Verbindung. Ich weiß, du kannst das nicht verstehen. Du bist wie Papa. Aber es gibt nun mal mehr Dinge zwischen Himmel und Erde, als der normale Verstand einem sagen kann. Aber gut, Schluss jetzt damit. Du hältst mich für senil.«

»Nein, für verführbar. Aber sei's drum. Was ich wissen will: Was da eigentlich passiert ist. Die Situation ist doch die: Inka hatte Krebs. Sie wusste irgendwann, dass ihre Räucherstäbchen nicht mehr helfen würden. Dass sie sterben würde, egal, was sie auch dagegen an Beschwörungen aussprach.«

»Du hast sie ja nur damals kennengelernt. Beim Flötenunterricht.«

»Sie war eine nerdige Spinnerin. Wer interessiert sich in dem Alter schon für Flötenmusik und Bachkantaten? Mauerblümchen, die ihre Flucht in der kirchlichen Welt suchen. Ganz ehrlich, dass ihr mich da hingeschickt habt zu der …«

»Sie war die einzige Flötenlehrerin weit und breit«, verteidigte sich Ella vehement. »Ich hatte Inka dann ja auch lange Jahre nicht gesehen, aber als sie wieder hierhin zurückkam, war sie ganz verändert. Nach außen immer noch weich, nachsichtig, transparent, aber innerlich entschlossen. Und stark. Sie hat das ganze Institut aufgebaut, alleine.«

»Ich dachte mit Diego? Und Alrun?«

Ella schüttelte den Kopf. »Diego kam erst vor vier Jahren. Er hat eine lange Reise durch die Welt gemacht und dann hier seinen Hafen gefunden.«

»Was ich nicht verstehe: Der hat doch Familie. Oder nicht? Doofe Frage: Ist die Familie nicht der Hafen? Würde ich denken.«

»Ach, seine Familie … Ja, Diego ist verheiratet. Er hat zwei Kinder. Fast erwachsene Kinder. Aber die Ehe läuft nicht. Dennoch … er unterstützt seine Frau und die Kinder. Und deren Großeltern. Er überweist jeden Monat Geld. Die Hälfte seines Lohnes.«

»Krass.«

»Du kannst dir nicht vorstellen, wie das da unten ist. Wie die da leben. Viele Männer gehen ins Ausland, um Geld für die Familie zu verdienen. Sie unterstützen sie.«

»Na ja, die meisten arbeiten wohl auf Baustellen oder als Tagelöhner. Und nicht als Reiki-Meister.«

»Jeder, was er kann. Was ihm liegt«, sagte Ella. Und Betty nahm ein Leuchten in den Augen ihrer Mutter wahr, als sie an Diegos Künste dachte. Betty verdrehte die Augen.

»Aber die meisten der Männer kehren doch zu ihren Familien zurück? Und Diego?«

»Nein. Es war besser so. Wie gesagt: Die Verbindung

zu seiner Frau war eher ... eine Zweckgemeinschaft mittlerweile. Aber die ganze Familie ist von ihm abhängig. Und er ist ein sehr verantwortungsvoller Mann.«

Betty fand es obskur, ihrer Mutter beim Schwärmen zuzusehen. Ella merkte es anscheinend. Sie wechselte das Thema.

»Alrun kam erst vor anderthalb Jahren. Sie ist eine große Stütze. Für alle im *Lebensstrahl*.«

»Ich frag mich, wer alles von Inkas Krebserkrankung wusste«, überlegte Betty laut.

Ihre Mutter zuckte die Achseln.

»Ich weiß es nicht. Ich glaube, keiner. Zumindest wurde da nie drüber gesprochen. Aber was weiß denn ich? Ich war einmal die Woche da. Über ein paar Monate. Ich weiß doch nicht, was sonst da so passiert.«

»Du weißt von dem Friedwald-Projekt?«

»Ja. Das habe ich mitbekommen«, sagte Ella. »Jochen ist durchgedreht. Das kannst du dir nicht vorstellen. Was wir hier für Diskussionen hatten beim Abendessen. Und ich war ... ich hab mich elend gefühlt. Weil ich da hinging, ins *Lebensstrahl*. Wie eine Betrügerin. Die. Ich. Nicht. Bin.« Sie sah ihre Tochter fest an. »Das musst du mir glauben.«

# 21

Betty knipste ihre Krankschreibung ab und mailte sie an die Charité. Als sie ihr Handy in der Hand hatte, warf sie einen kurzen Blick in ihre Nachrichten. Sie versuchte zu widerstehen, aber natürlich checkte sie den Verlauf von Sean. Natürlich hatte er nicht geschrieben. Aber sie sah, dass er gestern Nacht um 04:32 Uhr online gewesen war. Typisch. Nachtaktiv wie immer. Betty fragte sich nur, ob er alleine nachtaktiv gewesen war.

Ein doofer, völlig ungeschickter Gedanke, der ihr einen tiefen Stich in den Bauch versetzte.

Schnell legte sie das Handy weg und ärgerte sich über sich selbst. Was war sie für eine dumme Kuh. Und Sean, mit seinem kindlichen, völlig selbstbezogenen Verhalten, Sean, der immer nur um sich selbst kreiste, der überhaupt nicht verstand, worum es im Leben ging, für den Wörter wie »echt« und »real« nur auf seine Schauspielerversuche galten und selbst da natürlich nur Fake waren, Sean, der einfach ein dummer Idiot war, war definitiv kein Mann für sie. Warum tat das dann so weh? Warum konnte sie sich nicht lösen?

Betty widerstand kurz dem Drang, das Handy wieder in die Hand zu nehmen und wütend gegen die Wand zu werfen. Verdammt noch mal, sie hatte wirklich andere Probleme.

Ihr Vater sah nur kurz von der Leiche auf, als Betty hereinkam.

»Du kannst mir helfen«, sagte er. Es war keine Frage.

Aber Betty packte mit an, und sie wuchteten den Toten aus dem Transportsarg auf den Tisch. Sie hatte ihrem Vater immer schon geholfen, nicht als sie ganz klein war, aber seit der Pubertät war sie den Umgang und den Anblick mit nackten, toten Körpern gewöhnt. Es macht etwas mit einem, wenn man mit dem bloßen, physischen Überbleibsel der menschlichen Existenz konfrontiert wird und damit einen ganz realistischen, pragmatischen Umgang findet. Der Entschluss, Ärztin zu werden, lag für Betty nicht weit. Es hatte sich ganz organisch gegeben. Und natürlich: Rauszukommen aus Jöllenbeck und nach Berlin zu gehen war auch eine Verlockung gewesen. Die größte. Erst danach hatte Betty sich für das Studienfach entschieden. Obwohl sie ihren Eltern anderes erzählt hatte.

Jochen seufzte, als er den Mann betrachtete.

»Das wird ein hartes Stück Arbeit«, sagte er.

»Was ist dem denn passiert?«, fragte Betty, als sie den dünnen, circa fünfzigjährigen Mann betrachtete, dessen Körper lauter Schrammen und blaue Stellen an den

Beinen aufwies – und dessen Oberkörper an der rechten Schulter, den Rippenbögen völlig eingedellt war. Schlimmer war nur das Gesicht. Die Wangenknochen waren gebrochen, genau wie die Nase. Das rechte Auge war geschlossen, aber es sah leer aus. Betty ahnte, dass der Mann sein Auge verloren haben musste.

»Ein Verkehrsunfall.«

»O Mann.«

Jochen griff nach der Reinigungslösung und fing an, den Leichnam zu waschen. Betty griff sich den anderen Schwamm und fing an den Beinen an. Je mehr Blut sie entfernte, desto mehr wurde die natürliche Farbe des Körpers sichtbar. Es war, in gewisser Weise, eine schöne Tätigkeit, wenn man sich daran gewöhnt hatte. Dem geschundenen Körper eine Reinlichkeit, eine Würde wieder zurückzugeben. Dazu gehörten allerdings auch thanatopraktische Maßnahmen. Bislang hatten sie schweigend gearbeitet, doch jetzt fragte Jochen: »Reichst du mir mal die Augenkappen?« Jochen war fertig mit dem Gesicht, jetzt, wo das Blut entfernt war, sah es immer noch deformiert, aber weniger schlimm aus.

Betty reichte ihrem Vater die Schale mit den Augenverschlusskappen. Kleine, dünne Plastikschalen, die Jochen dafür benutzte, den Toten endgültig die Augen zu verschließen. Man musste verhindern, dass sich dann doch ein Muskel löste und sich die Augen öffneten. Oder schlimmer: nur eines. Das würde auf der Beerdigung bei den Trauergästen verstörte Reaktionen hervorrufen. Jochen schob die Plastikkappen unter die Augenlider des Toten und verschloss die Augen wieder.

»Geht doch«, sagte er. Denn so fiel es auch gar nicht mehr auf, dass der Tote sein rechtes Auge verloren hatte.

Betty brannte es die ganze Zeit auf der Zunge, mit ihrem Vater über Inka zu reden, aber gerade, als sie jetzt ansetzte, unterbrach er sie im Ansatz: »Wir müssen den Wangenknochen auspolstern von innen. Machst du das?«

Seitdem sie Medizin studierte, neigte Jochen dazu, ihr sämtliche komplizierteren Eingriffe bei den Leichen zu übertragen. Gerade zu Anfang ihres Studiums hatte Betty Schwierigkeiten damit gehabt, aber seitdem sie ihr Physikum abgeschlossen und eine Zeit in der Pathologie verbracht hatte, wo sie bei zahllosen Obduktionen dabei gewesen war, hatte sich ihr natürlicher Umgang mit toten menschlichen Körpern noch mal verbessert.

Es machte ihr deswegen auch nichts aus, als sie dem Toten den Mund öffnete – glücklicherweise hatte die Kiefersperre noch nicht eingesetzt – und sie begann, die Mundhöhle mit Watte auszustopfen und den gebrochenen Wangenknochen nach außen zu beulen.

»Papa, wusstest du, dass Inka …«

»Fängst du schon wieder an? Echt, Bettina!«, unterbrach Jochen sie streng.

»Wusstest du, dass sie Krebs hatte?«

»Bitte, was?« Jochen sah Betty überrascht an. Er schwieg. In seinem Kopf arbeitete es, man konnte es förmlich sehen.

»Ja. Und zwar im Endstadium. Magenkrebs.«

»Ui …«, sagte Jochen und flötete zwischen den Zähnen hindurch. Betty beobachtete, wie er sich schweigend wieder daran machte, den Oberkörper der Leiche zu säubern.

»Was sagst du dazu?«, fragte Betty. Sie wollte irgendeine Reaktion ihres Vaters, irgendwas, das ihr einen Hinweis gab.

»Was soll ich dazu sagen? Tut mir leid für sie. Das ist eine extrem schmerzhafte Erkrankung, das frisst dich von innen auf. Im Endstadium.«

»Ich frage mich nur … wer wusste eigentlich davon?«

»Was spielt das für eine Rolle?«

»Nun, sie ist ermordet worden? Jemand hat ihr eine Hochdosis Bienengift injiziert, von dem er wusste, dass sie dagegen allergisch war. Ich will wissen, was da passiert ist.«

Jochen schwieg kurz.

»Hast du mal drüber nachgedacht, dass es sie selbst gewesen sein könnte?«

»Du meinst, dass sie unter Umständen Selbstmord verübt hat? Natürlich ist mir der Gedanke gekommen.«

»So ein Krebs ist grauenhaft, es müssen entsetzliche Schmerzen gewesen sein.«

»Erst recht, wenn sie sich nicht behandeln ließ«, sagte Betty.

Jochen schüttelte den Kopf. »Was für eine Idiotin. Diese Eso-Spinner! Und überleg doch mal: Angenommen, sie würde sich das Leben nehmen wollen – würde jemand wie Inka sich vor ein Auto werfen? Nein.«

»Sie hätte viel zu großen Respekt vor anderen Menschen, die sie dadurch mit ins Unglück stürzen würde. Zu einem Unfall gehören ja meistens zwei.« Betty blickte auf den Leichnam herunter.

»Was ist eigentlich mit dem hier?«

»Fahrerflucht«, sagte Jochen.

»Scheiße!«, sagte Betty mitleidig. Sie konnte es nicht ertragen, wenn es ein Ungleichgewicht gab. Wenn es nicht gerecht zuging. Wenn das Rätsel keine Lösung hatte.

»Jedenfalls: Ein Selbstmord mittels Bienengift passt ja irgendwie zu ihrer Denke. Bloß nichts Chemisches, Weltliches. Natur zu Natur.«

»Richtig. Und deswegen hat sie sich draußen in ihrem Garten das Gift injiziert. Um in der Natur zu sterben. Das war eh so 'n Ding von ihr.« Jochens Miene verdüsterte sich. Als er jetzt wohl an den Friedwald dachte.

»Zwei Sachen sind fraglich an der Sache«, sagte Betty. »Erstens: Man hat draußen im Garten keine Spritze gefunden. Also, zumindest glaube ich das.« Wenn Jonas das getan hätte, dann hätte er es gesagt. Oder zumindest angedeutet. Irgendein Augenzittern oder so. Sie kannte ihn.

»Dann hat sie es in ihrem Zimmer oder sonst wo gemacht? Und ist dann rausgegangen?«

»Ich hab's mal überschlagen: Die Zeit von der Injektion bis zum Eintritt der Symptome beträgt in einem hochallergischen Fall wie diesem und bei der Menge des Gifts zwischen … zwei und drei Minuten, schätze ich.«

»Das ist Zeit genug, um, keine Ahnung, vom ersten

Stock hinaus in den Garten zu gehen und dort zu sterben.«

»Das kann alles sein. Und ich bin sicher, dass die Polizei eine Spritze sucht. Überall auf dem Gelände. Aber der Täter kann sie weggeworfen haben. Mit ziemlicher Sicherheit hat er das. Sonst wäre er ja blöd.«

Jochen überlegte. »Falls sie keine Spritze finden, vielleicht hat sie sie ja vergraben oder so? Passt auch zu ihr.«

Betty sah ihren Vater an. »Es kommt mir so vor, als würdest du voll auf diese Selbstmordidee drängen! Warum sollte sie das tun, die Spritze vergraben? Damit es nach Mord aussieht? Damit die Polizei ermittelt? Damit andere Menschen in Verdacht geraten, mit hineingezogen werden?«

»Sie war keine Heilige, Bettina.«

»Ach, zum Beispiel, weil sie dir mit dem Friedwald Konkurrenz macht?!«, platzte es aus Betty heraus. Sie funkelte ihren Vater wütend an.

»Ach so ist das«, sagte Jochen, »du spielst hier echt Detektivin, was?«

»Was soll ich denn machen?! Wenn meine Eltern ein Motiv hätten ...«

»Was?! Spinnst du?« Jochen ließ seinen Schwamm mit dem Reinigungsmittel völlig entgeistert sinken. »Du glaubst, dass ich ...« Er war fassungslos.

»Ich glaube nichts, ich sage gar nichts. Nur je länger ich mich mit dem Fall beschäftige, desto mehr Geheimnisse kommen zutage. Du warst am Tag ihres Todes da, Papa.«

»Ich fasse es nicht.« Jochen war völlig konsterniert. Er wusste gar nicht, was er sagen sollte. »Du glaubst doch nicht im Ernst, dass ich …?«

Betty merkte, wie sehr ihren Vater das schmerzte. Fast entschuldigend fuhr sie fort: »Ich glaube gar nichts. Ich will nur Klarheit. Und dir nichts unterstellen.«

»Dann tu das auch nicht!«

»Gut«, sagte Betty. Sie arbeiteten schweigend weiter. Eine dunkle schwere Wolke breitete sich im Keller des Bestattungsinstituts aus, nahm Betty und ihrem Vater fast den Raum zum Atmen. Betty hatte den Mund fertig ausgestopft. Jetzt griff sie nach dem chirurgischen Faden und der Nadel und begann, den Mund des Toten von innen zuzunähen, ohne dass man die Naht von außen sehen konnte. Andernfalls würde sich der Mund durch das Erschlaffen der Muskeln öffnen.

»So, fertig«, erklärte Betty.

Jochen schwieg. Er war mit seinen Gedanken ganz woanders. Er hatte sich die Creme gegriffen und begann, die Hände des Toten einzucremen. Die Leichen bei einer Beerdigung im offenen Sarg sollten möglichst natürlich wirken, lebendig, so ironisch das war.

»Ich will nur eins sagen: An deiner Selbstmordtheorie passt einiges nicht. Warum wollte sie eine Spritze vergraben?«

»Dann hat sie sie eben irgendwo hingeworfen. Die Polizei wird sie schon finden.«

»Vielleicht. Aber ganz ehrlich: ein anaphylaktischer

Schock? Das ist ein qualvoller Tod. Man erstickt, Papa. Ich frage dich: Wer tut so was freiwillig?«

Jochen sah seine Tochter nur stumm an. Dann wandte er den Kopf ab.

»Es macht mich unfassbar betroffen, dass du mich allein in den Zusammenhang damit bringst. Ich bin dein Vater. Wie kannst du nur?«

»Ich will es nicht. Und es tut mir leid. Aber genau deswegen werde ich herausfinden, was da passiert ist. Versprochen, Papa.«

Jochen sagte nichts. Er starrte versteinert auf die Leiche vor sich.

Betty merkte, es war genug. Es war womöglich zu viel gewesen. Aufgewühlt drehte sie sich um und ging.

# 22

Betty saß in ihrem alten Kinderzimmer und starrte an die Wand. Sie versuchte, die Pinnwand zu ignorieren, auf der noch zahllose Überbleibsel ihrer Jugend hingen, Flyer von Partys, Fotos von ihr, mit Freundinnen, im Urlaub, abgerissene Konzertkarten, Fotos von Bands, deren Namen allein sie heute gruselten. Was war sie nur für ein seltsames Mädchen gewesen? Und schlimmer noch – warum hing das alles noch hier? Man hätte aus dem Zimmer einen wunderschönen, stylishen Raum machen können, trotz der Dachschräge, trotz des alten Holzbalkens oben an der Decke. Stattdessen war hier nichts verändert worden, seitdem sie ausgezogen war. Außer, dass ihre Mutter den Raum zum Bügeln nutzte und das gigantische, völlig überdimensionierte Hightechbügelbrett wie ein Raumschiff mitten im Zimmer stand. Betty wandte müde den Blick davon ab und dachte weiter nach.

Über Inka. Ihren Krebs. Das *Lebensstrahl*. Über Geistheilung. Die Kurse, die sie anboten. Über Diego. Samuel. Alrun. Ihre Eltern. Die Geheimnisse, die sie allesamt hatten. Und von denen Betty noch nicht alles wusste.

Was sie allerdings wusste: Inka hatte Krebs gehabt. Was sie vielleicht in doppelter Hinsicht in eine Bredouille gebracht hatte. Für jeden Menschen war eine Krankheit wie Krebs schlimm. Eine Katastrophe. Ein Desaster. Eine so schlimme Sache, dass man ihr eigentlich keinen Namen geben konnte, dass es eigentlich war wie bei Harry Potter und dem Wesen, dessen Namen man nicht in den Mund nehmen durfte. Aber für Inka, die sich ein Leben lang mit Heilung beschäftigt hatte, die in ihrem Institut völlig auf diese obskure Geistheilung gesetzt hatte, musste es besonders schlimm gewesen sein. War das nicht ein Eingeständnis eines eigenen Scheiterns? Der Hilflosigkeit? Der Beweis dafür, dass sie auf dem falschen Weg gewesen war und dass die Schulmedizin, die zwar ebenfalls nicht fehlerlos war, ihr aber mit der geeigneten Chemotherapie und anderen Maßnahmen zu einem längeren Leben verholfen hätte?

Und was, wenn der Grund für Inkas Tod an die Öffentlichkeit kam? Wie würde das anscheinend recht erfolgreiche Geistheilungsinstitut *Lebensstrahl* dastehen, wenn bekannt wurde, dass die Leiterin und Lichtgestalt an so etwas Profanem, Weltlichem wie Krebs gestorben war? Wäre das nicht das Eingeständnis, dass alles, was man da an Seminaren und Workshops zu dem Thema belegen konnte, absoluter Schwachsinn war?

Gut, ein paar der Kunden des *Lebensstrahl* würden vielleicht mit Fatalismus reagieren, mit einer yogischen Akzeptanz, mit irgendeinem bescheuerten Zengedanken oder so – aber würden sich nicht auch einige der Teilnehmer abwenden? So viele, dass das Institut schließlich auf der Kippe stehen könnte?

Und wen würde das am meisten treffen? Diego. Den Geschäftsführer.

Wenn Betty ihre Mutter richtig verstanden hatte, hatte Diego hier in Deutschland alles auf eine Karte gesetzt. Er musste seine Familie unterstützen, hatte aber abgesehen von seiner Arbeit im Institut nichts, keine Rücklagen, keine Ausbildung, keine Zukunftsaussichten, außer Tellerwäscher zu werden. Und war er eigentlich eingebürgert? Hatte er ein Arbeitsvisum? Würde er Deutschland verlassen müssen, wenn das Institut schloss?

Und würde darüber hinaus auch noch den Kontakt zu Ella verlieren, in die er sich anscheinend heftig verliebt hatte?

Betty schob den letzten Gedanken schnell beiseite. Sie konnte ihre Mutter irgendwie nicht mit einer romantischen Liebe in Verbindung bringen. Sondern eher mit der nüchternen Verbindung, die Ella zu Jochen hatte. O mein Gott, Betty hatte noch nie über die Ehe ihrer Eltern nachgedacht. Es war einfach irgendwas, was immer schon da gewesen war. Wie das Sonnenlicht, das Wasser oder auch die Höxter Steine. Unverrückbar. Undiskutierbar. Ein Fakt.

Warum traf es Betty denn so? Sie wusste es erst, als sie nebenbei das Handy in die Hand nahm und wie mechanisch checkte, ob Sean eine Nachricht geschrieben hatte. Hatte er natürlich nicht. Bettys Liebesleben war eine Katastrophe. Und die Beziehung ihrer Eltern immer der absolut feste Kern gewesen, ein Nukleus, um den sich Betty wie ein Trabant gedreht hatte, immer sicher, dass sie nach Hause zurückkehren konnte, wo alles sicher und warm und geborgen war – trotz all der Toten unten im Keller.

Und jetzt hatte Betty Angst, dass es auseinanderbrach.

Als Betty sich dem *Lebensstrahl* näherte, dachte sie ernsthaft darüber nach, mal eine Therapie zu machen. Bestimmt nicht hier, in dieser alten Schule mit den verquast esoterischen Botschaften, sondern bei einem echten, handfesten Psychologen. Betty schüttelte sich, so weit war sie schon gekommen. Bestimmt alles ein Einfluss dieser Spinner da drinnen.

Mit einem breiten Lächeln im Gesicht, das so anstrengend war, dass ihre Mundwinkel schmerzten, stand Betty vor Diego, dem sie auf den Treppen des Eingangs begegnet war. Er hatte sofort ein warmes Lächeln aufgesetzt. »Bettina.« Dunkle, schöne braune Augen, ein Grübchen, eleganter Teint, eine ausgestreckte Hand.

In die Betty ein wenig unwillig einschlug. »Hallo.«

»Du scheinst deinen Weg immer wieder hierher zu finden?«

»Ich wollte … ich wollte zu dem Ayurveda-Massage-Kurs.«

»Da kommst du leider zum falschen Zeitpunkt, der ist erst morgen.«

»Ich wollte ja nur wissen, ob ich mich vorher anmelden muss, oder so?«

»Das hast du hiermit getan.« Diego lächelte.

Betty starrte ihn an und wusste nicht, wie sie jetzt reagieren, im Gespräch bleiben, ihn ausfragen sollte.

»Willst du mich ein Stück in den Garten begleiten? Ich muss … ich muss etwas Gemüse ernten. Unser Koch ist unpässlich.«

»Das ist eine hervorragende Idee.« Sie hätte von Betty stammen können. Diego schmunzelte irritiert, und Betty milderte sofort ab: »Natürlich. Gerne.«

Während sie um das Haus gingen, schob Betty hinterher: »Ich liebe Gärtnern.«

»Ach, echt? Deine Mutter hat immer davon gesprochen, dass ihr der Gemüsegarten viel Arbeit macht.«

Betty verdrehte innerlich die Augen. Deine Mutter. Deine Mutter.

»Ja, das war früher. Aber ich hab jetzt so einen Acker in Berlin, wissen Sie? So 'n Urban-Gardening-Scheiß. Das finde ich total super«, log Betty und kam sich wie die schlechteste Lügnerin der Welt vor.

»Alles, was dich in Verbindung mit der Natur bringt, ist gut«, meinte Diego.

»Genau«, sagte Betty. Obwohl sie gar keine Meinung dazu hatte. Sie folgte Diego quer durch den Garten und überlegte die ganze Zeit, wo Inka wohl gestorben war.

»Dort hat Inka gelegen.« Diego deutete auf die Stelle zwischen dem Birnbaum und der Mahonie.

Verdammt, konnte der Gedanken lesen???

»Ich habe deine suchenden Blicke gesehen.« Diego schmunzelte. »Das interessiert dich sehr, was?«

»Wie gesagt, ich kannte sie. Und meine Mutter war bei Ihnen und ...«

»Und wann hörst du eigentlich mit dem Siezen auf?«

»Was?«

»Es ist nur eine Frage, Bettina. Du kannst es weitermachen, aber ich merke natürlich deine Distanz. Vielleicht tust du gut daran, sie stehen zu lassen, als Abschirmung, als Sicherheit für dich, vielleicht brauchst du das gerade. Ich wollte dich nur darauf aufmerksam machen.«

Betty schluckte. Der Typ hatte recht. Was war los mit dem? Hatte Diego Röntgenaugen oder so?

»Ja, Entschuldigung.«

»Entschuldige dich nicht.«

»Ich kann mich anscheinend noch nicht so darauf einlassen.«

»Verständlich.« Diego nickte und seufzte. »Viele haben Schwierigkeiten, sich auf Dinge einzulassen, erst recht, wenn sie unumstößlich sind.«

»Was meinen Sie? Äh, du?«

Sie waren beim Gemüsebeet angekommen. Diego kniete sich hin und begann, in der Erde zu wühlen.

»Ein emotionaler Verlust ist oft sehr schwer zu ertragen«, meinte er.

Betty kniete sich ihm gegenüber und begann ebenfalls, in der Erde zu wühlen, ohne eine Ahnung zu haben, was sie suchte.

»Ach … und deswegen musst du«, es kam ihr echt schwer über die Lippen, »jetzt ernten. Weil der Koch ausgefallen ist?«

»Samuel tut sich sehr schwer. Unnötig schwer. Er muss seine Aggr…« Diego verstummte, als hätte er zu viel gesagt. Er lächelte Betty an: »Niemand bereitet einen auf den Tod vor.«

»Doch, mein Vater«, sagte Betty. Weil es stimmte. Zumindest auf den Teil davon, der mit dem Verschwinden des menschlichen Körpers von der sichtbaren Oberfläche zu tun hat.

Bettys Hände tasteten und wühlten, und plötzlich stieß sie auf etwas Hartes, Rundes. Sie holte es heraus. Dicke torfige Erde klebte an ihren Fingern. Und darin: »Eine Kartoffel?« Betty war völlig baff. Sie wirkte, als wäre sie per Zufall auf den Heiligen Gral oder die Weltformel gestoßen.

Diego schmunzelte. »Ja, das ist eine Kartoffel.«

Betty hielt sie Diego hilflos hin. Er deutete auf den Boden. »Leg sie dahin. Wir brauchen noch eine Menge. Die Gäste werden Hunger haben.«

»Ach, die Arbeit geht hier weiter?«

»Nun, wir haben nicht wirklich die Wahl. Obwohl uns Inkas Verlust heftig getroffen hat, wir müssen die Arbeit fortführen. So schwer es auch fällt. Rechnungen müssen eben bezahlt werden. So profan ist das manchmal. Aber wir müssen unsere ganzen Lehrer bezahlen, die Miete, den Unterhalt, die Fixkosten und natürlich auch die Gehälter von Alrun, Samuel und mir.«

»Und wer ersetzt Inka?«

»Niemand kann sie ersetzen. Natürlich nicht. Aber was meinst du genau?«

»Nun, Inka hat doch Seminare gegeben, sie hat die Philosophie hier geprägt, denke ich. Und dann war sie auch noch die Leiterin.«

»Ich denke, Alrun wird den spirituellen Weg in Zukunft bestimmen. Sie ist Inkas engste Mitarbeiterin und Vertraute gewesen, was das Inhaltliche angeht. Und ich kümmere mich weiterhin um die Geschäftsführung.«

Als Betty etwas später mit Diego das *Lebensstrahl* betrat, hatte sie einen Leinensack in den Händen, in dem sich drei Kilo Kartoffeln befanden. Ihre Hände waren voller Erde und Dreck, die Kartoffeln waren schwer, aber sie beeilte sich, Diego zu folgen, der mit zwei Blumenkohlen und drei Salatköpfen vorneweg ging. Die Kühle des Hauses umarmte sie, es tat gut nach der anstrengenden Ernte in der prallen Sonne. Der September tat wieder einmal so, als wäre er ein August. Klimawandel sei Dank.

Betty folgte Diego in den etwas abgelegenen Küchenraum. Es war eine alte Schulküche mit den üblichen Ablageflächen, überall sichtlich benutzte, zerbeulte Stahlflächen und offene Vorratsschränke. Nur eins war anders als in einer normalen Schulküche. Der intensive Geruch. Nach Koriander, Galgant, Ingwer, Beifuß, Bohnenkraut und jeder Menge orientalischer Gewürze, insgesamt ein muffiger, etwas undurchdringlicher, starker Geruch. Und dann waren da noch diese seltsamen Sinnsprüche an der Wand. Und einige selbst gemalte Bilder, die entweder tatsächlich von unbeholfenen Schulkinderhänden stammten oder von einem Psychopathen. Betty ließ den Blick schweifen, nachdem sie den Kartoffelsack auf eine Ablage bugsiert hatte.

»Was sind denn das für Bilder?«, fragte sie. »Sind das noch Relikte aus der alten Schulzeit? Das war doch hier 'ne Schule, oder?«

»Das?« Diego warf einen Blick auf das in Lila gehaltene Bild, auf das Betty deutete. Es zeigte eine schemenhafte Gestalt mit einem großen, aufgerissenen Rachen, der alles um sich herum zu verschlingen schien. Wenn die Farbe Schwarz und nicht Lila gewesen wäre, hätte Betty sofort die Polizei rufen wollen. Es war spooky. Ehrlich gesagt, es war trotz des Lilas spooky. Oder deswegen vielleicht noch mehr.

»Samuel malt«, erklärte Diego. »Schön, oder?«

»Nun … ich weiß nicht«, antwortete Betty ehrlich.

Diego lächelte. »Ich meine nicht die Bilder, die sind … diskutabel. Ich meine, dass da jemand einen Weg gefunden hat, sein Innerstes nach außen zu kehren.«

Betty starrte irritiert auf das grauenerregende, verstörende Machwerk. »Sehr schön, wirklich.« Sie schluckte.

»Magst du mir noch helfen? Das wäre sehr freundlich von dir«, bat Diego. Er warf einen Blick auf die Uhr. »Gleich kommt die Reisegruppe an. Sie erwarten ein Mittagessen. Und ich bin hier gerade alleine.«

Betty nickte schließlich. Vielleicht war das eine Möglichkeit, ihn weiter auszuhorchen. Sie begann, die Kartoffeln zu schälen. Oh Gott, wenn sie eins hasste, dann Kartoffeln zu schälen. In Berlin kaufte sie manchmal welche fertig geschnitten und gekocht aus der Dose. Wenn ihre Mutter das wüsste ... Betty hielt inne: Was würde ihre Mutter dazu sagen, dass sie jetzt hier mit Diego in der Küche kochte?

Während der Arbeit versuchte Betty, Diego weiter auszuhorchen. Aber egal, wie sie es auch versuchte und wo sie ansetzte, sie kam keinen Schritt weiter. Diego war – unter seiner umarmenden warmen Freundlichkeit – glatt wie ein Fisch. Je länger sie mit Diego war, desto mehr bekam sie den Verdacht, dass er ein aalglatter Lügner war, umgeben von einer Teflonbeschichtung, durch die wirklich nichts durchkam. Und an der nichts haften blieb.

Irgendwann sah Diego auf die Uhr. Erschrocken stellte er fest: »Ich muss hoch. Die Gruppe kommt jetzt an. Darf ich dich noch bitten, einen Moment auf das Blumenkohlragout aufzupassen? Ich muss die nur begrüßen, dann bin ich wieder da.«

»Alles klar.« Betty nickte.

»Ach so, und wenn du gerade noch die Salatsoße machen könntest?«

»Äh, in Ordnung. Was für eine Soße denn?«

»Irgendwas. Wie du möchtest. Und mit Sojasoße natürlich. Und Zimt. Und Koriander. Galgant wäre auch gut.«

Damit war Diego aus der Tür und ließ eine irritierte Betty zurück.

Aber das war nichts im Vergleich zu der Irritation, die sie verspürte, als sie sich im Gewürzschrank zu schaffen machte und nach den Zutaten suchte.

Dann nämlich, als sie die Schreie hörte.

Lange, grauenhafte, verzweifelte Schreie. Da war nichts Menschliches mehr darin, sondern eine animalische, tiefe Urgewalt. Voller Wut. Irgendwoher aus dem rechten Trakt des Gebäudes, sie drangen durch das geöffnete Fenster herein.

Betty ließ das Galgantpulver sinken, das sie gefunden hatte. Und dann lief sie zur linken kleinen Tür, die zur anderen Seite aus der Küche führte. Sie musste nachschauen, was das war.

# 23

Betty verließ die Küche und ging durch einen dunklen kleinen Flur. Die Wände waren schmal und eng, es schien der Lieferanteneingang gewesen zu sein. Es gab nur ein winziges quadratisches Fenster an der linken Wand, durch das viel zu wenig Licht fiel. Es war dunkel, und Betty fühlte sich auf einmal nicht mehr so wohl. Die Schreie waren beängstigend. Wie die eines wilden Tiers.

Dennoch setzte Betty Fuß vor Fuß und durchschritt den unheimlichen Flur, immer weiter, den Schreien entgegen. Es war furchterregend, dieses dunkle Grölen, so angsteinflößend, dass Betty sich Mut machen musste. Es war bestimmt nur irgendein Seminar hier, »Brunftschreie und Tiefenenergie«, oder ein bescheuerter homöopathischer Geburtsvorbereitungskurs. Nur gab es so was wahrscheinlich gar nicht, und außerdem war das ganz klar eine Männerstimme, wie Betty jetzt identifizierte, als sie durch den Flur in einen kleinen Seitentrakt gelangt war, wahrscheinlich war das hier mal das Klohäuschen der Schule gewesen. Jetzt stand Betty vor einer ganz normalen Zimmertür, hinter der sie einen kleinen Raum vermutete. Von hier kamen die Schreie. Und ein Wimmern, wie Betty jetzt hörte, als sie das Ohr gegen die Tür presste.

Angst hatte sie jetzt keine mehr. Das Wimmern hörte sich verstörend an, aber Betty meinte, etwas Verzweifeltes darin zu erkennen. Sie klopfte gegen die Tür, ohne dass die Geräusche darin verstummten. Betty griff nach der Türklinke, atmete tief durch und öffnete die Tür.

Es gab einen lauten Knall.

Betty zuckte erschrocken zusammen und duckte sich unwillkürlich, die Hand immer noch an der Klinke. Irritiert blickte sie ins Zimmer, wo im Halbdunkel gerade eine Glasflasche an der gegenüberliegenden Wand zerplatzt war. Es schien, als würden die Glasscherben immer noch in der Luft hängen. Als sie jetzt zu Boden prasselten, sah Betty auch den Rücken der Kreatur. Ein Mann. Er drehte ihr den Rücken zu, hatte sie noch gar nicht bemerkt. Der Mann hatte längere Haare, die ihm unordentlich über die Schultern fielen, einen schlanken, sehnigen Rücken, wie Betty unter seinem weißen dünnen T-Shirt erkennen konnte, einen Rücken, den er jetzt voller Schmerz und Verzweiflung krümmte.

Betty konnte nicht anders, als an den Gollum zu denken.

Aber sie wusste immer noch nicht, ob dieser Mann hier gefährlich war, genau wie die Kreatur aus *Herr der Ringe*.

Plötzlich erstarrte der Mann in seinem Schluchzen. Er hatte den Lichtschein der offenen Tür auf dem Boden vor sich bemerkt. Er fuhr herum.

Samuel richtete sich auf. Sein Gesicht war tränen- oder schweißnass. Vielleicht war es auch der Alkohol, der über sein Kinn gelaufen war. Betty erkannte in den Scherben ein Etikett einer Whiskeyflasche. Und der gesamte Raum roch nach hartem Alkohol. Und Erbrochenem. Und Schweiß. Er war seit Tagen wohl nicht gelüftet worden.

Samuel hatte rot unterlaufene tiefliegende Augen. Er hatte nichts mehr mit der entspannten, aber gleichzeitig virilen, durchaus attraktiv anzusehenden Erscheinung zu tun, wie Betty ihn in Erinnerung hatte. Er war ein Wrack. Samuel stierte Betty an. Es war, als hätte er noch gar nicht begriffen, wer sie war oder dass überhaupt jemand hier war. Sein Blick war dumpf. Dann winkte er plötzlich ab und drehte sich mit einer schnellen Bewegung wieder zur Wand. Um dort zu verharren. Vielleicht war es ihm peinlich, so gesehen zu werden. Vielleicht wollte er aber auch einfach nur allein sein.

Aber einen desolateren Menschen hatte Betty noch nie gesehen. Und das wollte etwas heißen. Sie war es gewöhnt, dass im Bestattungsinstitut zu Hause gebrochene Menschen saßen, Menschen, denen Tränen über die Wangen und Rotz aus der Nase liefen. Menschen, die sich kaum beruhigen konnten und ihrem Schmerz freien Lauf ließen. Und ihn manchmal auch in Aggression umwandelten. Dann wurde es oft schwierig für Bettys Vater, wenn ewig aufgestaute Wut zwischen Familienangehörigen ausbrach. Wenn sich kleine Bemerkungen zu spitzen Vorwürfen, zu lauten Worten, hasserfüllten Schreiereien und vielleicht sogar Handgreiflichkeiten hochschaukelten.

Es ging dann ums Geld. Darum ging es immer.

Niemand prügelte sich mit seinem Geschwisterteil, wenn es darum ging, wer von den Eltern mehr geliebt worden war. Zumindest nicht mehr im Erwachsenenalter.

In solchen Ausnahmesituationen, in denen Jochen immer etwas hilflos pikiert war und sein sonst so verständnisvolles, beruhigendes Gemüt überfordert war, griff Bettys Mutter ein. Betty hatte schon oft gehört, wie Ella, die einen sonst noch freundlich plaudernden Gestus hatte, mit dem sie alle Trauernden einzulullen pflegte, plötzlich hart und bestimmt dazwischenschnauzte. Die klaren, kurzen Anweisungen dieser kleinen, patenten Frau mit der Kurzhaarfrisur, ihr unbeirrbarer Ton ließen die Streitenden dann immer verstummen. Vielleicht, weil sie überrascht waren, weil sie das nicht erwartet hatten, oder weil sie Schiss vor ihr hatten. Ella konnte sehr bestimmend sein.

Betty kannte ihre Mutter. Und sie wusste aus eigenem Erleben, wie hart sie sein konnte. Was aber schnell wieder vorbei war, denn eigentlich wollte sich Ella nicht streiten. Sie wollte Frieden, Ruhe und Kaffeetafeln. Und ein bisschen über die Nachbarschaft sprechen, und sie wollte, dass es allen gut ging.

Ein einziges Mal war ein Angehörigengespräch wirklich aus dem Ruder gelaufen, als zwei ostwestfälische

Bauern aufeinander losgingen. Aber da war Richard da gewesen, hatte den einen renitenten Bruder, der auf den anderen losgegangen war, am Ohr aus dem Gewühl auf dem Boden hochgerissen und hatte ihn – immer noch am Ohr – aus dem Raum gezogen und in die Sargausstellung gesperrt, bis die Polizei da war und den Schaden, ein zerschlagener Stuhl, zerbrochene Gläser, eine zerschmetterte Urne, aufgenommen hatte.

Betty stand im Türrahmen und betrachtete den desolaten, offensichtlich verwirrten Samuel. Und fragte sich, ob er gewalttätig werden würde.

»Entschuldigung, ich hatte Geräusche gehört«, sagte Betty. »Ich wollte nicht stören.«

Samuels Schultern zuckten ein bisschen. Er sagte kein Wort.

»Aber ich habe mir ein bisschen Sorgen gemacht.« Bettys Ton war sanft. Sie machte eine Pause, bevor sie weitersprach. »Geht es Ihnen gut?«

»Ha.« Ein höhnisches Glucksen von Samuel.

»Haaaaaaa.« Ein noch lauteres, längeres, noch höhnischeres Lachen von Samuel.

»Hahaaahaaaa!« Ein wütendes, aggressives Lachen von Samuel, dass er Betty ins Gesicht schleuderte, als er jetzt herumfuhr und sie böse fixierte. Als würde er gleich auf sie losgehen.

»Ich frag dich ja nur«, sagte Betty, weil sie sich plötzlich an Diegos Worte erinnerte und daran, dass ein »Sie«

Distanz schaffte, und das war genau das Gegenteil von dem, was hier gerade nötig war.

Samuel stierte sie an. Dann schien ein unhörbarer Seufzer seinen Körper zu verlassen, seine Anspannung gab ein kleines bisschen nach.

»Nichts ist gut«, sagte Samuel mit brüchiger Stimme.

»Verstehe.«

»Nichts verstehst du«, fauchte Samuel.

»Okaaay«, sagte Betty vorsichtig. »Vielleicht hast du recht. Willst du es mir erklären?«

»Inka ist tot.« Er starrte Betty fast vorwurfsvoll an.

»Das weiß ich«, sagte Betty langsam. »Und es tut mir sehr leid. Wirklich.«

Samuel schwieg und stierte ins Nichts.

»Sie ist gegangen. Weg.«

Betty musterte den Mann, wie er mit verschmiertem Gesicht, den strähnigen Haaren und dem völlig verdreckten T-Shirt vor ihr stand, die Hose beinahe auf Halbmast. Er war das absolute Gegenteil des entspannten Samuels, den sie zuvor im Garten bei seinem schamanischen Ritual getroffen hatte.

»Ich kann verstehen, dass der Schmerz über den Verlust groß ist, wirklich. Aber ich hatte den Eindruck gehabt, dass du … zuvor etwas anders mit der Situation umgegangen bist.«

Samuel schwieg und starrte nun störrisch auf den Boden.

»Hattest du nicht gesagt, dass wir den Tod mit Demut

hinnehmen und uns dem Lauf der Dinge hingeben müssen? Und, dass die Erde nur eine Zwischenstation ist? Dass wir uns später wiedersehen, was ja total tröstlich ist, finde ich.« Obwohl Betty natürlich kein Stück daran glaubte.

Samuel lachte bitter auf. »Was für ein Schwachsinn.«

»Bitte?«

»WAS FÜR EIN SCHWACHSINN! VÖLLIGER ESO-BULLSHIT!!! Das ist doch alles eine miese Scheiße, eine LÜGE!«

»Okaaay. Ich verstehe.«

»Du verstehst gar nichts!« Samuel funkelte sie wütend und betrunken an. »Es gibt kein Nirwana, keinen Himmel, kein was weiß ich für einen Scheiß. Danach kommt nichts. Nur ein dunkles schwarzes Loch. Wenn wir sterben, fressen uns die Würmer, von uns bleibt NICHTS!«

»Nun …«

»Ich habe Inka geliebt! Sie war mein Stern! Und jetzt … Sie ist tot! Und ich bin schuld.«

Samuel brach zusammen und sackte vornüber auf den Boden. Er schluchzte, eine Tränenflut brach über ihn herein.

Betty betrachtete das Häufchen Elend vor sich.

Was meinte er damit: Er hatte Schuld? Sie war wie elektrisiert.

»Samuel?«, fragte Betty tastend. Er regte sich nicht, abgesehen von seinem bebenden Rücken, der sich mit den Tränenstößen immer wieder zusammenkrampfte.

»Samuel? Kann ich …« Aber Betty erreichte Samuel

nicht. »Soll ich vielleicht … soll ich dir einen Tee machen?«

»Aaarhh.« Ein undefiniertes wütendes Gurgeln. Aber Betty konnte dennoch den Abscheu gegenüber einem Gesundheitstee, am besten beruhigend, wahrscheinlich noch mit einem Yogi-Tee-Slogan auf dem Aufdruck erkennen.

»Tut mir leid, das war eine dumme Idee.«

Betty beugte sich zu Samuel herunter und legte ihm eine Hand auf den Rücken. Manchmal braucht es keine Worte, manchmal muss man einfach nur da sein. Auch etwas, das sie aus dem Besprechungszimmer für die Trauergäste gelernt hatte.

Es dauerte ein bisschen, dann beruhigte sich Samuel etwas. Betty merkte zumindest, dass die Kompulsionen weniger wurden, dass sein Zittern nachließ.

»Alles gut«, sagte Betty. Obwohl natürlich gar nichts gut war. »Ich weiß nicht, was ich dir sagen kann, was helfen würde. Aber ich verstehe dich. Und es tut mir sehr leid.« Und jetzt meinte Betty dies auch ehrlich. Dieser gebrochene Mann, dessen Schmerz mit Händen zu greifen war, tat ihr unermesslich leid.

Betty setzte sich jetzt neben Samuel auf den Boden, ohne ihre Hand von seinem Rücken zu nehmen. Sie saßen da und schwiegen.

Nach einer Weile richtete Samuel sich langsam wieder auf. Rotz mischte sich jetzt in die verschmierte Masse in seinem Gesicht. Betty sah sich um, neben dem Futon in der Ecke lag ein Handtuch. Sie langte rüber und reichte es

Samuel. Der starrte verwirrt darauf, wusste nichts damit anzufangen. Betty nahm das Handtuch und tupfte vorsichtig und langsam den Rotz und die Tränen und die Spucke und den Rest des Whiskeys aus Samuels Gesicht. Er ließ es über sich ergehen. Und wirkte fast ein wenig erstaunt.

»So, jetzt ist es schon besser«, sagte Betty sanft. »Zumindest außen.«

Samuel nickte. Er wirkte besänftigt. Immer noch nicht ganz zurechnungsfähig, aber ruhiger.

In Bettys Kopf ratterte es. Was sollte dieses: Ich bin schuld? Was, wenn er von Inkas Krebs gewusst hatte? Was, wenn er ihr beim Selbstmord geholfen hatte? Sterbehilfe sozusagen?

Betty wartete noch einen Moment, dann fragte sie: »Machst du dir Vorwürfe?«

»Was?«

»Es ist ja oft so, dass wir, wenn jemand stirbt, uns Vorwürfe machen, dass wir etwas nicht getan haben. Dass wir etwas nicht gesagt haben, was wir hätten sagen müssen. Oder dass wir sonst irgendwie Schuld auf uns geladen haben.«

»Ich …«

»Du kannst sprechen, Samuel. Ich verurteile dich nicht.« O doch, das würde sie. So was von.

»Nein«, presste Samuel etwas zu hart hervor.

»In Ordnung, dann ist doch gut«, sagte Betty. Obwohl sie das Gegenteil dachte. Sie hätte gerne mehr gewusst.

»Darf ich dich etwas fragen?«

Samuel blickte ihr in die Augen, immer noch nicht ganz erreichbar.

»Hast du gewusst, dass Inka Krebs hatte?«

»Geh jetzt!«, stieß Samuel plötzlich hervor. »Geh! Hau ab! Verschwinde! RAUS!« Sein Gesicht war von Wut verzerrt, es war fast, als schnappte er nach ihr. Betty wich sofort zurück und stand auf.

»Schon gut, Samuel.«

»Hau ab!« Samuel stand ebenfalls auf, schwankend, unkontrolliert, aber voller Wut.

»RAUS!!!«

Er war knapp davor, sich auf sie zu stürzen. Betty machte, dass sie da rauskam.

Betty ging den Flur entlang, zurück zur Küche. Sie war aufgewühlt. Und hatte Schiss. Mehrfach blickte sie sich um, ob Samuel ihr folgte. Als sie die Küchentür hinter sich schloss, atmete sie einen Moment erleichtert durch.

Bis sie sah, dass das Kartoffelwasser übergekocht war und der ganze Herd voller Wasser war. Wodurch die Gasflammen ausgegangen waren. Und das Blumenkohlragout womöglich noch roh war. Und die Salatsoße hatte sie auch vergessen. Und dann kam auch noch Diego zur Tür herein.

»Und wie sieht es …? Was ist denn hier los?«

Betty hatte keine rechte Antwort.

# 24

Betty saß zu Hause am Küchentisch. Das Erlebnis mit Samuel hatte sie mitgenommen. In mehrfacher Hinsicht. Zum einen hatte sie sich wirklich gefürchtet, zum anderen hatte sie nun die Vermutung, dass er in Inkas Tod verstrickt war. Was sollte sonst dieses »ich bin schuld«? Und warum hatte er sie rausgeworfen, als sie ihn auf den Krebs angesprochen hatte?

»Na, meine kleine Detektivin?« Opa Richard stand in der Tür. Betty hatte ihn nicht kommen hören.

»Hallo Opa«, sagte sie etwas abgelenkt.

»Was ist mit dir?«

Richard nahm auf dem Küchenstuhl neben ihr Platz.

»Verkatert?«

»Hä? Was, wieso? Nein. Im Gegenteil.« Tatsächlich, einen Drink könnte sie jetzt gut gebrauchen.

Als ob Richard Gedanken lesen konnte, griff er auf die Anrichte hinter sich und nahm die Flasche mit dem Prinz-Hausschnaps und stellte zwei Gläser dazu auf den Tisch.

»Opa, es ist drei Uhr nachmittags?«

»Eben drum.«

Betty sah zu, wie ihr Großvater zwei Schnapsgläser füllte und ihr eins rüberschob. Er hob seins zum Prost, dann kippten sie beide den Schnaps herunter. Es brannte in Bettys Kehle. Tränen traten ihr kurz in die Augen. Aber verdammt, das war gut. Sie spürte wohlige Wärme hochsteigen.

»Also, was ist los?«

Betty zögerte kurz, dann berichtete sie von ihrem Erlebnis mit Samuel.

»Ich war im *Lebensstrahl.*«

»Bei den Spinnern.«

»Äh, genau. Da ist dieser Typ, Samuel. Das war wohl der Freund von der Inka.«

»Wahrscheinlich einer von vielen, oder?«

»Boah, Opa, du bist echt … ein Klischee.«

»Was denn? In den Sechzigern haben die ganzen Hippies …«

»Wer im Glashaus sitzt, sollte nicht mit Steinen werfen.«

Richard grinste. »Da hast du auch wieder recht.«

»Jedenfalls, ich hatte letztens den Samuel getroffen, kurz nach Inkas Tod. Da saß er im Garten und führte irgendein schamanisches Ritual durch, irgendwas, um die Trauer zu bewältigen. Er war ganz entspannt. Und erzählte irgendeinen Kram vom ewigen Kreislauf des Universums, dass wir uns alle wiedersehen und so weiter.«

Richard richtete seinen Oberkörper auf. Der stattliche Mann wurde am Küchentisch noch größer.

»Und dann heute, als ich da war …«

»Du bist da oft, oder?« Richard musterte seine Enkelin misstrauisch.

»Mann, ich will doch nur rauskriegen, was da passiert ist.«

»Wenn es das nur ist.«

»Und heute habe ich ihn wieder getroffen. Er war völlig verändert. Ganz aufgelöst. Besoffen. Aggressiv. Wütend. Ich hatte echt Schiss.«

»Aber er hat dir nichts getan, oder?« Richard wirkte, als würde er sofort aufstehen und diesen Eso-Bengel an den Ohren aus dem Institut ziehen, damit er sich bei Betty entschuldigte.

»Nein, hat er nicht. Keine Sorge. Aber er war so … verzweifelt. Ihm ist irgendwie klar geworden, dass der Tod doch etwas anderes ist. Nichts mit Atomen im Universum, nichts mit tröstlichem Kreislauf, nichts mit »Wir sehen uns auf der anderen Seite«. Er war völlig aufgelöst. Weil ihm klar geworden war, dass nach unserem Tod nichts mehr ist. Außer den Würmern, die uns fressen.«

Betty sah ihren Opa an. Der saß ganz starr und plötzlich ernst da, jegliches Lächeln war aus seinem Gesicht verschwunden.

»Da hat er wohl recht«, sagte Richard langsam.

»Aber wie kommt denn das? Dieser Gesinnungswandel?«

»Na, der kommt halt. Wenn es an der Zeit ist«, sagte Richard brüsk und stand auf. »Ich muss los.«

Betty sah ihren Opa erstaunt an.

»Wohin?«

»Los«, sagte Richard und ging hinaus.

Betty schaute ihm irritiert hinterher.

Betty blieb am Tisch sitzen und starrte auf die Schnapsgläser. Was sollte sie jetzt machen? Samuel war seltsam, fühlte sich, warum auch immer, schuldig. Und dann diese krassen, verstörenden Bilder, die er gemalt hatte. War er labil? Wahnsinnig? War er durchgedreht, nachdem er Sterbehilfe bei Inka geleistet hatte? Als ob ihm erst danach klar geworden war, was er getan hatte. Konnte er jetzt nicht mit seiner Schuld umgehen und richtete sich deshalb zugrunde? Was sollte sie jetzt am besten machen?

Maxi kam herein und zuckte zusammen, als er Betty sah. Fast machte er auf dem Absatz kehrt, um gleich wieder hinauszugehen. Betty registrierte das.

»Was ist los, Maxi? Hast du Schiss vor mir?«

»Nö. Nur vor Alkis, die schon am Nachmittag dicht sind.« Er nickte zu den Schnapsgläsern rüber.

»Komm, bleib hier.« Betty klopfte auf den Stuhl neben sich. »Bitte.«

Maxi zögerte.

»Wir trinken einen«, schlug Betty vor. Maxi verzog

belustigt das Gesicht, aber er ließ sich auf einen Stuhl sinken. Betty goss zwei Schnäpse ein und prostete ihm zu.

»Was ist denn mit dir los?«, fragte Maxi.

»Ach, etwas turbulent gerade.«

»Ach so.«

»Aber was ist denn mit dir los?«, fragte Betty und sah ihren Bruder forschend an.

»Was soll los sein?«

»Das frage ich dich ja gerade. Ich merke ja nur, dass du mir voll aus dem Weg gehst. Eigentlich allen hier.«

»Quatsch.«

»Doch. Immer wenn wir uns begegnen, haust du ab. Und du bist unfreundlich wie nur was. Was ist los?«

»Nix ist«, entgegnete Maxi und stand auf.

»Siehst du? Schon wieder?«

»Ich mache mir nur ein Brot.« Er ging zum Kühlschrank und holte Butter und Käse heraus.

»Alles klar. Frühstück? Um drei?«

»Hä? Quatsch.«

»Na, dein Schulbrot hast du wohl nicht gegessen.«

»Ich esse keine Schulbrote mehr, was denkst du denn?«

»Nö. Wozu auch? Du gehst ja eh nicht mehr hin.«

Maxi erstarrte in der Bewegung.

»Was soll das denn?«

»Das weißt du ganz genau. Mach mir nichts vor.«

»Und steck du deine Nase nicht in Dinge, die dich nichts angehen.«

»Das sagen mir in letzter Zeit dauernd alle Leute.«

»Zu Recht.« Maxi fummelte den Käse aus der Verpackung. Ihm war anzusehen, dass er am liebsten wieder rausgegangen wäre. »Ich gehe zur Schule.«

»Schon klar. Deswegen hast du ja auch ein Attest über chronische Migräne. Die anderen kriegen das hier ja anscheinend irgendwie nicht mit, aber ich seh doch, dass du dich die ganze Zeit oben unterm Dach verkriechst. Und erst rauskommst, wenn die Luft rein ist.«

»Alter, du spinnst.«

»Es gibt Briefe von der Schule, die du verschwinden lässt. Und deine Lehrerin war letztens auf der Beerdigung. Und du musstest sie abhalten, mit Mama zu sprechen.«

Maxi stierte seine Schwester an, das Gesicht wütend verzogen.

»Hast du mal über die Konsequenzen nachgedacht? Was glaubst du, wie viele Fehlstunden kannst du sammeln, bis …«

»Ich glaube nicht, dass dich das was angeht, was ich mache.«

»Nein. Aber ich bin deine Schwester.«

»Ich kann auf eine Vorzeigeschwester, die immer alles besser und perfekt macht, gut verzichten. Glaub mir das!«, schnauzte Maxi plötzlich los, ließ das Messer fallen und ging raus.

Betty sah ihm verdutzt nach. Was war denn in den gefahren?

»Du hast den Käse vergessen«, rief sie ihm trotzig nach.

»Verpiss dich!«, kam aus dem Flur.

Das hätte es nicht gebraucht, Betty ärgerte sich ohnehin schon über sich selbst. Er hatte recht, sie war eine verdammte Vorzeigetussi. Zumindest ihrem Bruder gegenüber. Innerlich nicht.

# 25

Am nächsten Tag überschritt Betty wieder einmal die Schwelle des *Lebensstrahl*. Ganz offiziell, ohne das schlechte Gewissen, sich hineinlügen zu müssen. Diesmal war sie eine ordentliche Teilnehmerin eines Seminars bei Alrun.

In der Zwischenzeit war Folgendes passiert: Das Abendessen war schweigsam verlaufen. Opa Richard hatte keinen Ton gesagt. Maxi war nicht aufzufinden gewesen. Keinen hatte es interessiert, außer Betty. Sean hatte sich nicht gemeldet. Betty hatte weitere Schnäpse getrunken. Sie war früh ins Bett gefallen und dafür um fünf Uhr morgens wach geworden. Voller kreisender Gedanken rund um: alles. Ihre Familie, den Mord an Inka, die Ehe ihrer Eltern, das Heimatgefühl hier und die damit verbundene Enge, die Freiheit in Berlin, Sean, die Charité, das Gefühl, verloren zu sein in Berlin, und die Frage, warum sie eigentlich immer noch keinen Führerschein gemacht hatte. Zumindest darauf hatte Betty eine Lösung gefunden: aus Trotz.

Was es leider nicht besser machte.

Und an Jonas hatte sie auch noch gedacht.

War der frühe Morgen also problembeladen gewesen, hatte Betty das jetzt hinter sich gelassen. Sie war voller Energie und, tatsächlich, auch Vorfreude auf das Seminar bei Alrun. Ayurvedische Massage. Was auch immer das sein sollte. Betty war entschlossen, Alrun auszuhorchen, noch mehr Informationen über das Institut, Inka und alles, was damit zusammenhing zu bekommen. Und ja, vielleicht würde irgendjemand auch ihren Nacken massieren, ob ayurvedisch oder nicht, er schmerzte wie Hölle, sie hatte sich mächtig verlegen heute Nacht.

Im Flur des *Lebensstrahl* war Betty fast erstaunt, Diego diesmal nicht zu treffen. Sie blickte kurz rüber zum Küchentrakt und fragte sich, wie es Samuel in seinem Zimmer dahinter wohl gehen möge. Und wie sie die Gelegenheit bekommen würde, noch mal mit ihm zu reden. Dann stieg Betty die Treppe hoch und betrat schließlich Alruns ockergestrichenen Seminarraum.

Betty war die letzte Teilnehmerin. Fünf Augenpaare richteten sich auf sie. Es waren ausschließlich Frauen, bis auf einen vierzigjährigen Mann, der kurze Haare, eine Brille und ein kariertes Kurzarmhemd trug. Und aussah, als würde er sich alle Körperhaare entfernen. Er lächelte Betty erfreut an, als sie hereinkam. Und sofort fühlte sie sich unwohl, weil sie das Lächeln unweigerlich als anzüglich interpretieren musste.

»Hallo Betty, wie schön, dass du hier bist«, sagte Alrun. Sie deutete auf ein freies Kissen, das sie in der Mitte des Raumes neben den anderen angeordnet hatte. Betty schlüpfte aus ihren Schuhen und setzte sich neben die anderen.

Betty war die jüngste der Frauen hier. Eine rotgesichtige Frau Müller, wie Betty erfuhr, die eher apathisch wirkte und kein Interesse an dem Seminar zeigte. Eine Frau Steppenbrock, die begierig alles, was Alrun sagte, aufsog und ständig zustimmend nickte. Eine klassische Streberin also. Betty hasste sie sofort. Dann eine Jördis, die genauso war wie ihr Name: esoterisch, langweilig, strähnig. Und anscheinend absolut erfahren in sämtlichen Eso-Workshops, Jördis hatte schon alles gesehen. Und tat das, sehr zum Leidwesen von Alrun, die das aber yogisch über sich ergehen ließ, ständig kund. Neben Betty saß eine alte Frau, Frau Potthoff, und sie fragte sich beim Blick auf deren verknöcherten Arthrosefinger, wie die arme Frau damit massieren wollte. Geschweige denn, wie sie in den Schneidersitz gekommen war, in dem hier alle sitzen sollten. Und dann war da natürlich Karsten, der Kurzarmhemdträger, dem Betty unterstellte, dieses Seminar dafür zu nutzen, um Frauen kennenzulernen. Er war so schmierig deplatziert hier, dass es keinen anderen Grund geben konnte. Karsten stierte immer wieder zu Betty hinüber, suchte ihren Blick und strahlte sofort breit, wenn sie ihn zufällig traf. Nervig.

Alrun begann das Seminar mit einem traditionellen Chant, ein monotoner, anschwellender Singsang in einer Sprache, die Betty nicht verstand. Alle schlossen die Augen und nickten ergriffen, also tat Betty es ihnen nach. Dann verstummte Alruns Gesang, und sie bedankte sich bei jedem einzelnen Teilnehmer, dass er hier war und dass er seine Zeit und einen Teil seines Lebens und seiner Neugier mit ihr teilte. Das war nett von Alrun, fand Betty.

Dann setzte Alrun zu einer langwierigen Erklärung an, die Ayurveda und die entsprechende Massagetechnik genauer definierte. Betty lernte, dass im Ayurveda sowohl die Gesundheitsvorsorge als auch die Behandlung von Beschwerden oder Erkrankungen auf dem Prinzip der individuellen Konstitution basiert. Also auf der Anlage und der Verteilung der fünf Elemente Luft, Raum, Feuer, Wasser und Erde in Körper, Geist und Seele. Betty fragte sich kurz, wie Erde in ihrem Geist verteilt sein sollte, oder Wasser in ihrer Seele, aber dann fand sie sich widerlich engstirnig, konservativ und querdenkermäßig und beschloss, ihre Skepsis abzulegen. Fair ist fair, oder?

Betty hörte zu und lernte, dass diese fünf Elemente im Ayurveda in den drei Doshas, also sogenannten Bioenergien, *Vata* (Luft und Raum), *Pitta* (Feuer und Wasser) und *Kapha* (Wasser und Erde) zusammengefasst werden. Jeder Mensch verfügt über eine individuelle Verteilung seiner Doshas. Daraus leiten sich persönliche Stärken und Schwächen, besondere Fähigkeiten und Talente, aber auch Anfälligkeiten für bestimmte Erkrankungen, Ernährung und Lebensführung ab.

Alrun verteilte einen Fragebogen, auf dem jeder Teilnehmer angeben musste, welche Nahrung er gerne isst, welches Wetter er bevorzugt, wie schnell oder langsam er geht, wie sein Gedächtnis ist. Betty, die sich im Studium auch mit Persönlichkeitstests wie dem Big-Five-Modell auseinandergesetzt hatte und ohnehin im Fach alternative Behandlungsmethoden über Akupunktur, TCM und Ähnliches gelernt hatte, machte eher belustigt mit. Die Ayurveda-Stunde damals hatte sie geschwänzt.

Während Alrun sich einen Moment Zeit nahm, um die Fragebögen auszuwerten, hatten die Teilnehmer eine Teepause. Sie trafen sich am Samowar, und Betty bedauerte es, dass sie keine Gelegenheit hatte, allein mit Alrun zu sprechen. Vor allem, als Karsten zu ihr trat, sie anstrahlte und ihr die Hand entgegenstreckte.

»Ich bin Karsten«, sagte er mit einem breiten Grinsen.

»Ich weiß«, sagte Betty und griff schnell nach einer Teetasse, damit sie seine schmierige Hand nicht greifen musste.

»Woher?« Karsten war erstaunt.

»Du hast dich eben vorgestellt?«

»Ach so, ja … Und du? Was machst du hier? Wo kommst du her?«

Sie war heilfroh, als Alrun sie wieder zusammenrief und ihr dann einen *Kapha-Vata*-Typ bescheinigte. Was auch immer das sein sollte.

Es ging weiter mit theoretischen Auseinanderlegungen der verschiedenen Typen und Eigenschaften, und dann war endlich Mittagspause. Doch Bettys Hoffnung, endlich alleine mit Alrun sprechen zu können, wurde enttäuscht. Alrun entschuldigte sich, sie habe etwas zu erledigen, und schickte die Teilnehmer hinaus in den Garten, wo sie auf der Terrasse ein Mittagessen bekommen würden.

Am heutigen Tag hatte die Sonne sich hinter ein paar Wolken versteckt, es war kühler als die Tage davor, und man spürte den Herbst nahen. Dennoch war es angenehm, draußen frische Luft zu schnappen. Zumindest solange Betty Karsten entkommen konnte. Der heftete sich sofort an ihre Fersen, bis Betty ihm erklärte, dass sie einen Moment alleine sein wollte.

»Damit ich das, was ich eben aufgenommen habe, verarbeiten kann, verstehst du?«

»Oh, ja klar«, beeilte sich Karsten zu sagen.

»Fühlst du dich auch gut damit?«, fragte Betty, voll im Eso-Verständnismodus.

Karsten verstand ihre Ironie nicht und nickte. Er müsse auch jetzt in sich gehen, toll, wie wertvoll das alles und so weiter.

Diego servierte kurz darauf ein extrem nichtssagendes, sehr verkochtes, nach gar nichts schmeckendes Mittagessen. Kartoffeln und Blumenkohlragout, dazu Salat. Das also, was Betty gestern am Ende doch noch zusammengestückelt hatte. Und was die gestrigen Gäste anscheinend verschmäht hatten. Zu Recht.

Aber auch Diego zwinkerte Betty nur gut gelaunt zu

und war verschwunden, bevor Betty ihn irgendwas fragen konnte.

Ähnlich erfolglos verging der Tag. Betty lernte, dass das Gleichgewicht und die innere Harmonie aller im Körper wohnenden Kräfte die Grundlage für ein erfülltes und gesundes Leben seien. Und dass Krankheit immer dann entsteht, wenn einer oder mehrere dieser Faktoren aus dem Gleichgewicht geraten. Oder wenn man sich an einem Grippevirus ansteckt, dachte Betty.

In jedem Fall: Das Ziel einer ayurvedischen Behandlung ist, wieder Einklang und Harmonie im Menschen herzustellen. Dazu dienen unter anderem Ayurveda-Massagen. Sie werden in Verbindung mit speziellen Kräuterölen zur Behandlung verschiedenster Krankheiten eingesetzt. Und genau dieses sollten Betty und die anderen Kursteilnehmer jetzt lernen. Alrun deutete auf ein Sideboard, darauf standen braune Flaschen ohne Etiketten mit selbst gemischten Ölen. Daneben Räucherstäbchen und ein großes Glas Honig.

»Sollen wir uns gegenseitig massieren?«, fragte Karsten eifrig und bemühte sich unauffällig auffällig, diesmal nicht zu Betty rüberzusehen. Es war klar, dass er nichts anderes wollte, als Betty anzufassen. Oder sie ihn. Betty ekelte sich und meldete sich mit einem Fingerschnippen, fast wie in der Schule. Alrun schmunzelte.

»Genau. Und wenn wir das tun, Frau Potthoff und ich, wir sind ein gutes Team, oder? Frau Potthoff?« Betty strahlte die alte Dame neben sich an. Obwohl die Vorstellung, dass deren spinnenmäßigen Arthrosefinger sie berührten, auch nicht so angenehm war.

»Geduld, meine Lieben«, sagte Alrun. »Wir werden uns all die Zeit und die Ruhe und Nachsicht nehmen, die wir …«

»Du verdammte BITCH!!!«, brüllte Diego, der die Tür derart heftig aufgestoßen hatte, dass sie an die Wand knallte. Er stand im Raum, sprungbereit wie ein Tiger, zähnefletschend vor Wut und Hass. »Du SCHLAMPE!«, brüllte er Alrun an.

# 26

»Nicht hier, Diego, bitte. Wir sind mitten im Flow.«

»Du hast mich gekündigt?!«

Betty riss die Augen auf, wie alle anderen Teilnehmer. Diegos Gesicht war vor Wut verzerrt, seine sonst so sanften Augen traten aus den Höhlen.

»Du kannst mich nicht kündigen!«

»Diego, ich bitte dich!« Alruns Stimme war fest und hart. Sie wirkte nicht ängstlich, was Betty erstaunte. Sie wäre, angesichts dieses aggressiven Diegos, weggerannt, weil sie befürchten musste, dass er sich auf sie stürzen würde.

»Du Fotze! Du willst dir das Institut unter den Nagel reißen, aber das wird nicht passieren!«

Diego kam immer näher. Alrun sah ihn ruhig an und stand langsam auf. Gespannt beobachteten alle, was passieren würde.

»Ich kann verstehen, dass das überraschend für dich kommt und dass dich das verwirrt …«

»Jetzt hör auf mit dem Eso-Scheiß!«

»Ich verstehe deine Wut, Diego. Aber können wir das

bitte später besprechen?« Alrun deutete auf die Teilnehmer. »Du machst ihnen Angst.«

»Ich akzeptiere die Kündigung nicht!« Diego war noch näher gekommen und wedelte mit einem Schreiben in seiner Hand. »Ich bin der Geschäftsführer hier und …«

»Kraft meines Amtes als Vorsitzende des Vereins *Lebensstrahl* habe ich das Recht und die Möglichkeit, dich von deinen vertraglichen Verpflichtungen zu entbinden.«

»Du bist *was???*«

»Inka hatte mir die Aufgabe übergeben. Noch bevor sie … Ich kann dir die Verfügung zeigen, wenn du willst.«

Diego stoppte in seiner Bewegung. Seine Augen weiteten sich noch mehr, als es eigentlich möglich war. Genauso wechselte seine ohnehin schon rote Gesichtsfarbe in etwas Dunkles, fast Schwarzes.

»Das kann nicht … DU HAST DAS GEFÄLSCHT!«

»Es hat alles seine Ordnung. Du kannst das beim Notar einsehen.«

Mit einem archaischen Schrei packte Diego das, was ihm am nächsten war, eine indische Vase auf dem Sideboard, und warf sie quer durch den Raum auf Alrun.

Sie duckte sich.

»Hey, hey, hey«, sagte Betty, die auch aufgestanden war. Sie hob die Arme, um Diego zu beruhigen. Der hatte keine Augen für sie, sondern griff, was ihm als Nächstes in die Hände kam. Es war das Glas mit Honig. Er pfefferte es in Alruns Richtung, die es mit der Angst zu tun bekam, aber im letzten Moment auswich. Das Glas zerschellte an der Wand, Honig spritzte und lief dann zum großen Teil in dicken Fäden an der Wand hinunter.

»Diego, ich bitte dich«, flehte Alrun und wich zurück. Diego kam immer näher. Betty warf einen Blick auf die anderen Kursteilnehmer, die verschreckt auf dem Boden saßen. Sie brauchte Hilfe, um Alrun vor Schlimmerem zu bewahren. Aber Karsten, der einzige Mann hier, der vorher mit seinem breiten Karohemdkreuz geprahlt hatte, sank in sich zusammen und vermied feige Bettys auffordernden Blick. Arsch, dachte Betty und trat Diego entgegen.

»Diego, bitte, reg dich ab.«

»Weg da«, sagte Diego und schob Betty zur Seite.

Aber Betty wich nicht. Obwohl sie Angst hatte, packte sie Diegos Arm.

»Lass es, Diego.«

»Ich töte dich, du Schlampe.« Diego hatte keine Augen für Betty, all seine Aufmerksamkeit war auf Alrun fokussiert, die sich mittlerweile in eine Ecke des Raumes zurückgezogen hatte und neben einem Stuhl Diego nervös entgegenblickte.

»Ruf jemand die Polizei, bitte«, flehte Alrun.

»Die nützt dir auch nichts«, brüllte Diego, riss sich von Betty los und stürzte sich auf Alrun. Die wich im letzten Moment aus und rannte zur anderen Seite des Raumes. Diego stieß hart an den Stuhl, der fiel um. Diego packte sich den Stuhl und verfolgte Alrun, die sich an der Wand entlangtastete.

»Ich töte dich!«, schrie Diego und schwang den Stuhl. Betty griff im letzten Moment hinten in eine Querstrebe des Stuhls und hinderte Diego daran, den Stuhl auf Alrun zu werfen. Er stoppte verdutzt, als er den Widerstand spürte. Dann ließ er den Stuhl los und stürzte sich auf Alrun. Sie ging zu Boden. Betty, in ihrer Not, warf sich auf Diego. Es war ein wildes Gerangel, sie kämpften, bis Betty hinter sich hörte: »Schluss! Aus jetzt!«

Es war Samuel, der von den Schreien angelockt worden war. Seine Haare waren immer noch strähnig, er trug das gleiche dreckige T-Shirt wie am Tag zuvor, und er stank, wie Betty feststellte, als er jetzt Diego packte, aber Betty war dankbar wie nur was über diese obskure Helferfigur. Gemeinsam umklammerten sie den tobenden Diego und rissen ihn von der rot angelaufenen Alrun weg.

»Foooootze«, brüllte Diego, der sich wild gegen Samuel und Betty wehrte. Aber gemeinsam schafften sie es, den kleinen Südamerikaner endlich aus dem Raum zu bugsieren. Diego krallte sich am Türrahmen fest und schrie. Betty knickte einen seiner Finger um, der Schmerz ließ Diego noch mehr aufheulen, aber er ließ los. Samuel trat die gegenüberliegende Tür auf, eine Abstellkammer, wie Betty erkannte, und gemeinsam stießen sie Diego hinein.

Als die Tür hinter ihm schloss und Samuel den Schlüssel umdrehte, sahen sich die beiden keuchend an.

»Krass«, sagte Betty schließlich.

Samuel nickte nur.

Sie gingen zurück in den Seminarraum. Alrun saß vorne auf einem sesselähnlichen Ding und atmete schwer. Frau Potthoff reichte ihr einen Tee, während Jördis ihren Nacken massierte. Frau Müller sprach in ihr Telefon.

»Ja, bitte, schicken Sie die Beamten zum Institut *Lebensstrahl*. Schnell.«

Sie alle blickten Betty und Samuel an, als sie hereinkamen. Alle, nur Karsten nicht, der Bettys Blicken peinlich berührt auswich, weil er wusste, dass er feige versagt hatte.

»Er ist in der Besenkammer«, sagte Betty. »Keine Sorgen, er kommt nicht raus.«

Sie warteten auf die Polizei. Alrun war kaum ansprechbar, so sehr hatte sie der Angriff getroffen. Aber sie warf Betty einen dankbaren Blick zu. Ihr hatte sie es zu verdanken, dass nichts Schlimmeres passiert war. Die Runde schwieg, alle waren aufgewühlt, es gab keine Worte oder vielleicht auch zu viele Worte.

»Komm, wir machen neuen Tee«, sagte Betty zu Samuel und zupfte ihn am Hosenbund. Samuel nickte.

»Wir machen eine Nachmittagsunterbrechung«, erklärte er. »Ich hole den Kuchen.« Dann griff er sich den Samowar und ging hinaus, Betty folgte ihm.

In der Küche mit dem seltsamen Geruch fand sich Samuel blind zurecht. Es war ihm anzusehen, dass das sein natürliches Lebenshabitat war, und irgendwie fand er zu einer gewissen Entspanntheit und Ruhe zurück, obwohl er immer noch reichlich ramponiert aussah. Während Betty Teewasser aufsetzte, öffnete er den Kühlschrank.

»Ich hoffe, wir haben überhaupt Kuchen«, sagte er.

Bettys Blick fiel auf die Zeichnungen an der Wand.

»Das sind deine Bilder?«, fragte sie.

Samuel nickte und musste ein bisschen lächeln.

»Sie sind ziemlich scheiße«, meinte er.

»Nur … ungewöhnlich«, sagte Betty, während sie die verstörenden Bilder betrachtete. Das aufgerissene, alles verschlingende Maul. Daneben eines, das komplett in Schwarz gehalten war und aus dem sie nur die Konturen eines Herzens erkennen konnte. Dann wieder eins mit blitzenden Zähnen und einem Wirbelwind. Alles in Grün.

Samuel zuckte die Schultern. »Nett von dir. Die stammen alle aus meiner manischen Phase.«

»Ach echt«, sagte Betty und wusste nicht, ob sie beruhigt sein sollte oder nicht. Zumindest erklärte die Aussage die befremdenden Bilder.

»Sie hängen hier, damit ich mich erinnere. Wo ich herkomme. Wie ich war. Ich war früher sehr … labil. Ich hatte Probleme und war in Behandlung. Auch klinisch. Aber das hat alles nichts genutzt. Bis ich Inka hier getroffen hatte. Sie hat mich da rausgeholt.«

Er schwieg traurig bei dem Gedanken an Inka.

»Ich verstehe«, sagte Betty leise.

»Ich glaube nicht«, erklärte Samuel. »Inka hat es nach

unzähligen anderen Versuchen geschafft, mich von meinen Dämonen zu befreien. Sie hat mir zu einem echten Leben verholfen. Bis …«

»Bis sie gestorben ist. Und du wieder … in alte Muster.«

»Ich hatte einen schweren Rückfall. Kein Wunder. Ich vermisse Inka. Jede Faser, jede Ader, jeder Gedanke gehört ihr.« Samuel sah Betty aufrichtig an.

»Ich habe Inka geliebt. Ich hätte um jede Sekunde gekämpft, die ich länger mit ihr hätte, hier auf Erden. Und jetzt weiß ich nicht, was ich tun soll.«

Betty blickte ihm in die Augen. Und ja, sie glaubte ihm. Hätte Samuel gewusst, dass sie Krebs hatte, er hätte ihr nie Sterbehilfe geleistet.

# 27

Als Betty mit Samuel aus der Küche kam, beladen mit einem Tablett mit Kuchen und Tellern, war sie überrascht, Jonas hier zu sehen. Ihm klappte ebenso die Kinnlade herunter, als er den Streifenbeamten ins obere Geschoss folgte, wo man aus der Besenkammer Toben und Geschrei hören könnte.

»Du hier?«, sagte Jonas.

»Und du auch?«

»Es gab den Notruf. Und als ich mitgekriegt habe, dass es um das *Lebensstrahl* ging, bin ich hinterhergekommen«, erklärte Jonas.

»Danke, dass du da bist.«

Jonas blickte auf Bettys Kuchentablett. Ein Fragezeichen im Gesicht.

»Ich habe umgeschult. Schluss mit Medizin, ich mache jetzt Catering«, sagte Betty.

»Deine Witze waren noch nie wirklich lustig, Betty«, erwiderte Jonas. Aber er grinste.

Gemeinsam gingen sie die Treppe hoch. Betty wurde Zeugin, wie die beiden Streifenbeamten Diego aus der

Kammer holten und wie der sich, angesichts der Polizei, allmählich beruhigte. Zumindest schmiss er mit nichts mehr um sich, ließ sich sogar abführen, dabei wiederholte er aber in einem fort, wie Alrun ihn betrogen hatte, dass es Unrecht und sie eine Schlange war und dass er es nicht akzeptieren würde und überhaupt.

Dann ließ sich Jonas von Alrun und den Teilnehmern den Vorfall schildern, und als danach klar war, dass das Seminar ausgesetzt und auf den nächsten Tag verschoben werden würde, damit alle das Geschehene verarbeiten konnten, ging Betty mit Jonas hinaus zu seinem Wagen.

»Soll ich dich mitnehmen?«, fragte Jonas, als sie einen kurzen Moment unschlüssig dastanden.

»Das ist ausnahmsweise mal eine gute Idee von dir«, sagte Betty. Sie ließ sich auf den Beifahrersitz von Jonas' Dienstwagen sinken. Jonas setzte sich ans Steuer. Er startete den Wagen nicht. Nach einer Pause, in der Betty wie auf heißen Kohlen saß und sich fragte, warum sie nicht losfuhren, drehte Jonas den Kopf zu ihr.

»Ich freue mich, dass du da bist«, gestand er ihr.

Betty war überrascht. Was war das denn jetzt?

»Ich find's auch gut. Also schön. Trotz allem.« Sie nickte in Richtung *Lebensstrahl*.

»Ich habe das Gefühl, dass ...« Jonas hielt inne. Betty musterte ihn. Schließlich rang er sich durch.

»Ich habe das Gefühl, dass etwas zwischen uns steht. Seit damals.«

Oh, das habe ich auch, dachte Betty. Zum Beispiel deine

Feigheit. Und dein Entschluss, mit meiner besten Freundin rumzumachen.

»Was denn?«, fragte sie unschuldig nach.

»Nun ich … damals mit Friederike … ich war betrunken.«

»Das hast du schon oft gesagt.«

»Ich weiß. Und es macht es nicht besser. Aber ich war … so hilflos.«

»Ist man manchmal, wenn man betrunken ist.«

»Das meine ich nicht. Ich war hilflos, weil ich nicht wusste, was du wolltest.«

»Ich???«

»Ja. Ich war sehr ver… ich wusste nicht, was ich von dir halten sollte. Du hast völlig widersprüchliche Signale ausgesendet.«

»Hä, spinnst du?«

»Genauso wie jetzt.«

»Ich hab keine Ahnung, was du meinst.«

»Mann, Betty, du bist schroff und gemein, und du pampst mich in einer Tour an. Dabei merk ich doch, dass du dich freust, mich zu sehen, und dass du immer wieder Kontakt suchst.«

»Das ist wegen dem Fall.«

»Der dich nichts angeht. Weißt du, Betty, du solltest mal an deinem Sozialverhalten arbeiten.«

»Und das sagt dir dein Therapeut, oder wer?«

»Ich gehe nicht zu einem Therapeuten«, gab Jonas zurück. Aber die Art, wie er sprach, legte nahe, dass es jemand anderes in seinem Umkreis tat. Er schwieg. Und da er nicht weiterredete, erklärte Betty: »Hey, wir hatten darüber geredet. Es war deine Entscheidung. Und wenn du dich gut damit fühlst, dann ist das eben so. Dann war es die richtige Entscheidung. Und außerdem ist das Jahre her. Ich weiß nicht, warum du jetzt damit ankommst.«

Jonas schwieg. Er wirkte bekümmert. Ein bisschen hundemäßig war sein Blick, und Betty war irritiert, dass sie ihn ziemlich süß dabei fand.

»Und ja, ich war sauer auf dich damals«, ergänzte Betty schließlich.

Schweigen. Jonas räusperte sich.

»Ich weiß nicht, ob ich glücklich bin. Es ist halt … nun ja. Ehen sind halt manchmal … es gibt so Phasen und so Phasen.«

Jonas startete den Wagen. Als wolle er nicht weiterreden.

»Was meinst du genau?«

Jonas ließ den Motor laufen und sprach geradeaus, gegen die Windschutzscheibe.

»Ich glaube, ich bin damals so da reingeschlittert, weißt du. Alles hat sich einfach ergeben. Ich habe das nie hinterfragt. Friederike und ich, wir waren halt einfach zusammen. Und dann kam das Abi. Und dann die Ausbildung. Und dann, ich weiß auch nicht, stand plötzlich Zusammenziehen im Raum. Und dann haben wir natürlich geheiratet.«

»So natürlich ist das aber nicht.«

Jonas zuckte die Schultern. »Stimmt. Aber mir war gar nicht klar, dass ich auch ’nen anderen Weg hätte gehen können. Ich hab das einfach so gemacht, Friederike war sehr klar in ihren Wünschen. Du kennst sie ja.«

O ja, Betty erinnerte sich an einige Momente mit ihrer damals besten Freundin, in denen immer klar wurde, wer hier eigentlich bestimmte, wer welches Pferd ritt, welcher Film geguckt wurde oder auf welche Party man ging. Und falls man Friederikes Wünschen nicht gefolgt war, hatte diese Kopfschmerzen, schlechte Laune oder brauchte sogar mal eine Pause, etwas Abstand. Sie war eine passiv-aggressive Frau, wie Betty jetzt etwas überrascht feststellte.

»Friederike hat Probleme. Sie … ist in Behandlung.«

»Echt? Nun, alle möglichen Leute haben Probleme«, meinte Betty. Sie dachte an Samuel, an Diego, an ihre Mutter. Und an den verdammten Sean. »Aber ich dachte, ihr geht’s gut? Ich hab sie letztens gesehen, da sah sie aus wie aus dem Ei gepellt. Sie wollte zum Reiten und kam so ganz landadelig daher. Perfekt eben.«

»Die Pferde … das ist Therapie für sie. Therapeutisches Reiten, verstehst du?«

Betty war baff.

»Das tut mir leid für sie. Für euch.«

Jonas drehte ihr den Kopf zu. Er sah sie lange an. Seine warmen Augen. Das Grübchen. Die Andeutung eines leisen Lächelns in den traurigen Augen. Sehnsüchtigen Augen.

»Betty, ich …«

Jonas schwieg. Dann beugte er sich rüber. Als wollte er Betty einen Kuss geben. Sie wich erschrocken zurück und öffnete die Wagentür.

»Ich geh lieber«, erklärte Betty. »Ich brauche mal frische Luft. Das war eben hart da drinnen.«

»Oh, na klar«, sagte Jonas. Sein weicher Moment war verflogen. Er bemühte sich, Haltung zu bewahren. »Schon gut. Sorry.«

»Alles fein«, sagte Betty.

Sie starrten sich durch die offene Autotür an. Bis Betty ihn aufforderte: »Du solltest mal losfahren, du Umweltsünder.«

Dann drehte sie sich um und ging. Sie hörte, wie Jonas die Beifahrertür schloss und langsam Gas gab. Es lag etwas Wehmütiges in dem Geräusch.

# 28

Betty ging durch Jöllenbeck. Es fühlte sich an wie früher, als sie ihre Heimatstadt endlos und auf immer wiederkehrenden Wegen durchqueren musste, um von zu Hause zu einer Freundin, einer Party oder dem Jugendheim zu gelangen. Alles Ziele, die etwas Abwechslung von der Langeweile hier versprochen hatten.

Betty wurde wieder einmal klar, warum sie hier unbedingt hatte wegmüssen. Jöllenbeck war idyllisch und heimelig, aber irgendwie war es, als hätte jemand Schlafmittel ins Trinkwasser gekippt und alle Menschen liefen nur gedämpft, ideenlos und matt umher. Wie Zombies. Es war einfach unmöglich, in dieser Stadt auch nur einen einzigen schlauen Gedanken zu haben, der inspirierend, weltverbessernd oder neu war.

Oder der einen bei Inkas Tod weiterbrachte.

Als Betty zu Hause ankam, war der Abend bereits angebrochen. Ihre Eltern saßen im Wohnzimmer und schauten die *Aktuelle Stunde* im WDR. Etwas noch Trutschigeres, Langweiligeres kann es nicht geben, dachte

Betty. Sofort hatte sie ein Engegefühl im Hals, es war, als hätte sich in all den Jahren, seitdem sie ein kleines Kind gewesen war, nichts verändert. All die Abläufe und Rituale, die Gewohnheiten, nicht mal die Tapetenfarbe. Das Haus, der Garten, die Leichen im Keller. Alles war gleich. Menschen starben. Wurden unter die Erde gebracht. Jochen wurde von seinem Vater nicht ernst genommen. Und der damals von seinem Vater? Betty wusste es nicht, wusste nur: Das Bestattergeschäft hatte schon Opa und zuvor dessen Großvater gehört. Ein ewiger Kreislauf. Der nun irgendwann aber wie fortgeführt werden würde? Betty würde das Institut bestimmt nicht übernehmen. Sie würde Ärztin werden und an Krebszellen forschen oder so und irgendwann mal einen Nobelpreis bekommen. Oder vielleicht auch nur eine Festanstellung in einer Klinik. Wäre auch in Ordnung. Aber würde Maxi das Institut übernehmen? Maxi, der gerade in einer Phase war, wo er so gar nichts hinbekam, anscheinend keine Pläne für die Zukunft hatte, außer für die Gegenwart. Und der Plan lautete wohl: sich von allen fernhalten.

Und was tat die Familie? Sie versuchten, die Probleme zu ignorieren, sie auszusitzen. Jochen mit seiner stoischen Wortkargerei, Ella mit dem Gegenteil: endlosem Geplapper. Was gar nichts Innerstes offenbarte. All das, was sie gerade in letzter Zeit umzutreiben schien, alles perlte wieder ab, wurde unter einem Schleier von freundlichen Telefongesprächen, nachsichtigem Mitleid, zahllosen

Kaffeetassen mit schlechten Sinnsprüchen, westfälischen Wurstsorten und einem beherzten Pragmatismus angenommen und unter einem »Ist ja nicht so schlimm« hingenommen.

Aber das konnte es doch nicht sein, oder? Anderswo spielten sich Dramen ab, hier wurde alles unter einen Teppich gekehrt. Anstatt endlich mal auszusprechen, dass Maxi irgendwie ein echtes schulisches oder soziales Problem hatte, und Ella eins mit ihrem Selbstbild. Dass Jochen die Schikanen seines Vaters eigentlich nicht ertragen konnte und ihm das Wasser finanziell bis zum Hals stand. Und dass Richard anscheinend senil wurde, aber niemand darüber sprach. Kurzum: dass hier eigentlich alles im Argen lag. Genauso wie Bettys Leben, ihre bescheuerten Gefühle für den bescheuerten Sean und ihre noch bescheuerteren Gefühle für den noch bescheuerteren Jonas.

Wahrscheinlich war es vor allem das, was Betty gerade so wütend machte, wenn sie ausnahmsweise mal wirklich ehrlich zu sich war. In ihr war ziemliches Chaos. Überraschendes, sich albern anfühlendes, irgendwie pubertäres und sehr perplex machendes Chaos. Was Betty wütend machte, trotzig wie sie war.

Ella drehte sich zu Betty um, die im Türrahmen des Wohnzimmers stand und in einem Sekundenbruchteil all das durchdacht hatte. Oder vielmehr von ihren Gedanken überflutet worden war.

»Kind, wo warst du denn?«

Betty schwieg. Aber Ella redete ohnehin weiter, ohne eine Antwort abzuwarten. Was Betty nervte.

»Da steht noch Abendessen in der Küche. Auf dem Herd. Ich hab Potthucke gemacht.«

Potthucke war ein westfälischer Kartoffelkuchen mit Mettenden, der im Ofen gebacken und später in Scheiben in der Pfanne angebraten wurde. Er bestand vor allem aus Kartoffeln und Fleisch. Sehr vitaminreich, sehr fettarm, sehr *avantgarde-cuisine. Not!* Eher ein Abbild der engstirnigen Enge hier in diesem Kaff, diesem Elternhaus. Betty war plötzlich unfassbar wütend.

»Komm, ich mach's dir warm«, sagte Ella und wollte schon aufstehen.

»Das kann ich schon allein, ich bin keine fünf mehr.« Betty war genervt, von sich selbst, von dem Bild, das ihre Mutter abgab, von dieser übertriebenen Freundlichkeit und dieser emanzipatorischen Unselbständigkeit zugleich. In Jöllenbeck hatte sich seit Jahrhunderten nichts geändert. Aber Betty wusste natürlich gleichzeitig auch, dass sie total unfair war.

»Was ist denn mit dir los?« Auch Jochen schaute vom Fernseher auf und wandte sich mit seinen verschränkten Armen Betty zu, ohne sein regungsloses Bestattergesicht zu verziehen.

Betty schwieg.

»Bettina? Was ist?«

»Nix ist!«, sagte Betty, nur um dann nach einer Pause hinzuzufügen: »Jonas hat übrigens Diego festgenommen.«

»*Was???*« Ella war mit einem Ruck hochgefahren und starrte ihre Tochter völlig entgeistert an.

»Wie ich's sage«, bestätigte Betty. Und blickte auf ihren Vater, der aus seinem Sessel heraus die seltsame Reaktion seiner Frau beobachtete: Ella, die blass und bleich wurde und gleichzeitig hochrot. Ella, die irgendwie nach der Sofalehne tastete und Halt suchte, Ella, deren Blicke fassungslos auf Betty lagen und deren Mund weit offen stand. Ella, die eine sehr, sehr seltsame Reaktion zeigte für jemanden, der doch eigentlich nichts mit dem *Lebensstrahl* oder seinem Geschäftsführer zu tun hatte.

»Wie bitte? Wieso hat er denn ... wieso wurde Diego verhaftet?«

»Was ist denn mit dir los, Ella?«, fragte Jochen forschend. Ella ignorierte ihn und hatte nur fassungslose Augen für Betty.

»Wieso wurde Diego verhaftet???« Ella konnte es nicht verstehen. »Doch nicht, weil er ... weil er ...?« Etwas mit Inkas Tod zu tun hatte?

»Er ist gekündigt worden. Und hat deswegen im *Lebensstrahl* randaliert. Und weil er auf Alrun losgegangen ist.«

»Ich fasse es nicht«, sagte Ella und ließ sich ein Stück weit ins Polster zurücksinken. In einer Mischung aus Fassungslosigkeit und einer gewissen Erleichterung.

Jochen beobachtete Ella ohne Unterlass. Sein Gesichtsausdruck war skeptisch, aber gleichzeitig auch nicht überrascht. Ella war sichtlich getroffen, man konnte Gedanken durch ihren Kopf rasen sehen, sie versuchte vergeblich, Haltung zu bewahren.

»Ich fasse es auch nicht«, sagte Jochen trocken, dann wandte er sich wieder der *Aktuellen Stunde* zu.

So viel zu einem klassischen ostwestfälischen Gefühlsausbruch.

Betty starrte ihre Eltern entgeistert an.

»Was … aber warum? Ich verstehe das alles nicht. Bettina, jetzt erklär mal!« Ella flehte sie an.

»Tja, anscheinend hat diese Alrun das Institut übernommen. Und dann hat sie Diego rausgeschmissen.«

»Aber wie geht denn das? Und wieso hat sie das übernommen, wie kann es sein. Das Testament wurde doch noch gar nicht …«

»Angeblich hat das schon vor Inkas Tod stattgefunden. Beim Notar. Es wurde ein Verein eingerichtet, der als Hauptgesellschafter fungiert. Ich verstehe es auch nicht so ganz, aber anscheinend hat Alrun jetzt das Sagen und durchgegriffen.«

»Der arme, arme Diego«, sagte Ella.

Jochen blickte seine Frau an. Betty registrierte seine Reaktion.

»Alles okay, Papa?«

Jochen sah sie an und tat verständnislos.

»Natürlich. Ich frage mich nur, was diese Alrun jetzt für einen Plan hat.«

»Natürlich fragst du dich das«, sagte Betty mysteriös. Was dazu führte, dass Ella Jochen einen forschenden Blick zuwarf. Der tat harmlos.

»Ich frage mich nur, ob das in irgendeinem Zusammenhang mit dem ungeklärten Tod von der Inka steht.«

»Das fragen sich viele, würde ich denken«, sagte Betty.

»Also, dass Alrun jetzt die Chefin ist …«

»Glaubt ihr, sie hat etwas mit Inkas Tod zu tun? Dass sie sie getötet hat, um …«

»… die Leitungsposition eines Esoterikinstituts zu übernehmen, das finanziell gar nicht gut läuft?«

»Geld kann man nicht wirklich damit verdienen«, fügte Ella hinzu.

»Und woher weißt *du* das, Mama?«, fragte Betty. »Wer hat dir das denn erzählt?«

Ella starrte Betty empört an. Dass sie ihr in den Rücken fiel, obwohl sie sie doch gebeten hatte … Betty musterte ihre Eltern streng.

»Ihr solltet endlich mal miteinander reden«, erklärte Betty. »Ihr BEIDE.«

Betty drehte sich auf dem Absatz um und wollte gerade hinausgehen, als Jochen in ihrem Rücken sagte: »Dass Mama Seminare im *Lebensstrahl* besucht? Das weiß ich doch längst.«

Betty und Ella sahen Jochen überrascht an. Der zuckte die Schultern. »Ja und?«

»Wie, ja und? Hast du dir denn mal Gedanken gemacht, warum sie das tut?«

Jochen schwieg. Offensichtlich nicht.

»Tja, es bleibt dabei. Ihr habt 'ne Menge zu klären, ihr beiden.«

Damit ging Betty. An der Küche vorbei, durch den Flur, die Treppe hinunter, hinaus, nur hinaus aus dieser muffigen Enge.

Muffig war auch der Weg in den Keller des Jugendheims. Und laut war es. Ein markerschütternder Schrei, gepaart mit einem Schlagzeuggewitter und brettharten Gitarrenwänden, ein ultraschneller Song, der orkanartig aufwallte, nur um nach ein paar Sekunden wieder in sich zusammenzufallen. Aber angesichts der Wut und der fast mit den Händen zu greifenden Aggression verschlug es einem den Atem. So viel Hass – und das in Bielefeld-Jöllenbeck.

Betty runzelte die Stirn. Früher hatte er sie immer wieder gebeten, zu einer Probe zu kommen. Wo sie dann in einem muffigen, mit einem leichten Schimmelodor versehenen Raum voller Eierkartons an den Wänden und einem grässlich verranzten Sofa ausgeharrt hatte, bis es endlich vorbei war. Gut, es war fast wie im Oberstufenraum der Schule gewesen. Nur mit viel, viel schlechterer Musik. Aus einem unerklärlichen Grund hatte Maxi damals in einer Art K-Pop-Band gespielt. Also eine Art Backstreet Boys – auf Koreanisch. Ein nicht ganz einfacher Versuch, berühmt zu werden. Auch weil keiner der schmächtigen Jungs auch nur irgendwie koreanisch aussah. Von ihrer Unfähigkeit, gute Lieder zu schreiben, mal abgesehen.

Und jetzt diese Urgewalt von Metal-Musik? War das etwa Maxis Band? Als Betty den Kellerflur entlangging, wallte die Musik noch einmal kurz auf, dann brach der ohrenbetäubende Krach abrupt ab. War die Sicherung rausgeflogen?

Als Betty die Türklinke runterdrückte und den Kopf in den Proberaum streckte, wurde sie Zeugin einer wilden Diskussion. Fünf hagere Jungs mit langen Haaren und geschmacklosen T-Shirts, in knallengen Hosen, die aber fast auf Halbmast saßen, schnauzten sich gegenseitig an.

»Kannst du endlich mal aufpassen?«

»Ich? Der Nicki hat doch den Einsatz verpasst!«

»Wenn du so lahm bist und deinen Sound nicht wechselst?« Das ging an Maxi, der hinter seinem Keyboard stand und den Gitarristen wütend anblökte: »Das ist auf A. A! Nicht Cis, du Depp.«

»Chill dich mal runter, Max. Der Song ist in E.«

»Ich spiel den schon immer in A!«

»Genau, deswegen klingt der auch immer scheiße.«

»Oder es liegt an deinem Gesang? Wenn du keinen Ton triffst?«

»Wie denn, wenn ihr alle was anderes spielt?«

Der Sänger, ein gut aussehender blonder Typ mit langen Haaren und geschminkten Augen wandte sich um und wollte nach seinem Bier greifen. Dabei fiel sein Blick auf Betty, die in der Tür stand.

»Na hallo!« Es war ein beeindrucktes, beinahe anzügliches Hallo. Der Sänger musterte Betty von oben bis unten.

»Spar dir das, Olli. Das ist meine Schwester.«

»Hot.«

Betty verzog belustigt das Gesicht. Was war das denn für ein Typ? Bestimmt zehn Jahre jünger, und dennoch maßte er sich an, sie »hot« zu finden? Aber gut, irgendwie schmeichelte es auch.

»Was willst du denn hier?«

»Zufall. Bin draußen vorbeigekommen, und dann war da dieser Orkan.«

»Echt jetzt?« Der Sänger war erschrocken. »Eben war doch noch alles trocken.«

»Mann, Olli, es gibt keine Orkane in Deutschland. Das is 'n Tropensturm.«

»Du weißt es besser, was?«

Nicht wirklich, aber Betty sparte es sich, ihren Bruder zu berichtigen. Der war überrascht, aber auch nicht wirklich erfreut, sie hier zu sehen.

»Stör ich?«

»Nein.« Das war der Sänger.

»Ja.« Das war Maxi.

Die anderen Bandmitglieder zuckten mit den Achseln.

»Wir spielen dir was vor. Los, *Metalhead Doomsday*. Du zählst an.« Die Ansagen waren klar, der Sänger duldete keinen Widerspruch, der Schlagzeuger schlug auf die Stöcke, und sofort brach der Orkan wieder los. Ein noch schnelleres Stück, noch lauter hier im Keller, und Betty fühlte sich von der Wucht der Gitarrenklänge fast an die Wand gedrückt. Der Sänger ließ das Mikrofon am Kabel durch die Luft wirbeln, dann griff er das Mikro und sank mit einem waidwunden Schrei in sich zusammen, kauerte sich auf den Boden, nur um dann nach oben zu schnellen und mit zwei Sätzen quer durch den Raum zu sprinten und auf ein Podest in der Ecke zu springen.

Das Podest war ein Sarg.

Eberesche. In der teuren Glanzversion. Milano in Hell.

Als Betty aus dem Jugendheim auf die dunkle Straße stürmte, eilte Maxi ihr nach.

»Jetzt wart doch mal.«

»Pfffhhh!«

»Mann, Betty!«

»Du klaust auch noch? Bist du bescheuert?«

»Ich war's doch nicht. Der Olli und der Nicki …«

»… haben ohne deine Hilfe die Hintertür aufgemacht und den Sarg der Dieckmeyers geklaut?« Betty überquerte die Straße, ohne wirklich nach rechts oder links zu sehen.

»Sie haben mich … ich konnte nicht …«

»Was konntest du nicht?« Betty fuhr herum und funkelte ihren Bruder wütend an. »Nein sagen? Warum das denn?«

Maxi wurde rot. Es war ihm peinlich.

»Ich … hab das Gefühl, sie wollten mich rauswerfen.

Aus der Band. Seitdem Olli dabei ist, ist das irgendwie anders geworden.«

Betty musterte ihren Bruder mitfühlend. Aber nur kurz.

»Kein Grund, 'nen Sarg zu klauen.«

»Bitte, Betty. Sag's nicht.«

»Du bist doch nicht mehr dreizehn.«

Betty musste sich an ihre Jugend erinnern. An ihren vierzehnten Geburtstag, an dem sie eine dicke Party geschmissen hatte. Als sie die gesamte Klasse eingeladen hatte und einen Teil der Parallelklasse dazu. Um ihre Reputation an der Schule zu verbessern. Um dazuzugehören. Betty hatte beeindrucken wollen. Und ja, auch Jonas irgendwie. Damals schon. Es waren ungefähr die Hälfte der Eingeladenen gekommen. Ella und Jochen hatten sich zu den Nachbarn zurückgezogen, Opa Richard war irgendwo, wahrscheinlich bei einer Freundin gewesen, und die vier wertvollen Stunden ohne Beaufsichtigung hatten gereicht, dass die Party völlig aus dem Ruder laufen konnte.

Dafür, dass Hagen und Michi aus der Parallelklasse in einen Sarg gekotzt hatten, hatte Betty noch drei Monate mit ihrem Taschengeld zahlen müssen, und Geld für das Orgelspiel bei Beerdigungen hatte sie ein halbes Jahr nicht bekommen. Und all das wofür?

Dafür, dass Sylke am übernächsten Tag in der Fünfminutenpause, als ihre Nachbarin Helena ihre Frühstücksdose öffnete und feststellte, dass darin noch ein drei

Tage altes angebissenes Wurstbrot war, die Nase rümpfte, schnüffelte und sagte: »Riecht wie bei Betty. Da stinkt's auch nach Tod.«

Wer war sie also, Maxi jetzt einen Vorwurf zu machen?

Höchstens sich selbst, weil sie nicht schon von allein draufgekommen war. Was war sie nur für eine miese Ermittlerin? Genau, sie war eigentlich gar keine Ermittlerin, sondern eine dumme, überhebliche (da hatte Maxi recht) Stümperin, die aus falschem Trotz ihre Nase in Dinge steckte, die sie nix angingen. Weil sie selber unglücklich war. Je länger Betty drüber nachdachte, desto wütender wurde sie.

»Und an deinem vierzehnten Geburtstag? Die Party? Das war doch …«

»Du warst da noch gar nicht auf der Welt«, fauchte Betty. Was natürlich nicht stimmte.

»Das stimmt nicht. Außerdem erzählen Mama und Papa die Geschichte jedes Mal, wenn jemand Scheiße baut. Also mach hier nicht auf …«

Später war Betty klar, dass sie hier schon den Golf hätte sehen können, der nur mit schwachem Abblendlicht durch die menschenleere Straße auf die Kreuzung vor dem Jugendheim zufuhr, in viel zu hohem Tempo. Doch Betty hatte nur Augen für ihren bescheuerten Bruder.

»Ist ja mal wieder typisch! Immer schiebst du die Schuld auf andere.«

»Ist doch gar nicht wahr.«

»Doch! Nie bist du schuld, immer sind's die anderen

gewesen, hier Olli und Bolli oder wie die heißen, und zur Not, ach was, immer bin *ich's!* Jetzt werd mal erwachsen.«

»Und so 'n Großkotz wie du?! Nee, danke.«

In diesem Moment, als Betty ihrem bescheuerten Bruder am liebsten ins Gesicht springen wollte, bog der dunkle Golf um die Kreuzung, viel zu schnell, die Reifen quietschten, und das war ein Glück, denn das Geräusch erreichte Betty früher als der Kotflügel, eine Sekunde nur, aber es reichte, dass sie erschrocken zurückwich, nach hinten auf den Asphalt fiel und der Golf schließlich knapp an ihr vorbeischrammte.

Für einen winzigen Moment war Stille. Betty saß auf dem Po, die Hände hinter sich abgestützt, und dass sich Kiesel in ihre Handflächen drückten, würde sie erst später bemerken. Mit aufgerissenen Augen sah sie dem Golf hinterher. Genau wie Maxi, der völlig geschockt wirkte.

Dann setzte auch noch die Autohupe ein.

»Der Wichser!«, sagte Betty entgeistert. »Fährt mich um und hupt dann noch.«

»Wie früher …«, sagte Maxi mit trockener Stimme. Er konnte den Blick nicht von dem flüchtenden Wagen nehmen.

Betty rappelte sich mühsam auf, ihr Po schmerzte, und erst recht die aufgeschürften Handflächen, die sie jetzt an der Jeans abrieb.

»Was meinst du mit früher?«, wollte sie von Maxi wissen. Der Ärger, der eben in der Luft gelegen hatte, war einer seltsamen Einträchtigkeit gewichen.

»Na, vor drei Jahren. Als mich auch so 'n Golf umgenietet hat. Ich auf dem BMX, hinten am Brinkkotten, und … es war fast der gleiche Wagen«, sagte Maxi stockend. »Aber das kann ja nicht sein.«

»Nö, bestimmt nicht«, meinte Betty. »Es gibt bestimmt mehr als einen besoffenen Bauer, der hier nachts Leute umfährt.«

Maxi schien wenig überzeugt. Er starrte dem Wagen immer noch hinterher und schien noch etwas sagen zu wollen, aber als sich Betty jetzt neben ihn stellte, schwieg er. Die beiden Geschwister sahen sich an.

# 29

Am nächsten Morgen war alles wie immer. Was bedeutete: Niemand in der Familie sprach das Geschehene offen aus, alle legten einen harmlosen Mantel des Schweigens darüber, der durch Bemerkungen wie »Möchtest du noch einen Kaffee?«, »Ich muss zum Friedhof, die Blumen besorgen.« oder »Wollen wir heute Abend Gyros holen?« unterstützt wurde. Alle im Haushalt trugen ein Lächeln auf den Lippen, nicht zu breit, nicht zu schmal, irgendwie festgetackert, ein bisschen leblos, wenn man genau hinsah. Aber alle waren vom Streit erschöpft.

Und so sagte auch niemand was, als Betty sich unten im Büro von ihren Eltern verabschiedete und sagte, dass sie jetzt zum Seminar ins *Lebensstrahl* müsse. Weil, das war ja gestern verschoben worden. Ella nickte nur. Und schien sich fast ein wenig für Betty zu freuen. Oder war das ihre eigene Sehnsucht, dort wieder hingehen zu können? Jochen dagegen versuchte, seine Lippen nicht zu schmal werden zu lassen und einen gleichgültigen Blick zu behalten, obwohl ihm wohl allein beim Namen *Lebensstrahl* das Kotzen kam.

»Viel Spaß«, sagten Ella und Jochen gleichzeitig. Mit latent unterschiedlichem Unterton.

Als Betty die Hälfte des Weges zum *Lebensstrahl* hinter sich hatte, war sie bereit, Jonas anzurufen. Sie hatte sich auf seinen zu erwartenden Widerstand ein paar Erwiderungen zurechtgelegt und ein paar gute Argumente, mit denen sie ihn zu überzeugen hoffte, aber es war gar nicht nötig.

»Hallo Jonas«, sagte Betty in ihr Telefon, als er sich meldete.

»Hi Betty. Ich weiß, warum du anrufst.«

»Ich auch, stell dir vor.« Betty grinste.

»Um es kurz zu machen: Diego hat ein Alibi.«

»Was, echt?« Betty war perplex. Und gleichzeitig doch nicht überrascht.

»Wir haben durch den Pathologen den wahrscheinlichen Todeszeitraum, also sprich, die Giftgabe eingekreist. Und Diego war zum fraglichen Zeitpunkt in Bielefeld beim Amt.«

»Nachmittags? Beim Amt?« Das waren zwei Dinge, die in Bettys Welt nicht zusammenpassten. Sie kannte es nur, dass man sich morgens auf irgendwelche Wartebänke quetschte und um dreizehn Uhr vom Wachdienst rausgekehrt wurde. Egal, ob man drangekommen war oder nicht. Zumindest in Berlin war das so. Betty wartete immer noch auf ihre Ummeldung.

»Bürgersprechstunde?« Jonas klang verständnislos. Westfalen war nun einmal gut durchorganisiert.

»Ach so, na klar.«

»Diego hatte seine Aufenthaltserlaubnis in Deutschland verlängern wollen. Anhand der Wartemarke und des Eingangs seiner Gebührenzahlung auf die Amtskasse, die er nach Ablauf der Beratung tätigen musste, steht fest: Er war über zwei Stunden im Amt. Von fünfzehn bis siebzehn Uhr eins, um genau zu sein. Und vom Amt zum *Lebensstrahl* dauert es zwanzig Minuten, mindestens.«

»Seid ihr sicher? Also, wann genau legt der Rechtsmediziner jetzt den Todeszeitpunkt fest?« Denn Betty war eingefallen, dass Diego ja gesagt hatte, dass er ihren Vater an diesem Nachmittag gesehen hatte. Also bevor er zum Amt gefahren war.

»Der Pathologe sagt, dass das hier kein Fernsehkrimi sei.«

»Und dass er einen genauen Todeszeitpunkt nicht festlegen kann. Na klar. Verstehe.«

Betty war enttäuscht.

»Aber da Inka noch um sechzehn Uhr dreizehn einen Anruf getätigt hatte, liegt es nah, dass sie da noch am Leben war.« Betty hörte Jonas' Schmunzeln über die Leitung.

»Wer weiß, vielleicht hat jemand sich in ihr Handy gehackt und …«

»Mit ihrer Stimme auf den Anrufbeantworter des Bauamtes gesprochen? Ich glaube, nein.«

»Aha, okay.« Betty rechnete im Kopf nach. Die hohe Dosis an Gift, Inkas körperliche Reaktion … alles in allem hätte es wohl nur wenige Minuten gedauert, bis der anaphylaktische Schock einsetzte. Aber unmöglicherweise hätte Diego ihr das Gift geben können. Und ihr Vater, der spätestens um Viertel vor drei im *Lebensstrahl* war, hatte wohl auch nicht anderthalb Stunden dort mit Inka gesprochen, um ihr dann eine Spritze in den Hals zu rammen. Zumal er um halb vier einen Termin mit dem Pfarrer gehabt hatte, was Betty längst überprüft hatte.

»Wir gehen von einem Todeseintritt so gegen siebzehn Uhr aus.«

Betty war erleichtert. Sowohl Diego als auch ihr Vater waren definitiv als Verdächtige raus aus der Nummer.

»Krass.« Betty wusste nicht, was sie sagen sollte. Ein ›krass‹ passte immer. Irgendwie.

»Wie meinst du das?«, wollte Jonas wissen.

»Ach, schon gut«, antwortete Betty. »Vielen Dank, dass du mir das gesagt hast.«

»Na ja, ich sollte das bestimmt nicht, aber …« Sein Schulterzucken war förmlich über das Telefon zu hören. Und sein »Ich mag dich halt« auch. Oder bildete Betty sich das nur ein?

»Echt, danke«, sagte Betty. Und es war möglich, dass ihr »Ich mag dich« auch bei Jonas ankam.

Etwas verwirrt legte sie auf.

Als Betty das *Lebensstrahl* betrat, fühlte sie sich auf eine seltsame Art heimisch. So oft war sie in den letzten Tagen hier gewesen, so viel hatte sie hier erlebt, so eindrücklich waren die Erlebnisse gewesen. Und gleichzeitig war das *Lebensstrahl* unnahbar, geheimnisvoll, fremd. Wie wahrscheinlich jeder Ort, an dem ein Mord passiert war.

Betty fasste in Gedanken noch mal zusammen: Diego kam nicht infrage, ihr Vater auch nicht. Ebenso Samuel, dessen Erschütterung über Inkas Tod nicht gespielt sein konnte, so sehr traute Betty ihm dann schon. Und Alrun? Dass sie die Geschäftsführung übernommen hatte, war schon vor Inkas Tod geschehen, wahrscheinlich stand das im Zusammenhang mit Inkas Krebsleiden und ihrem zu erwartenden baldigen Ableben, wie Betty jetzt klar wurde. Inka hatte ihr Nachleben vorbereitet, die Dinge in ihrem Sinn geordnet. Was allerdings nicht unbedingt die Frage beantwortete, ob Alrun vielleicht Sterbehilfe geleistet hatte. Ihrer guten Freundin zuliebe?

Nachdenklich stieg Betty die Treppen zum Seminarraum hinauf. Er lag hinten links am Ende des Flures, ein paar Stimmen drangen heraus, aber Betty wandte sich nach rechts. Sie ging an Diegos Büro vorbei, und dann fand sie, was sie suchte: Alruns Zimmer. Vorsichtig sah Betty sich um, außer ihr war niemand auf dem Flur, sie horchte an Alruns Tür. Nichts. Leise öffnete sie die Tür.

Alruns Büro war, wie alles im *Lebensstrahl,* in pastelligen Farben gehalten. Ein tiefes Fliederblau in Alruns Fall, was dem Raum eine ruhige Behaglichkeit gab. Ein Schreibtisch war an das Fenster gerückt, er war aufgeräumt und sah aus, als würde er nicht benutzt. Auf dem Boden rechts stand ein halbhoher marokkanischer Sessel, er sah wahnsinnig unbequem aus. Daneben aber war ein kleiner Tisch, auf dem aufgeschlagene Bücher lagen, zudem eine leere Teetasse, was darauf hindeutete, dass Alrun diesen Platz tatsächlich nutzte. Betty griff nach dem aufgeschlagenen Buch, das oben lag. Es ging um Trauerbewältigung. Das darunter handelte von ayurvedischem Essen. Und das darunter war eine romantische Schmonzette á la Rosamunde Pilcher. Betty musste schmunzeln, so weltlich war Alrun dann doch.

Betty hatte keine Ahnung, was sie finden wollte. Eine Spritze, aus der Bienengift tropfte, das wäre ihr am liebsten gewesen.

Betty wandte sich dem kleinen Regal in der Ecke zu. Natürlich stand orientalisch anmutender Schnickschnack auf dem obersten Brett. Ein Elefant, eine Kali-Figur, irgendwelche Döschen, die, als Betty sie aufmachte, einerseits Kieselsteine und andererseits irgendwelche Duftstoffe enthielten. Dazu eins mit einer Creme, die nach Erbrochenem stank. Betty klappte es sofort wieder zu. Sie ließ ihren Blick über die Bücherrücken gleiten. Dann sah sie eins, das ihren Blick magisch anzog.

Sterbehilfe. Von einem Dr. Dr. h. c. Peter Mager. Betty griff sich das Buch und blätterte darin. Als hoffte sie, irgendeine Botschaft zu entdecken. Markierte Seiten, Lesezeichen, aus denen sie erahnen konnte, dass Alrun sich mit dem Thema beschäftigt hatte.

Ein Räuspern ließ Betty herumfahren.

Alrun stand in der Tür. Sie lächelte Betty an.

»Was machst du denn hier?«

»Ich … ich … ich hab dich gesucht. Du warst eben nicht im Seminarraum«, pokerte Betty. Und sie hatte Glück.

»Ich war kurz unten in der Küche«, sagte Alrun. »Was liest du da?«

»Ach … nichts«, antwortete Betty. Aber dann hielt sie Alrun das Buch über Sterbehilfe hin und beobachtete genau deren Reaktion.

Die enttäuschend ausfiel.

»Ach das. Ein überflüssiges Werk. Ich hatte mal angefangen, mich damit zu beschäftigen, weil …«

»Ja?«

»Wenn man Argumente will, sollte man sich immer auch mit der Position der Gegenseite beschäftigen, oder?«

»Ich verstehe nicht«, sagte Betty.

Alrun seufzte. »Nun, hier jetzt eine ganze philosophische Diskussion zu führen, und da die anderen auf den Workshop warten, ist vielleicht im Moment etwas unpassend. Aber in aller Kürze: Ich bin gegen Sterbehilfe, nicht weil der Todkranke seine Meinung noch ändern könnte oder weil der Todeswunsch durch eine Depression ausgelöst werden könnte, weil es unter Umständen zu einem Geschäft werden könnte oder weil wir Menschen uns über unsere Bestimmung selbstständig erheben. Sondern vielmehr, weil der Todeswunsch eines Menschen demjenigen, der ihm aktiv hilft, eine so große Schuld und Bürde auflädt, die das Universum niemals weder verzeihen noch ausgleichen wird.«

Alrun zuckte die Schultern und sah Betty an.

»Ach so, na klar«, meinte Betty. »Verstehe ich.«

»Wollen wir dann?«, fragte Alrun. »Wir können gerne in der Mittagspause weiter darüber reden, aber jetzt sollten wir die anderen nicht mehr warten lassen.«

»Du hast recht«, sagte Betty und stellte das Buch zurück. Sie folgte Alrun, die gar nicht böse schien, dass Betty in ihr Reich eingedrungen war, über den Flur und in den Seminarraum.

Dort wandten sich alle Augenpaare Betty zu. Die rotgesichtige Frau Müller, die Streberin Frau Steppenbrock, die esoterische Jördis, die alte Frau Potthoff, und natürlich Karsten, der aber sofort seinen Blick abwandte und versuchte, auf seinem Sitzkissen von Betty wegzurücken, als sie sich setzte. Es war ihm immer noch entsetzlich peinlich, dass er gestern nicht eingegriffen hatte.

Alrun ließ sich ebenfalls nieder, lächelte in die Runde und erklärte: »Ich hoffe, dass ihr alle in euch reingespürt habt und eure negativen Gedanken, die der gestrige Nachmittag sicherlich ausgelöst hat, annehmen könnt. Das ist wichtig. Lasst uns gemeinsam zu Beginn ein paar Minuten schweigen. Und lasst die Gedanken kommen. Was sagen sie. Was machen sie mit euch. Nehmt sie wahr. Sperrt euch nicht.«

Dann schloss Alrun die Augen. Und alle anderen Teilnehmer taten es ihr nach. Bis auf Betty, deren Blick auf dem Honigfleck an der Wand landete. Dort, wo gestern das Honigglas zerschellt war, das Diego nach Alrun geworfen hatte.

Und später, in der Mittagspause, als die anderen draußen saßen, erklärte Betty, dass sie auf die Toilette müsse. Aber stattdessen ging sie am WC vorbei und schnurstracks in die Küche. Dort fand sie, was sie suchte. Die Scherben des Honigglases, die Samuel in den Behälter für Altglas geräumt hatte. Und darauf das Etikett, das Betty mit ihren Händen glatt strich. Ein Imker aus Werther.

# 30

Betty stieg in den Bus 56 Richtung Babenhausen, dann dort um in die 57 Richtung Großdornberg und schließlich in die 61 Richtung Werther. Nach neununddreißig Minuten hatte sie die Endhaltestelle erreicht, und die ganze Zeit hatte ihr im Kopf der Gedanke gehämmert, dass man ein Bienengift wohl am besten bei einem Imker kaufen könnte, oder etwa nicht. Und erst recht, wenn Honig ganz in der Nähe produziert würde, wäre es doch ein Sinnvolles, dort vielleicht einmal nachzufragen?

Der andere Gedanke, der Betty die Fahrt über beschäftigt hatte, war der über die Unerträglichkeit des öffentlichen Verkehrssystems in Bielefeld und Umgebung. Der Bus stank, es war eng, muffig, die Scheiben so verdreckt, dass man kaum rausschauen konnte, und hinten in der letzten Reihe saßen irgendwelche Berufsschüler, die genauso scheiße waren wie die Hauptschüler, mit denen Betty damals immer in Richtung Stadt zur Schule hatte fahren müssen. Selbst zehn Jahre später saßen solche Schultraumata immer noch tief.

In Werther stieg Betty aus. Ein kleines Dorf mit einer Mini-Einkaufsstraße. Also wohlgemerkt: einer Straße mit ein paar Geschäften. Alles wirkte gediegen. Bieder. Aufgeräumt. Und harmlos. Wie Jöllenbeck. Nur noch kleiner. Betty passierte einen Fleischer, eine Pommesbude, ein Geschäft für Damenmode, in dem sie gewiss nie einkaufen würde, es sei denn, sie wäre achtzig. Obwohl: Nicht mal dann. Sie ging am Friedhof vorbei, stand kurz an einer riesigen Kreuzung, die völlig überkandidelt für diesen kleinen Ort wirkte, und machte sich dann den mühsamen Weg eine ansteigende Straße hinauf, der sie in Richtung Halle führen würde. Und irgendwo auf der Strecke würde die Imkerei liegen. Betty hoffte nur, dass die nicht oben im Teutoburger Wald war, auf dem Bergkamm, sondern irgendwo hier unten. Sie hatte Pech.

Die Imkerei von Dirk Zurheyde lag am Fuß des Waldes, fünfhundert Meter entfernt von der Bundesstraße, am Ende eines Schotterweges, auf dem Betty kurz der Gedanke ereilte, dass sie vielleicht besser hätte anrufen sollen. Es war schon fast achtzehn Uhr, und wahrscheinlich hatte die Imkerei geschlossen. Betty ärgerte sich über sich selbst, als sie auf den Vorplatz des alten Bauernhofs kam und von einem Hund angekläfft wurde. Zum Glück war der Schäferhund angeleint und seine Hütte rechts neben dem alten Stall weit genug entfernt. Betty hatte trotzdem Schiss.

Sie sah sich um, erkannte das Schild »Imkerei Zurheyde« an einem kleinen Gebäude rechts vom Bauernhof und steuerte darauf zu. Noch bevor sie an die Tür klopfen konnte, öffnete sie sich, und ein riesiger, rotgesichtiger Hüne trat ihr entgegen.

Dirk Zurheyde sah eher aus wie ein Catcher oder Ringer, zumindest wie jemand, der eher Kühe in die Luft stemmen würde, als dass er kleinen Bienen dabei zusah, wie sie ihren Honig produzierten.

Zurheyde musterte Betty ausdruckslos.

»Guten Tag«, sagte Betty.

»Hier is' zu«, erklärte Zurheyde.

»O Mist, das hatte ich mir schon gedacht. Aber wissen Sie, ich komme extra aus Bielefeld, und die Busverbindung war schlecht«, flötete Betty mit dem charmantesten Lächeln, das sie aufsetzen konnte.

»Der Bus geht alle halbe Stunde«, erwiderte Zurheyde und schien damit so zufrieden zu sein, als wäre es ein unumstößliches Naturgesetz, ganz wie die Schwerkraft.

»Da haben Sie recht«, sagte Betty. »Mein Fehler. Aber da ich nun mal hier bin ... würden Sie mir etwas Honig verkaufen? Bitte.«

Das ausdruckslose Catcher-Gesicht von Dirk Zurheyde blieb einen Moment ausdruckslos. Dann zuckten seine Schweinsäuglein, und er nickte Betty zu.

»Kommen Sie rein.«

Betty betrat hinter dem Hünen das, was eine Art Verkaufsraum, Büro und Werkzeugraum war. In der Ecke hing einer dieser weißen Bienenzüchterschutzanzüge, daneben Gummistiefel, eine Art Kescher und andere Sachen, von denen Betty sich nicht erklären konnte, was es war. An der Wand daneben stand ein Regal, voller Honiggläser. Und, als Betty herantrat und besser sehen konnte, auch Gläser mit Pollen und Flaschen mit Honigwein.

»Und das machen Sie alles aus Ihrem Honig? Faszinierend«, sagte Betty.

»Was wollen Sie denn?«

»Äh … zwei Gläser Honig?« Sie war überfordert von der Frage.

»Welchen denn? Blüten? Wald? Kräuterhonig?«

»Blütenhonig. Unbedingt.«

Während Zurheyde zwei Gläser griff und Betty auf eine Art reichte, die sie fast zur Tür rausdrängte, so ungeduldig schien er zu sein, Feierabend machen zu wollen, suchte Betty nach einem eleganten Einstieg ins Gespräch.

»Sagen Sie, was ich wissen wollte … Bienengift …?«

Zurheyde starrte sie an.

»Äh, sind Sie eigentlich allergisch? Das wäre doch schlimm, denn …?«

»Ich werde nicht mehr oft gestochen, nein.«

»Dann haben Sie aber Glück. Es muss ja total schlimm sein, gefährlich, wenn man allergisch ist.«

»Sind Sie allergisch?«

Betty runzelte erschrocken die Stirn. »Ich, äh, ich glaube nicht.«

»Na, dann ist ja gut.« Zurheyde hielt seine Hand hin, damit Betty ihm das Geld für den Honig gab. Dann erst milderten sich seine Gesichtszüge. Während er hinausging, was eine unaufschiebbare Forderung war, nun endlich den Hof zu verlassen, erklärte er sanft: »Bienengift ist nicht nur schädlich, wissen Sie? Es wird vor allem in der alternativen Medizin verwendet.«

»Ach echt? Wie das? Erklären Sie doch mal.«

»Nun, in der *Apitherapie*. Man benutzt das bei der Behandlung von entzündlichen Gelenkerkrankungen oder auch bei Rheuma. Oder bei Narben. Bei allem, was entzündet ist.«

»Aber wie funktioniert denn das? Ich meine, das tut doch weh, oder?«

»Wenn man Bienengift verabreicht, wird aus den Nebennierenrinden Cortisol ausgeschüttet. Das hemmt die überschießende Immuntätigkeit und bewirkt einen Rückgang der Entzündung. Es wurde sogar ein schmerzstillender Stoff Adolapin im Bienengift nachgewiesen.«

»Faszinierend«, sagte Betty.

»Natürlich. Aber nur, wenn das Gift in entzündetes Gewebe gelangt. Bei nichtentzündetem Gewebe ist die Wirkung umgekehrt. Da gibt es genau die Symptome eines Bienenstichs: Entzündung in Form von Rötung, Schwellung, Schmerzen und Überwärmung.«

Und Tod, dachte Betty.

»Also, wenn ich das richtig verstehe, gibt man in der Schulmedizin das Substitut Kortison, aber man kann durch Bienengift auch die körpereigene Cortisol-Produktion ankurbeln. Jetzt verstehe ich auch, dass das in der Naturheilkunde Sinn macht.«

»Genau.«

»Sagen Sie, kann man Bienengift bei Ihnen kaufen?«

Zurheyde musterte Betty skeptisch und sagte nichts.

»Für meine Mutter. Die hat ganz schlimm Rheuma«, erklärte Betty.

Zurheyde zuckte die Schultern. »Ja, im Grunde schon. Ich habe nur gerade nichts da.«

»Ach, haben Sie letztens was verkauft?«

»Ja.« Zurheyde runzelte die Stirn. Seltsame Frage.

»Können Sie sich noch dran erinnern, an wen?«

Zurheyde war ein einziges Fragezeichen. Dies war eine noch seltsamere Frage.

»Warum sollte ich?«

»Weil, weil ...« Betty setzte aufs Ganze. »... die Schwester von meiner Mutter, die wollte ihr etwas kaufen. Als Geburtstagsgeschenk. Und wenn ich weiß, dass sie es schon getan hat, kann ich mir das ja schenken, verstehen Sie? Dann suche ich ein anderes Geschenk.«

Zurheyde starrte Betty an. Dann sagte er: »So 'ne Ältere, ganz viele schwarze Haare, verhärmtes Gesicht? Mit 'nem Golf?«

Betty starrte ihn überrascht an.

»Genau. Das ist Tante ... Alrun.«

Betty konnte nicht anders, ein breites, dickes Grinsen erschien auf ihrem Gesicht.

»Na, dafür, dass Sie jetzt 'n anderes Geschenk finden müssen, sehen Sie aber ganz gut gelaunt aus«, meinte Zurheyde.

# 31

Als Betty in Jöllenbeck aus dem Bus stieg, war es fast drei viertel neun, und der Bus hatte zwanzig Minuten Verspätung gehabt, wobei es völlig unerklärlich gewesen war, wie der Fahrer dies auf den leeren Landstraßen hinbekommen hatte. Betty war es egal, sie hatte überraschend gute Laune. Die Information, dass Alrun Bienengift gekauft hatte, elektrisierte Betty. Sie ignorierte sogar, dass ihr der Magen in den Knien hing und dass sie eigentlich hätte zu Hause anrufen sollen, denn Ella hatte vier Anrufe auf der Mailbox hinterlassen. Aber hey! Betty war Ende zwanzig und nicht mehr vierzehn, und außerdem hatte sie Besseres zu tun.

Nämlich zum *Lebensstrahl* zu gehen und sich dort vor dem Gebäude in eine Hecke zu drücken und zu überlegen, was sie als Nächstes tun sollte. Sich ins Institut schleichen, was, abgesehen von Samuel und Alrun, wohl menschenleer war, und dort nach dem Bienengift suchen? Zum einen war das gefährlich – gerade wenn sie davon ausgehen musste, dass Alrun eine Mörderin war und vielleicht nicht zurückschrecken würde, diesen Mord zu decken, koste es, was es wolle. Zum anderen: Was würde es bedeuten, wenn sie das Bienengift fand? Und womöglich auch Fingerabdrücke von Alrun darauf? Die könnte immer noch ganz ruhig erklären, dass das Gift Teil ihres Naturheilpraktischen Seminars sei. Betty konnte den Veranstaltungskalender des *Lebensstrahl* mittlerweile auswendig. Und Alrun gab neben Geistheilung, Ayurveda und Resilienzseminaren eben auch Kurse zur »Heilung durch Naturkräfte«. Sie hätte also eine Erklärung für den Besitz des Giftes. Und könnte ebenso erklären, dass sie den Besitz verschwiegen habe, weil sie sich nicht verdächtig machen wollte.

Und wie war das mit Alruns Motiven? Chefin des *Lebensstrahl* zu werden war vor Inkas Tod geschehen. Und dass Alrun Sterbehilfe bei Inka geleistet hatte, fand Betty mittlerweile auch relativ unwahrscheinlich, denn sie hatte die ganze Busfahrt zurück damit verbracht, im Internet nach Alrun Morgentau zu googeln und war dabei auf einige Artikel und Kommentare von Alrun gestoßen, bei denen sie recht vehement gegen Sterbehilfe eintrat und dies mit starken Argumenten verteidigte. Die Artikel waren alle aus den letzten zwei Jahren gewesen, davor fand Betty wenig bis nichts über und von Alrun, aber das war ja nicht verwunderlich: Welcher Esoteriker beschäftigte sich schon gern mit digitalen Welten. Ihr Fokus lag doch eher in spirituellen Sphären, und es war kein Wunder, dass die wenigsten online unterwegs waren.

Bislang hatte sich Betty immer nur mit Toten beschäftigt, weil die zu Hause immer präsent gewesen waren. Die Todesumstände waren eher nebenbei wahrgenommen worden, es sei denn, sie waren besonders skurril gewesen oder besonders herausfordernd für Jochen, weil plastische Korrekturen und Ähnliches zu machen waren. Ganz selten hatte es unnatürliche Todesfälle gegeben, und bis zu Inka hatte Betty diese auch immer einfach hingenommen. Aber sie hatte sich tatsächlich noch nie mit Sterbehilfe beschäftigt, außer dass sie mal einen Zeitungsartikel angelesen und dann weitergeblättert hatte.

Aber die Frage, wie es in jemandem aussah, der wusste, dass er bald sterben würde, beschäftigte Betty plötzlich doch. Alle Menschen wussten doch, dass ihr Leben ein Ende haben würde. Von Geburt an war klar: Irgendwann war Schluss. Je älter man wurde, desto näher rückte der Tod. Betty musste plötzlich an Opa Richard denken. Aber die Menschen ließ der Gedanke an ihren Tod kalt. Erst recht, wenn sie Bestatter waren. Aber wie sonst sollte man auch mit dem Leben umgehen? Man wäre zu eingeschränkt, würde wahrscheinlich depressiv, wenn man nur an den eigenen Tod dachte. Stattdessen verlagern Menschen ihre Ängste auf andere Dinge, und zwar welche, die eigentlich gar nicht der realen Gefährlichkeitsstufe entsprechen. Betty erinnerte sich an ein Angst-Seminar in der Uni, was sie hochinteressant gefunden hatte. Denn Menschen fürchten sich vor allem Möglichen – der Dunkelheit, der leeren U-Bahn-Station, Flugzeugabstürzen, oder vor seltenen Krankheiten –, dabei sterben sie vor allem an zwei Dingen: dem Straßenverkehr und Unfällen im Haushalt.

Eine seltsame Ambivalenz, über die Betty kurz nachdachte, als sich ein Wagen näherte. Sie drückte sich unwillkürlich tiefer in den dichten Busch und hoffte, dass sie im Halbdunkel nicht gesehen würde. Es war ein Golf mit einem Stuttgarter Kennzeichen. Ein dunkler Golf, der auf den Hof des *Lebensstrahl* einbog und schließlich zum Stehen kam. Der heftige Handbremsenratsch, der über den Hof schallte, passte nicht zu Alrun, die sich kurz danach aus dem Wagen schälte. Mit einem Mal hatte Betty das Gefühl, dass Alrun gar nicht mehr ganz so jung war. Ihre Elastizität, die sie sonst versprühte, war einer kantigen Härte gewichen. Und Alruns Lächeln einem harten Gesichtsausdruck, in dem nichts Weiches zu finden war. Ganz anders als sonst, wenn sie von Menschen umgeben war. Betty beobachtete, wie Alrun um den Wagen herumging und das *Lebensstrahl* betrat. Sie hörte, wie Alrun von innen die Tür abschloss, und war einmal mehr froh, dass sie sich nicht hineingeschlichen hatte, um zu spionieren.

Mit einem Blick auf Alruns Wagen wandte sich Betty schließlich ab. Verdammt, sie musste zuerst das Motiv von Alrun finden, sonst würde die sich aus allem herausreden können. Aber was verdammt konnte es nur sein?

Als Betty ihr Elternhaus betrat, drangen aus dem Wohnzimmer aufgeregte Stimmen. Jochen und Richard stritten sich, Ella versuchte zu vermitteln.

»Aber jetzt beruhigt euch doch mal!«

»Werbung in 'nem Supermarktprospekt? Das ist würdelos! So was machen wir nicht!«

»Aber wir müssen mit der Zeit gehen! Neue Zielgruppen ansprechen.«

»Lass das BWLer-Gewäsch. Neue Zielgruppen gibt's eh nicht! Oder kennst du welche, die vorher noch nicht gestorben sind?! Willste die jetzt überzeugen, doch zu sterben?«

Betty hatte keine Lust, da hineinzugeraten. Sie wandte sich still und leise in Richtung Küche. Zu ihrer Überraschung saß Maxi am Küchentisch, aß kalte Bratkartoffeln und starrte die Wand an. Er sah auf, als er Betty bemerkte. Für einen Moment sagten beide nichts. Betty ließ sich auf einen Stuhl sinken. Sie nickte in Richtung Stimmen aus dem Wohnzimmer.

»Was hab ich verpasst?«

»Ach, Opa und Papa streiten sich über den Laden. Nix Neues.«

»Stimmt«, sagte Betty. Es machte sie irgendwie betroffen. Ihr Vater tat ihr leid. Auch wenn sie gleichzeitig ihren Opa verstehen konnte, zumindest in der Hinsicht, dass das Institut ja dessen Lebenswerk war. Und das seines Vaters. Und dass er daher seine Sorgen hatte, dass es den Bach runterginge.

Auch Maxi wirkte nicht glücklich.

»Nervt dich das auch so?«

»Was? Ach …« Maxi winkte ab. »Das geht doch immer so. Hab mich dran gewöhnt. Obwohl's in letzter Zeit zugenommen hat. Opa ist echt komisch. Bin halt viel auf meinem Zimmer.«

»Wow, das waren jetzt mal echt viele, viele Sätze für dich.« Betty war wirklich erfreut.

Maxi warf ihr einen Blick zu.

»Liegt vielleicht daran, dass gestern meine Arschkuh von Schwester beinahe überfahren wurde.«

Aber bevor Betty sentimental werden konnte, fügte Maxi schnell dazu: »Aber bild dir nix drauf ein. Das triggert nur mein eigenes Trauma von meinem Unfall vor drei Jahren.« Er schwieg einen Moment. Dann fügte er bitter hinzu: »Ich glaub echt, dass das derselbe Wagen war.«

»Was, echt???«

»Na ja, Farbe, Marke, und ich glaub wirklich, das Kennzeichen war auch nicht aus Bielefeld, sondern aus Stutt…«

»…gart?«

Betty und Maxi sahen sich verdutzt an. Dann setzten sie beide an: »Wieso?« Zeitgleich.

»Stuttgart? Wie kommst du denn da drauf?«, fragte Maxi und war plötzlich ganz aufgeregt.

»Erzähl bitte doch erst mal, was ist denn damals passiert? Ich war in Berlin, habe das alles nur am Rande mitgekriegt.«

»Das war voll krass. Ich kam mit dem Bike von der Rampe zurück, weißte, hinten an der Realschule. Ganz normal, auf der Straße halt. Es war schon dunkel. Imsiekstraße, du kennst die. Und die geht ja voll lange geradeaus, keine Kurve, kein Nix. Und plötzlich kommt von vorne dieser Wagen angerast, 'ne Frau drin und 'n Mann. Die streiten. Der Mann war ganz dünn, so 'n Schmaler. Sah ganz blass aus. Aber kein Wunder, die Frau hat voll auf den eingeschrien. Hätte ich auch nicht geil gefunden. Die hat gar nicht auf die Straße geguckt und war plötzlich so voll auf mich zu … Ich hab gesehen, die knallt mich weg, und wollte nach rechts, aber da stand ein parkendes Auto. Und plötzlich hat der Mann mich gesehen und hat die Frau angeschrien, und die hat im letzten Moment das Steuer rumgerissen, und dann sind die an mir vorbei. Aber ich bin gegen das parkende Auto geknallt. Rad im Arsch. Knie im Arsch.«

»Ich weiß noch, wie sauer du warst.«

»Vor allem, weil mir keiner glauben wollte! Dass da der Scheißgolf war und mich fast umgenietet hat. Die Polizei hat nicht mal 'ne Anzeige aufgenommen. Die haben nicht ermittelt! So 'ne krasse Scheiße. Und dann musste ich noch den Lackschaden bezahlen. Mal echt. Als ob ich auf 'ner graden Straße gegen ein Auto fahre!«

»Ja, voll unfair.«

»Und wie kommst du jetzt auf den Wagen? Glaubst du, das ist derselbe?«

»Kann sein. Womöglich.« Maxis Augen funkelten elektrisiert.

»Du weißt, wer das ist? Ich reiß dem den Arsch auf!«

Maxi wollte schon aufstehen, aber Betty hielt ihn zurück.

»Warte. So weit sind wir nicht. Aber ich hab gerade einen Golf mit einem Stuttgarter Kennzeichen gesehen, selbe Farbe, selbes alles. Und er steht in Verbindung mit dem Fall.«

»Welchem Fall.«

»Inkas Tod.«

In Maxis Augen waren Fragezeichen. Er hatte sich nicht nur von seinen Eltern und Opa zurückgezogen, sondern auch von Betty. Die schickte sich an, ihm jetzt die ganze Geschichte zu erzählen. In aller Kürze. Maxi hörte ungeduldig zu. Als Betty fertig war, erklärte er: »Ich hole jetzt meinen Baseballschläger und fahr da hin.«

»Was für ein Schwachsinn, Maxi. Du hast dich noch nie geprügelt.«

»Der Scheißkotflügel von der Karre hat achthundert Euro gekostet. Und mein Bike war Schrott. Und mein KNIE! Ich fahr da jetzt hin!«

»Das machst du nicht. Aber wenn du recht hast, also, wenn wir beide recht haben, dann kriegst du deine Rache. Versprochen.«

»Was willst du denn tun?«

»Mit Jonas sprechen.«

# 32

Als Betty am nächsten Morgen das Büro von Jonas betrat, sah sie das gewohnte Bild: Jonas vor seinem Computer, die schräge Falte auf der Stirn und die seltsame Frisur, in die Betty, wie immer, so gerne hineingreifen und sie zurechtwuscheln wollte. Er schaute von seinem Rechner auf, und ein Lächeln erschien auf seinem Gesicht, als er Betty erblickte.

»Wir müssen reden«, sagte Betty.

Jonas verzog erschrocken das Gesicht.

»Wir … wieso?«, fragte er.

Als Betty erklärte, dass es um Inkas Fall ging, wirkte er für einen Moment enttäuscht. Und als Betty sich auf den Besucherstuhl ihm gegenübersetzte und all das berichtete, was sie in den letzten Tagen herausgefunden hatte, war Jonas ein bisschen sauer.

»Und damit kommst du erst jetzt?«

»Was sollte ich denn sonst machen?«

»Na, mit mir reden?«

»Mit dir? Dem König der offenen Gespräche?«, sagte Betty ironisch, doch bevor er antworten konnte, fügte sie milder hinzu: »Lass den Scheiß mal beiseite und hör zu: Ich hab Maxi das Bild von Alrun gezeigt, auf der Homepage des *Lebensstrahl*, und er meint, sie könnte es sein.«

»Der lebt in derselben Stadt wie die und hat die nie gesehen seitdem?«

»Pubertierende Jungs. Du weißt doch auch, dass die keinen Blick für nix haben und nur um sich selbst kreisen, oder?«

»Stimmt irgendwie«, sagte Jonas nachdenklich.

»Und außerdem: Das ist drei Jahre her. Diego hatte aber erzählt, dass sie erst vor einem Jahr hier zum *Lebensstrahl* gekommen ist. Das bedeutet, dass sie zwei Jahre weg war.«

»Alles schön und gut. Aber daraus kann man ja nix konstruieren. Sie kann ja vorher schon mal hier gewesen sein. Warum auch nicht?«

»Ausgerechnet Jöllenbeck? Von Stuttgart aus? Na klar, kann schon sein, dass man hier vorbeikommt, ist ja so schön und idyllisch hier.«

»Vielleicht hat sie Familie hier?«

»Vielleicht. Wer war der Mann im Auto, mit dem sie sich so gestritten hat, dass sie fast 'nen Unfall gebaut hat?«

»Das wäre vielleicht interessant zu wissen.«

»Kannst du bitte mal eine Halterüberprüfung machen? Von dem Golf? Das Kennzeichen ist S CD 458.«

»Wozu? Wenn Alrun damit fährt, dann …« Jonas sah Bettys Blick und schwieg ergeben. Dann startete er das Programm auf dem Computer.

»Hast du mal drüber nachgedacht, dass Alrun Morgentau sich anhört wie ein erfundener Name?«, fragte Betty.

Die Recherche in der Datenbank ergab, dass eine Alrun Morgentau tatsächlich als Halterin zugelassen war. Zuvor hatte der Wagen einer Cornelia Danner gehört. Wohnhaft in Stuttgart. Vor anderthalb Jahren war der Wagen umgemeldet und Alrun als neue Halterin eingetragen worden. So weit, so gut.

»Aber das bringt uns auch nicht weiter«, fand Jonas.

»Hm, ich finde schon«, sagte Betty. »Vor drei Jahren fährt jemand mit seinem Wagen meinen Bruder um. Und vorgestern mich. Nur dass der Wagen einmal auf Cornelia Danner zugelassen war. Und heute auf Alrun Morgentau. Die, wenn man meinem Bruder glaubt, genauso aussieht wie Cornelia Danner.«

»Wenn man's so betrachtet«, sagte Jonas und startete ein weiteres Programm auf seinem Computer. Er tippte Cornelia Danner in die Suchmaske und hatte nach zwei Klicks ein breites Lächeln auf dem Gesicht.

»Cornelia Danner hat vor zweieinhalb Jahren eine Strafanzeige gegen das *Lebensstrahl* gestellt. Wegen unterlassener Hilfeleistung und«, Jonas beugte sich vor, um es besser zu entziffern, »Scharlatanerie, was nur im Nebentext auftaucht. Das ist kein offizielles Verbrechen, aber sie bestand wohl darauf, das in der Anzeige aufzunehmen.«

»Unterlassene Hilfeleistung? Warum?«

»Kann ich nicht sehen. Die Anzeige war auch abgelehnt worden. Offensichtlich gab es keinerlei Beweise für eine Ermittlung.«

Beide schwiegen einen Moment.

»Der Mann im Auto«, sagte Betty langsam. »Ein blasser, dünner Mann … War Cornelia Danner eigentlich verheiratet?«

»Rochus Danner?« Diego sah Betty und Jonas etwas überrumpelt an. Ohnehin fand er die Situation offensichtlich seltsam, als Betty ihn angerufen und sich für einen Waldspaziergang mit ihm verabredet hatte und dann zusammen mit Jonas am vereinbarten Ort gewartet hatte. Aber Betty und Jonas wollten im *Lebensstrahl* keinen Verdacht erwecken und gleichzeitig Diego nicht zu einer offiziellen Zeugenbefragung aufs Revier vorladen, seit seiner Randale und dem drohenden Verlust seiner Aufenthaltsgenehmigung war er misstrauisch und verstört.

»Genau. Rochus Danner. Sagt dir der Name was? Wird so drei Jahre her sein.«

Diego verzog nachdenklich das Gesicht. Nach einer Weile fragte er: »So ein Großer, Dünner?«

»Groß wissen wir nicht, aber ja, sehr dünn, sehr schmal. Blass.«

»Er hatte Krebs«, sagte Diego, der sich nun erinnerte. »Ein netter Kerl. Aus schwierigen Verhältnissen.«

»Wie meinst du das?«

»Na ja, erst mal war er Ingenieur von Hause aus. Und du kannst dir vorstellen, welche Probleme solche rationalen Menschen haben, sich auf spirituelle Denkweisen und Handlungen einzulassen.«

»Und das konnte er nicht?«

»Für jemanden, der sein Leben lang anders unterwegs war und an den Gott der Maschine, an Technik und Logik geglaubt hat, hat er es ganz gut gemacht. Aber man muss sagen, er kam auch im Endstadium zu uns.«

»Endstadium von Krebs?«

»Hören Sie, wenn ich Arzt wäre, dürfte ich Ihnen das alles nicht erzählen. Schweigepflicht und so.« Diego sah Jonas wütend an. »Wer weiß, welchen Strick Sie mir jetzt hier draus drehen.«

»Gar keinen«, versicherte Betty.

»Außerdem ist das hier ja keine offizielle Befragung«, fügte Jonas hinzu.

»Nur ein Plausch unter Freunden«, sagte Betty. Zwischen mir und dem Mann, der in meine Mutter verknallt ist. Verdammte Kacke!

Diego nickte schließlich.

»Na gut. Wie so viele, die zu uns kommen, hat Rochus vorher das ganze normale Programm durchlaufen. Alles, was die Schulmedizin zu bieten hat. Drei Chemos, wenn ich mich recht erinnere. Aber sein Magenkarzinom wollte trotzdem nicht weggehen, sondern bei ihm bleiben. Als Rochus zu uns kam, hatte er schon einige alternativmedizinische Versuche hinter sich. Wir arbeiten das gemeinsam auf, versteht ihr? Das ist wichtig, damit wir unseren Heilungsprozess gemeinsam angehen können. Damit wir wissen, wo unser Startpunkt ist.«

»Macht Sinn«, meinte Betty, die das tatsächlich sinnvoll fand, obwohl sie von den ganzen Selbstheilungstheorien natürlich gar nichts hielt.

»Rochus war dann bei uns und hat sich mit all seinem Leiden auseinandergesetzt. Inka ist ihm eine große Hilfe gewesen, auf diesem Teil seines Weges. Und er hat, irgendwie, auch tatsächlich eine Kraft in sich gefunden, die ihm geholfen hat, diese letzte Zeit zu durchleben. Obwohl das Leben in ihm von Tag zu Tag schwächer wurde. Am Ende ist er gestorben. Inka war bei ihm. Ich auch. Es war … sehr schmerzhaft für ihn. Die Krämpfe und alles … Aber …« Diego blickte Betty und Jonas aufrichtig an. »… ich glaube, er ist als befreite Seele von uns gegangen.«

»Ich habe eine Frage: Wenn er in eurem Beisein gestorben … also, ich will ja nichts sagen, aber …«, Betty warf Jonas einen Blick zu, »… hättet ihr nicht einen Arzt alarmieren müssen?«

»Natürlich. Haben wir ja auch. Er ist im Krankenhaus gestorben. Alles andere wäre womöglich unterlassene Hilfeleistung gewesen. Und damit strafbar.«

»Aber es lag eine Anzeige vor. Gegen das *Lebensstrahl*. Von der Frau von Rochus?«

»Genau. Und das waren die Schwierigkeiten.« Diego seufzte. »Die Ehefrau … Ich habe die nie gesehen, aber die hat den armen Kerl terrorisiert, anfangs mit Anrufen, und später hat sie sogar versucht, ihn zu entführen. Diese Frau war wirklich wahnsinnig!«

# 33

»Und jetzt?«, fragte Betty, als sie mit Jonas an dessen Wagen stand, den der am Feldweg geparkt hatte. Diego war zu einem weiteren Spaziergang durch den Wald aufgebrochen. Er vermied es, viel Zeit im *Lebensstrahl* zu verbringen, wo er immer noch sein Zimmer hatte. Alrun hatte ihm mitgeteilt, dass er das Institut zum Ende des Monats verlassen müsse. Was in zwei Tagen war. Man konnte davon ausgehen, dass gerade eine Menge Spannung über dem *Lebensstrahl* lag und dass die leichte, freundliche Atmosphäre auf den Fluren wohl ziemlich vergiftet war. Genauer gesagt: Exakt das hatte Alrun Diego wörtlich mitgeteilt. Was die Stimmung nicht besser gemacht hatte. Kein Wunder, dass Diego sich vom Institut fernhielt. Während er darüber grübelte, was er jetzt machen sollte.

»Nun, wir haben jede Menge Hinweise und eine mögliche Theorie, was Täter und Motivation angeht … aber wir haben keinerlei Beweise.«

»Das Bienengift?!«

»Wie du sagst: Alrun oder vielmehr Cornelia Danner hätte alle Argumente, das als Therapiemittel zu titulieren. Und ich weiß nicht, ob eine Laboruntersuchung wirklich beweisen könnte, dass es sich um exakt dasselbe Gift handelt.«

»Bestimmt.«

»Aber selbst wenn – das heißt ja noch tatsächlich nicht, dass Alrun Inka das auch verabreicht hat. Es kann immer noch Selbsttötung gewesen sein. Oder jemand anderes, von dem wir vielleicht noch gar nichts wissen.«

»Ach komm, jetzt sei kein Spielverderber.«

»Ich bin kein Spielverderber. Aber vielleicht begreifst du endlich mal, dass das hier kein Spiel ist, sondern echter, bitterer Ernst.«

Betty schaute ihn enttäuscht an, dann drehte sie sich brüsk um und ging weg. Jonas sah ihr irritiert hinterher.

»Betty?«

Sie hob die Hand über die Schulter zeigte ihm den Stinkefinger.

»Genau das meine ich! Sehr erwachsen, Betty!«

Betty ging schnurstracks zum *Lebensstrahl*. Es war früher Abend. Vögel zwitscherten, irgendwo in der Entfernung mähte jemand den Rasen, und eigentlich war alles die pure Idylle, nur in Bettys Kopf nicht.

Vor dem Institut parkte seitlich Alruns Golf. Betty warf nur einen kurzen Blick darauf, dann betrat sie entschlossen das *Lebensstrahl*. Der Flur der alten Schule war kühl und still. Betty horchte, ob sie irgendwo Geräusche hörte, ob irgendwo Alrun oder Samuel waren, aber es herrschte völlig Ruhe. Umso besser. Vielleicht hatten die beiden sich in ihre Zimmer zurückgezogen, oder vielleicht meditierte Alrun im Seminarraum. Aber im gleichen Moment wurde Betty klar, dass Alrun wahrscheinlich nicht meditierte. Es nie getan hatte, sondern es immer nur vorgespielt hatte. Denn jemand, der Rache an Esoterikern verüben wollte, würde wohl selbst keiner werden. Alrun hat enorme Energie bewiesen, dachte Betty, während sie vorsichtig die Treppen hinaufging und sich in Inkas Büro schlich.

Alrun hatte sich eine andere Identität zugelegt, sich das ganze Wissen über Ayurveda und so weiter draufgeschafft, sich die Freundschaft von Inka, ihrer Todfeindin, erschlichen, hatte über ein Jahr Seite an Seite mit ihr gelebt und hatte … was eigentlich geplant? Was war passiert, dass Alrun jetzt den Mord begangen hatte? Es musste doch einen Auslöser dafür gegeben haben.

War es, dass Inka ihr notariell den Vorsitz im Verein *Lebensstrahl e. V.* übertragen hatte? Oder gab es etwas anderes?

Betty schloss die Bürotür hinter sich und sah sich um. Inkas Büro war eher ein Wohnzimmer, warm und ockerfarben gestrichen, lilafarbene Vorhänge, Traumfänger in allen Größen und ein uralter Schrank mit vielen, offenbar gelesenen Büchern in der einen Ecke, ein alter Küchentisch, der als Schreibtisch diente, an der anderen Seite des Raumes. Und darauf ein erstaunlich moderner iMac, der mit seinem Design wie ein Fremdkörper in diesem Raum wirkte.

Betty war in zwei Schritten am Computer und drückte auf die Maus. Der Bildschirm erwachte. Und wollte ein Passwort. Betty atmete genervt aus. Es passte gar nicht zu Inka, dass sie ein Passwort benutzte. Nach all dem, was sie über die Tote erfahren hatte, war diese doch wahnsinnig offen und aufgeschlossen gewesen, hatte alles geteilt und war nicht so rückschrittlich wie Dr. Wittmann mit seinem 1234-Passwort.

Inka würde gar keins haben.

Betty drückte einfach nur die Entertaste. Und sofort öffnete sich der Bildschirm und war frei für Betty, die sofort begann, sich durch die Ordner zu klicken. Inka war keine besonders strukturierte Person gewesen, wie Betty feststellen musste. Es herrschte ein heilloses Chaos auf der Festplatte, und für jemanden, der gar nicht wusste, was er suchte, war es noch schwieriger. Betty öffnete Inkas E-Mail-Programm. 3458 ungelesene Nachrichten! Das sagte alles über Inka. Wie konnte sie nur? Betty schüttelte fast empört den Kopf. Sie war so anders als Inka. Und fand es bald sinnlos, sich hier weiter durch den Rechner zu klicken. Betty fand weder irgendwelche Nachrichten des Notars noch irgendwelche Verträge noch irgendwelche Patientenakten, von denen Diego gesprochen hatte. Das alles wurde wohl analog gehandhabt hier im Institut.

Gefrustet öffnete Betty schließlich den Browser. Starrte kurz darauf. Und öffnete dann den Suchverlauf.

Bingo.

Am Tag vor ihrem Tod hatte Inka nach dem Namen »Cornelia Danner« gesucht. Genauer gesagt: nach deren Bild.

Was bedeutete: Irgendwie war Inka darauf gekommen, dass Alrun nicht Alrun, sondern die Ehefrau des toten Rochus war. Die Frau, die damals versucht hatte, sie anzuzeigen. Inka hatte Alruns wahre Identität aufgedeckt!

Ein Geräusch ließ Betty herumfahren. Alrun stand in der Tür.

»Das macht mich betroffen, Betty«, sagte sie langsam.

»Du, das macht mich auch ganz betroffen, Alrun«, gab Betty zurück.

»Ich verstehe nicht? Warum stiehlst du dich hier hinein und suchst etwas hinter unserem Rücken? Wir waren immer offen für dich, Betty.«

»Ich glaube nicht, dass das wirklich stimmt«, sagte Betty und musterte Alrun mit derselben enttäuschten Freundlichkeit, die auch diese aufgesetzt hatte. »So leid es mir tut, Cornelia.«

Alruns Gesicht zeigte keine Regung. Nicht mal ihre Augenlider zuckten. Das Einzige, was sie tat, war, einen Schritt vorzutreten und die Tür hinter sich zu schließen.

Es war Stille im Raum. Betty und Alrun blickten sich an.

»Weißt du, was mich beeindruckt?«, sagte Betty. »Deine Kraft und deine Energie.«

»Ich danke dir«, sagte Alrun emotionslos, während sie Betty skeptisch musterte.

»Schon im Seminar. Du hast eine Stärke in dir, eine unbeugsame Kraft, das konnte jeder sofort spüren.«

»Schön, dass du das sagst«, erwiderte Alrun, »das gibt mir viel.« Die Worte waren leer, nur eine Hülle. Alrun machte einen Schritt näher auf Betty zu. Die starrte ihr furchtlos entgegen.

»Ich muss sagen, ich spüre einen tiefen Respekt für dich«, erklärte Betty.

»Und ich danke dir dafür«, sagte Alrun.

»Und Mitleid.«

»Auch das ist freundlich von dir«, meinte Alrun, »obwohl ich gerade nicht einordnen kann, woher diese Emotion bei dir kommt.«

»Und ich spüre Abscheu, natürlich.«

Alrun hielt im Schritt inne.

»Ach, so ist das.«

»Genau so. Respekt für deinen Plan, dich hier einzuschleusen. Mitleid für den Verlust deines Mannes, den du offensichtlich sehr geliebt hast. Und Abscheu für den Mord, den du begangen hast.«

Alrun starrte Betty an.

»Warum, Cornelia?«, fragte Betty.

Alrun kam nun einen Schritt näher. Sie fixierte Betty ausdruckslos.

»Ich meine, eins ist mir klar: Du wolltest Rache. Für den Tod von Rochus. Aber warum, was genau hat Inka damit zu tun?«

»Hast du jemals geliebt?«

»Ich weiß nicht«, sagte Betty, nachdem sie überlegt hatte. »Womöglich. Vielleicht auch nicht. Ich weiß es nicht.«

»Wenn du es nicht weißt, hast du es nicht getan«, entgegnete Alrun.

»Ach so«, sagte Betty und beobachtete, wie Alrun langsam noch einen Schritt näher kam. »Erklär's mir.«

»Rochus war todkrank. Krebs im Endstadium. Wir haben alles versucht. Über Jahre hinweg. Rochus hat gekämpft. O Gott, er hat so gekämpft. Die erste Chemo. Dann erste Erfolge. Ein Moment der Ruhe. Aber dann der Rückschlag. Neue Metastasen. Die zweite Chemo. Dann die dritte. Und dann doch die Hiobsbotschaft: neue Metastasen. Schon wieder. Er war so ausgemergelt, war nur noch ein Schatten seiner selbst. Ich war immer an seiner Seite, habe alles miterlebt, ich habe gemerkt, wie alle Energie aus ihm wich, wie er die Hoffnung verlor. Ich habe versucht, ihn zu stützen, ihn aufzurichten, war nur noch für ihn da, Tag und Nacht. Aber dann … ich hab gemerkt, dass er sich abwandte. Dass er etwas suchte, etwas anderes. Einen neuen Weg.«

»Und dann ist er aufs *Lebensstrahl* gekommen?«

»Ja. Ich habe mir anfangs nichts dabei gedacht. Ich habe gedacht, lass ihn. Wenn er Hilfe und Trost bei diesen Esoterikern findet, dann soll es so sein. Vielleicht ist es gut für ihn.«

»Aber?«

»Aber nachdem Rochus zwei Wochen hier verbracht

hatte, kam er nach Stuttgart zurück und erklärte, dass er hier hinziehen wollte. Ins *Lebensstrahl*. Für seine Therapie. *Geistheilung*.« Alrun spuckte das letzte Wort aus, als wäre es verschimmeltes Brot. Sie sah Betty wütend an.

»Er wollte die neue Chemo nicht mehr antreten, verstehst du? Er wollte sich nur noch Inkas beschissenen Beschwörungsformeln widmen.«

»Nun, angesichts der Ausweglosigkeit der Situation reagieren manche Menschen …«

»Ich hab alles versucht, um ihn hier rauszuholen. Ich hab auf ihn eingeredet, hab ihn angefleht. Bis sie ihm den Kontakt verboten haben. Die haben ihm das Handy weggenommen!« Alrun war noch immer völlig empört.

»Und dann hast du versucht, ihn hier wegzuholen?«

»Ich hab ihn in den Wagen gesetzt und wollte ihn hier rausholen, aus dieser Scheißsekte!«

»Und hast dabei fast meinen Bruder umgefahren.«

»Was???« Alrun starrte Betty irritiert an. »Ich hab, was? Davon weiß ich nichts.«

»Schon gut.« Betty winkte ab. »Rochus ist in deinen Wagen gestiegen, und ihr seid weggefahren. Und dann?«

Alrun wirkte gebrochen, als sie gestehen musste: »Irgendwann habe ich angehalten, weil ich … weil ich einfach nichts mehr sehen konnte. Wegen der Tränen … und dann ist er aus dem Wagen gesprungen und ist abgehauen.«

Sie schwieg mitgenommen. Dass ihr eigener Mann vor ihr geflüchtet war, schmerzte.

»Er hatte sich für jemand anderen entschieden. Gegen dich.«

»Nach all dem, was ich für ihn getan hatte! Aber diese verdammte Sektenführerin hat ihn umgedreht!«

Alrun kam noch näher. Sie schnauzte Betty wütend an. »Inka hat ihn in den sicheren Tod geführt. Sie hat ihn umgebracht!«

Betty schob sich vor den Monitor, damit Alrun nicht sehen konnte, was sie gesucht hatte.

»Verstehe«, sagte Betty.

»Du verstehst nichts«, schnaubte Alrun.

»Na ja, zumindest so viel, dass du es nicht verwinden konntest, dass er den Kontakt abgebrochen hat. Und dann hier gestorben ist. Aber was ich nicht verstehe: Wann hast du dich entschieden, dass du dich hier einschleichst? Ich meine, das ist voll krass.«

Alrun sah Betty ruhig an. Dann erklärte sie mit fester Stimme: »Ich habe ein halbes Jahr geweint. Ich war der einsamste, der verlorenste Mensch auf der ganzen Welt. Und dann ist mir klar geworden, dass ich doch nicht alleine bin. Dass es andere Menschen gibt, die in der gleichen Situation stecken. Deren Angehörige denselben Wahnvorstellungen erliegen. Und dass ich ihnen helfen muss.«

»Du hast deine Identität gewechselt. Und dir irgendwie das ganze Wissen draufgeschafft. Ayurveda. Reinigungsmeditation, Seelenreise, Numerologie, Tantra ...«

»Nee, Tantra nicht.« Alrun war angewidert.

»Natürlich nicht.« Betty klang fast spöttisch. »Aber

was ich hart finde: Du hast dich in eine Materie reingewühlt, die du doch eigentlich gehasst hast.«

»Ja. So was von gehasst. Aber weißt du, wenn man das alles nicht glaubt, lernt man das auch ganz schnell. Es geht eh nur um ein paar Floskeln, um ein paar billige, durchschaubare Strukturen, das ist alles eigentlich ganz einfach. Hauptsache, du bist empathisch. Das reicht eigentlich.«

»Und dann?«

»Ich bin hier als Gast hingekommen, so oft, dass ich zur Freundin wurde. Und dann schnell zur Mitarbeiterin. Irgendwann war ich ganz sicher und fest drin.«

»Aber was wolltest du? Das verstehe ich noch nicht. Wenn es dir nur um die Rache an Inka ging, warum warst du über ein Jahr hier?«

»Ich musste das ganze Ding schließen. Damit niemand mehr hier in einen unnötigen, nutzlosen Tod geführt werden kann.«

Alrun blickte über Bettys Schulter. Sie sah Inkas Suchergebnisse mit ihrem Bild.

»Ach so«, sagte Alrun. Sie schwieg einen Moment.

»Inka ist irgendwie dahintergekommen, dass du jemand anderes bist. Und als sie dich im Internet mit deinem anderen, deinem echten Namen gefunden hat, war ihr alles klar.«

Alrun nickte. »Irgendwann hat sie mir das auf den Kopf zugesagt. Ich war völlig schockiert. Wusste gar nicht, was ich tun sollte. Ich brauchte Zeit. Ich habe das dann erst mal zugegeben, aber ihr gleichzeitig erklärt, dass ich wirklich eine Wandlung durchlebt habe. Inka wusste nicht, ob sie mir glauben sollte. Ich war wirklich ihre Freundin geworden. Zumindest dachte sie das. Sie war wirklich leichtgläubig.« Alrun schüttelte fast belustigt den Kopf.

»Sie hat dir vorher von ihrer Bienengiftallergie erzählt.«

»Klar. Sie war ein offenes Buch. Sie hat immer alles erzählt. Es war grauenhaft. All ihren Kindheitsscheiß. Dieses Religionsding früher. Ihr strenger Vater. Das Mobbing in der Schule, weil sie so ’ne verkappte Streberin war. Bla, bla, bla. Und dann diese endlosen Schilderungen vom Sex mit Samuel, das war eigentlich das Schlimmste.«

Betty musste fast grinsen. Wenn die Situation nicht so gefährlich gewesen wäre. Denn Alrun war noch näher gekommen und stand jetzt direkt vor ihr.

»Geh zur Seite, Betty.«

Betty rührte sich nicht. »Und nachdem sie dich enttarnt hatte, hast du das Gift geholt. Das du in weiser Voraussicht vorher gekauft hattest. Bevor sie irgendwem davon erzählt.«

»Geh zur Seite.«

»Erst, wenn du mir sagst, wie es gelaufen ist.«

Alrun packte Betty an der Schulter und versuchte, sie vom Computer wegzuschieben. Die stemmte sich dagegen.

»Sag es.«

Alrun fauchte Betty an. »Ja, verdammt, ich hab ihr die Spritze in den Hals gerammt!« Sie riss an Bettys Arm, und als die sich immer noch nicht bewegte, holte Alrun zum Schlag aus.

»Das reicht«, sagte eine Stimme von hinten.

Jonas.

Alrun hielt inne. In ihren Augen lag plötzlich ein tiefer Schmerz. Eine unendliche Erschöpfung. Sie ließ die Hand sinken, ließ Betty los und sackte ein Stück weit in sich zusammen.

Betty starrte Jonas an. Dann deutete sie hilflos auf den Rechner hinter sich.

»Da sind Inkas Suchergebnisse. Die zeigen, dass …«

»Ich habe alles gehört, danke, Betty«, sagte Jonas. Er wandte sich an Alrun.

»Alrun Morgentau, beziehungsweise Cornelia Danner, hiermit nehme ich Sie gemäß Paragraf 127 StPO fest. Ich weise Sie darauf hin, dass Ihnen der Mord an Inka Binder-Manke in Verbindung mit Heimtücke vorgeworfen wird. Sie haben das Recht, sich zur Sache zu äußern oder nicht auszusagen. Sie haben jederzeit das Recht, einen Verteidiger Ihrer Wahl zu befragen, weiterhin können Sie einzelne Beweiserhebungen beantragen.« Jonas wirkte ein bisschen stolz, als er die Worte vorbrachte.

An Alrun perlten sie ab. Die hatte sich erschöpft auf den kleinen Hocker neben dem Schreibtisch fallen lassen und war ein Abbild absoluter Resignation.

Betty sah Jonas an. »Wie kommt es, dass …?«

»Ich wusste, was du tun wirst.«

»Woher das denn?« Betty war ein bisschen empört.

»Wie lange kenne ich dich schon? Du bist echt einfach auszurechnen, Betty Pabst.«

»Blödmann«, sagte Betty wütend.

»Genau das meine ich«, gab Jonas zurück. Dann wählte er auf dem Handy die Nummer seiner Chefin.

»Frau Kottmeyer? Jonas hier. Ich wollte durchgeben, dass ich soeben Alrun Morgentau wegen des heimtückischen Mordes an Inka Binder-Manke verhaftet habe. Alrun Morgentau heißt eigentlich Cornelia Danner und …«

Während Jonas auf seine übliche umständliche Art seiner Chefin alles zu erklären versuchte, anstatt zu warten, bis er mit Alrun auf dem Revier aufkreuzte, wandte sich Betty Alrun zu und flüsterte leise: »Und natürlich habe ich schon mal geliebt. Du dumme Kuh.«

## 34

Als die beiden Streifenpolizisten Alrun in den Polizeiwagen gesetzt hatten und der Dicke am Steuer Gas gab, sahen Jonas und Betty dem Wagen hinterher. Jonas war bewegt.

»Das war meine erste Verhaftung.«

»Ach echt?« Betty musste schmunzeln, als sie merkte, wie stolz er war. »Das hast du sehr gut gemacht.«

Jonas schaute sie an. Er war ziemlich aufgewühlt. Sein Blick dauerte länger und länger, und dann, bevor Betty etwas sagen konnte, beugte er sich vor und gab ihr einen Kuss.

Ein langer, langer Kuss. Auf den Betty lange gewartet hatte. Jonas schmeckte nach Kaugummi, roch nach einem überraschend herben Parfüm, und seine Bartstoppeln kitzelten auf ihrer Wange. Dann wich Betty zurück. Jonas sah sie hilflos an. Betty fühlte sich genauso hilflos. Dann sagte sie: »Sehr erwachsen, Jonas.«

»Wie meinst du das?« Jonas war irritiert.

Betty schwieg einen Moment. Dann sprach sie die Worte aus, die sie eigentlich gerne vermieden hätte. Denn sie führten ihr die Realität wieder vor Augen.

»Du bist verheiratet.«

Und damit drehte sich Betty um und ging.

»Du kannst nicht immer davonrennen, Betty«, rief Jonas ihr hinterher.

Worte, die ins Schwarze trafen und Betty genau deswegen wütend machten. Aber sie sparte sich diesmal eine Geste.

In Betty brodelte es. Die Freude über den Kuss, die Nähe zu Jonas, die sie zuvor so herbeigesehnt hatte, ein Ärger, dass sie sich hatte hinreißen lassen, eine Wut auf Jonas, der so bescheuert war. Am liebsten hätte sich Betty vor den Kopf geschlagen über ihren doofen Du-bist-verheiratet-Satz. Als ob ein Kuss eine Ehe riskierte. Oder als ob sie Jonas mit ihrem Kuss ein Versprechen auf mehr gegeben hätte. Mehr Gefühle, mehr Zukunft.

Was natürlich genau so gewesen war.

Und darüber ärgerte sich Betty.

Als Betty ihr Elternhaus betrat, ging sie schnurstracks ins Wohnzimmer. Ella und Jochen schauten die *Aktuelle Stunde*. Betty beobachtete ihre schweigenden Eltern kurz und fragte sich, ob die mittlerweile miteinander geredet hatten, aber dann entschied sie sich, es völlig ihnen zu überlassen. Stattdessen sagte Betty nur: »Jonas hat Alrun verhaftet. Wegen des Mordes an Inka.«

»In Ordnung«, sagte Jochen.

Ella dagegen sah ihre Tochter im gleichen Moment völlig erschrocken an. »Alrun? Ogottogott!«

Jochen warf ihr einen Blick zu.

»Wieso ogottogott?«

»Na ja, das sagt man so, oder?«

»Aber ist doch gut, dass das geklärt ist, oder?«

»Stimmt. Ja.« Ella wirkte tatsächlich erleichtert. »Aber warum hat Alrun das getan?«

»Alrun heißt nicht Alrun, sondern Cornelia Danner. Ihr Ehemann hatte lieber Inkas Geistheilung als der Schulmedizin vertraut, aber die hat nicht geholfen gegen den Krebs, und dann ist er gestorben. Alrun wollte sich an Inka rächen. Mal ganz knapp zusammengefasst. Und Maxis Fahrradunfall haben wir auch geklärt.«

»Das verstehe ich jetzt alles nicht«, sagte Ella, lauter Fragezeichen im Gesicht.

»Ist ja auch egal«, meinte Jochen. »Hauptsache, die Leiche wird jetzt endlich freigegeben.« Er wirkte völlig zufrieden. Ella schickte ihm einen vorwurfsvollen Blick und wollte gerade protestieren, dass es ja so was von gar nicht egal sei und wenn sie Fragen hatte, dann wollte sie die beantwortet wissen und so weiter, aber Betty ging hinaus. Durch den Flur und die schmale Treppe hoch, und gerade, als sie an Maxis Zimmertür klopfen wollte, vibrierte ihr Handy. Sie konnte nicht anders, sie musste drauf schauen. War es Jonas?

Es war Sean. Eine Nachricht von Sean!

»Ich war dumm«, schrieb er. »Können wir miteinander reden? Wann kommst du zurück? In Liebe, Sean. xxx«

Betty starrte fassungslos auf ihr Handy.

Jetzt? Ausgerechnet jetzt? Jetzt meldete sich Sean. Nachdem sie tagelang auf ein Zeichen von ihm gewartet hatte. Nachdem sie gerade Jonas geküsst hatte.

Verdammte Scheiße!

Es war mehr als unverschämt von Sean! Betty war sauer. Richtig wütend. Und völlig überfordert. Sie verkniff sich eine Antwort und steckte das Handy weg.

Sie betrat Maxis Zimmer, ohne vorher anzuklopfen.

Maxi lag auf dem Bett, blickte von seinem Handy auf und wollte sich gerade empört beschweren, als Betty sich auf die Bettkante setzte und sagte: »Weißt du was? Mir geht's beschissen.«

Maxi runzelte überrascht die Stirn. Was kam denn jetzt?

»Mir geht's scheiße. Nicht nur jetzt und hier und heute, sondern so ganz generell in meinem Leben. Ich kriege gar nichts hin. Meine Beziehungen sind eine Katastrophe, und ich mache mich einfach fürchterlich klein, viel kleiner, als ich müsste.«

Betty schwieg einen Moment, selbst überrascht von der Erkenntnis.

»Das … raff ich jetzt irgendwie nicht«, sagte Maxi. Er war sichtlich verwirrt. Einerseits vom Inhalt, denn er hatte keine Ahnung, was »sich kleiner machen« bedeuten sollte, andererseits von der plötzlichen Offenheit seiner Schwester.

»Ich meine damit, dass das mit der Liebe scheiße läuft bei mir. Dass ich unglücklich verliebt bin. Gleich zweifach. Was mich fertigmacht. Und dass ich Angst habe. Angst vor allem. Ich hab Angst vor meinem Job, und ich glaube, ich bin echt schlecht darin. Ich habe keine Ahnung, was ich da mache, und jeden Tag schauen mich die Kollegen an und fragen mich Sachen, von denen ich überhaupt keine Ahnung habe. Und ich tue so, als wüsste ich, wovon die reden, und das Gleiche gilt für die Patienten, die mich mit großen Augen ansehen und darauf vertrauen, dass ich irgendeine Ahnung habe, wie sie wieder gesund werden. Und ganz ehrlich, ich habe keine Ahnung. Ich sage irgendwas von irgendwelchen Werten und vertröste auf die nächste Untersuchung, und dann laufe ich ins Arztzimmer und schaue heimlich nach den richtigen Werten und Behandlungsmethoden. Und das mache ich auch jede Nacht, wenn ich diese verschissenen Arztbriefe schreiben muss. Und die ganze Zeit habe ich das Gefühl, dass ich eine Hochstaplerin bin. Und dass ich jeden Moment auffliegen müsste. Verstehst du? Gleich kommt jemand um die Ecke und sagt: Betty Pabst, Sie können nichts. Ziehen Sie bitte sofort Ihren Arztkittel aus und verschwinden Sie. Betreten Sie dieses Krankenhaus nie mehr, und machen Sie sich auf einen fetten Prozess gefasst, der Sie am Ende hinter Gitter bringen wird. Und weißt du was? Irgendwie erleichtert mich das auch, denn dann ist es endlich vorbei.«

Betty schwieg, denn plötzlich hatte sich Maxi vorgebeugt und sie in den Arm genommen. Mit seinen großen, langen, dünnen Armen hielt er sie fest. Es war der vertraute Maxi-Geruch, der Betty in die Nase stieg. Der leicht ungeduschte, aber irgendwie leckere Jungsgeruch. Ihren Kopf an seiner Schulter sagte Betty erleichtert: »Und ich war so froh, als ich aus Berlin raus war und wieder hier. Ich hab mich so auf euch gefreut. Und dann war alles scheiße. Du hast mir so gefehlt. Mal echt, Maxi. Und es tut mir leid, wenn ich so doof war. Ich hab einfach gar nicht mitgekriegt, wie es dir geht. Und wie scheiße du mich findest. Ich hab mich nur um mich gedreht.«

Betty schwieg. Es tat gut, das alles auszusprechen. Und es tat wahnsinnig gut, ihrem Bruder endlich wieder nahe zu sein. Es war, als ob eine Anspannung endlich von ihr abfiel. Sie atmete aus und genoss, dass Maxi sie hielt. Auch der schwieg, und als er sie fester in den Arm nahm, war Betty klar, dass er dasselbe fühlte wie sie. Erleichterung. Und Frieden.

Aber Maxi wäre kein Maxi, wenn er nicht schließlich sagen würde: »Wenn du mir auf die Schulter sabberst, fliegst du raus.«

Betty spürte, wie Maxi grinste. Und dann lächelte sie auch.

# 35

Drei Tage später gab es die Beerdigung von Inka Binder-Manke. Jochen hatte die Leiche einäschern lassen und Diego und Samuel die Urne mit der Asche übergeben. »Wie besprochen, würden wir die Asche nach der Zeremonie in die Schweiz bringen«, hatte Jochen gesagt, »damit dort der Erinnerungsdiamant erstellt wird. In der Schweiz ist es übrigens erlaubt, die Asche von Toten in der Natur auszubringen, was Inka ja eigentlich gewünscht hatte. Auf einem öffentlichen Friedhof in Deutschland geht das keinesfalls, gut, Sie haben sich ja ohnehin für eine private Zeremonie in einem privaten Rahmen entschieden.«

Diego und Samuel hatten Jochen aufmerksam angesehen. Nicht nur, weil er solche umständlichen Formulierungen gewählt hatte, sondern weil sie ahnten, dass jetzt noch etwas folgte.

»Allerdings kontrolliert niemand, ob die Asche auch tatsächlich in die Schweiz gebracht wird … wenn Sie verstehen, was ich meine?«

Diego und Samuel hatten genickt.

Am Tag der Beerdigung war wunderschönes warmes Herbstwetter. Der Garten des *Lebensstrahl* gab sich alle Mühe, besonders bunt und vorzeigbar zu sein. Das Moos im Gras leuchtete samtig grün, die letzten Birnen am Baum hatten eine rote Farbe angenommen und waren wie die warmen Tupfen einer Lichterkette in einem Biergarten, die blau-schwarzen Früchte der Mahonie glichen dunklen Perlen, Vögel zwitscherten, und überall war Leben. Die Pracht verschlug den anwesenden Gästen den Atem. Vielleicht war es auch die wirklich wunderbare Rede, die Richard vorne auf dem Rasen hielt. Die Felder im Rücken, die Sonne im Rücken stand der große stattliche Mann vorn am Mikrofon und machte eine Pause in seiner Rede. Dann räusperte er sich und sagte mit ruhiger Stimme, aus der jedes Pathos gewichen war: »Niemand hat uns je darauf vorbereitet, dass das Leben tatsächlich vorübergeht. Zumindest nicht in einer Art und Weise, die wir begreifen und wirklich anerkennen. Ich möchte Sie alle hier deswegen daran erinnern, dass Sie Ihr Leben jetzt, für diesen Moment hier, für diese paar Sekunden Stille, als ein Geschenk annehmen, das wertvollste, was Sie je erhalten werden. Und dass Sie dem edlen Spender für einen kurzen Moment mit aller Liebe dafür danken. Gerade weil Sie wissen, dass dieses kostbare Geschenk nicht für ewig sein wird, sondern nur flüchtig, sich in Luft, oder nein, vielmehr in Asche auflösend.« Richard nickte in Richtung der Urne, die neben ihm auf einem mit Blumen geschmückten Tisch aufgebaut war.

»Und dass wir alle ganz klein sind, angesichts dieser so großen, edlen Gabe.«

Dann schwieg Richard. Genau wie die fast fünfzig Anwesenden im Garten, allesamt in bunten, lebensbejahenden Farben gekleidet, die Frauen meist mit großen Ohrringen, dicken Holzperlenketten, viele Männer in hellen Stoffhosen, die entweder orientalisch oder indisch anmuteten. Sie alle hatten eher eine Rede von Diego oder Samuel erwartet, etwas Spirituelleres. Aber dieser große, alte Westfale da vorne, in seinem schwarzen Anzug und der schwarzen Weste über dem weißen Hemd, rührte sie mit seinen Worten.

Und mit den Tränen, die er in den Augen hatte.

Als Richard schließlich nach einer Minute den Kopf hob und ins Publikum blickte, begann erst einer, dann ein anderer und schließlich alle Anwesenden zu klatschen. Applaus auf einer Beerdigung, das hatte es selten gegeben.

Jochen, der am Rand stand, blickte etwas verdutzt aus der Wäsche. Und als Diego und Samuel dann vortraten und gemeinsam nach Inkas Urne griffen, den Deckel öffneten und ganz vorsichtig Inkas Asche auf das moosige Gras schütteten, dorthin, wo sie gestorben war, wandte Jochen sich ab.

»Ich will das nicht sehen«, sagte er. »Wir kommen alle ins Gefängnis.«

Ella, die neben ihm stand, griff nach seiner Hand und drückte sie. »Das hast du genau richtig gemacht. Ich bin stolz auf dich.« Sie wandte Jochen ihr Gesicht zu, musterte ihn ernst und sagte ehrlich: »Ich danke dir.«

Was sie meinte war: »Ich liebe dich.« Jochen wusste das. Und er nickte langsam und gewichtig. »Ich dir auch.«

Nachdem die Asche ausgebracht worden war, gab es den Leichenschmaus. Die Quinoabällchen, das Löwenzahnragout und den Fenchelsalat hatte Samuel beigesteuert, die Wurstbrötchen und die Käseplatte mit den Schinkenspickern Ella. Beides kam gut an. Betty beobachtete, wie Diego von der anderen Seite des langen Büfetttisches im Garten einen Blick zu Ella rüberwarf. Und wie ihre Mutter daraufhin sanft den Kopf senkte und ihn leicht schüttelte. Diego verstand. Er lächelte melancholisch und wandte sich schließlich ab.

Richard stand neben der Mahonie und hatte einen Pappteller in der Hand. Er stopfte konzentriert Quinoabällchen in sich hinein. Als Betty zu ihm trat, deutete er auf die Bällchen: »Die sind gar nicht so schlecht. Hast du schon probiert?«

»Quinoa ist echt nicht meins.« Betty schmunzelte. Überbewerteter Hipsterscheiß, der nach nichts schmeckte.

»Du solltest aber mehr gesundes Zeug essen«, meinte Richard. »Sonst wächst du nie.«

»Sag mal, Opa, diese Sache mit der Alva da …«

Richard winkte schon ab.

»Da war nix.«

»Hab ich mir gedacht. Aber ich mache mir ein bisschen Sorgen.«

»Um wen?« Richard sah sie verständnislos an.

»Um dich.«

»Musst du nicht. Mir geht's super.«

»Natürlich«, sagte Betty. »Du würdest ja auch nie zugeben, dass es anders wäre.«

»Richtig«, erwiderte Richard und schob sich ein weiteres Quinoabällchen in den Mund.

»Du würdest eher deinem Sohn das Leben im Institut madig machen und an allem was zu kritteln haben. Und du würdest dich zurückziehen und endlose Spaziergänge unternehmen und nicht mehr alle paar Tage im Altenheim auftauchen, um mit irgendwelchen Frauen zu flirten.« Richard sah Betty aufmerksam an, ein Quinoabällchen auf halbem Weg zum Mund, jetzt aber wie festgefroren.

»Und dir würden natürlich nicht auf irgendwelchen Beerdigungen von Menschen, die du kaum kennst und die dir eigentlich völlig egal sind, an den unpassendsten Momenten die Tränen kommen. Nach über fünfzig Jahren im Bestatterbusiness. Richtig?«

Richard sagte nichts.

»Was ist los, Opa?«

Richard ließ nach ein paar Sekunden das Bällchen sinken, dann blickte er auf das Feld hinaus. »Weißt du«, sagte er langsam, »ich war mein Leben lang vom Tod umgeben. Ich habe immer gewusst, dass man stirbt. Es war die tägliche Arbeit. Der Tod war ständig da. Aber … mir war nicht klar, dass auch ich irgendwann sterbe. Also, nicht so richtig. Bis ich diesen Oberschenkelhalsbruch hatte.«

Richard sah plötzlich so traurig aus, dass Betty ihn am liebsten gedrückt hätte. Aber sie hielt sich zurück. Sie wusste, dass er dann nicht weiterreden würde.

»Als ich da im Krankenhaus lag, nach der OP, mit diesen Kabeln an mir dran, und als dann diese Krankenschwester kam, so eine junge, hübsche …«

Betty verdrehte die Augen.

» … da hatte ich plötzlich Angst. Richtige Angst. Dass ich sterben werde. Da habe ich es endlich begriffen. Zum allerersten Mal in meinem Leben.« Er machte eine Pause. »Das ist nicht schön, glaub mir.«

Betty nickte. Sie trat zu ihrem Opa und nahm ihn in den Arm. Es sah ein bisschen ungelenk aus, der große, stattliche Mann mit dem Pappteller in der Hand, seine Enkelin, die ihn mit beiden Armen umschlang, und dann Richards hilfloses Tätscheln auf ihren Unterarm. »Ich habe Angst.«

»Ich weiß«, sagte Betty.

Sie schwiegen ein paar Sekunden, dann erklärte Richard: »So, und jetzt lass mich los. Sonst heul ich schon wieder.«

Betty wich ein kleines Stück zurück und lächelte gerührt. Richard grinste und konzentrierte sich wieder auf die Quinoabällchen.

»Echt lecker. Musst du mal probieren. Bevor's zu spät ist.«

»Ach, Opa, jetzt sieh doch nicht so schwarz.«

»Nein, ich meine, bevor die alle weg sind.« Er deutete zum Büfett rüber, wo Jochen gerade vor der Schüssel mit den Quinoabällchen stand und etwas befremdet darauf blickte. Dann nahm Jochen sich eines und biss hinein. Er verzog das Gesicht.

Betty und Richard beobachteten ihn, wie er sich umsah und dann einen Schritt zur Seite trat, heimlich das Bällchen aus seinem Mund in die Hand spuckte und es möglichst unauffällig in die Mahonie warf.

»Opa, mach's dem Papa nicht so schwer.«

»Mach ich gar nicht.«

»Alles, was er macht, ist schlecht, alles ist falsch. Du weißt es immer besser!«

»Und wenn schon«, erwiderte Richard trotzig und kaute weiter, während er seinen Sohn betrachtete.

Betty boxte ihren Opa in die Seite.

»Aua.«

Richard musste lächeln. »Na gut.«

»Danke.«

Als Betty den Garten und die Beerdigung verließ und sich auf den Weg nach Hause machen wollte, stoppte sie überrascht am Eingangstor des *Lebensstrahl*. Auf der Straße stand Jonas' Wagen. Als er Betty kommen sah, stieg er aus.

»Hi«, sagte Jonas.

»Hi«, sagte Betty.

Sie wussten beide nicht, was sie sagen sollten. Irgendwo summten Bienen. Der Asphalt glänzte in der Sonne.

»Was machst du?«, fragte Jonas schließlich.

»Ich wollte nach Hause«, antwortete Betty. »Sachen packen«, fügte sie hinzu.

Jonas schwieg.

»Ich sollte zurück nach Berlin«, sagte Betty.

Jonas sah sie lange an. Dann sagte er: »Ich fände es gut, wenn du dieses Mal nicht wegrennen würdest.«

ENDE

## Es ist nie zu spät, um sich auf das größte Abenteuer des Lebens zu begeben

Albert Entwistle ist ein Meister darin, die Bewohner von Toddington zu meiden, was als Postbote des kleinen Orts umsichtige Planung erfordert. Als seine Pensionierung droht und obendrein seine geliebte Katze stirbt, steht er vor einer einsamen Zukunft. Albert nimmt seinen Mut zusammen und beschließt, den Menschen nicht länger aus dem Weg zu gehen. Er findet Freunde dort, wo er es nie erwartet hätte, und begibt sich von ihnen ermutigt auf die mühsame Suche nach George, seiner Jugendliebe, die er vor vielen Jahren verlor – aber nie vergessen konnte …

Matt Cain
**Das geheime Leben des Albert Entwistle**
Roman

Aus dem Englischen von Marie Rahn
Klappenbroschur
Auch als E-Book erhältlich
www.ullstein.de

ullstein